中华传统文化国粹
经典文库

名家导读版

浮生六记

〔清〕沈 复 ◎ 著
王晓华 ◎ 导读

中国民族文化出版社
北京

图书在版编目（CIP）数据

浮生六记 /（清）沈复著；王晓华导读. -- 北京：中国民族文化出版社有限公司, 2023.11（2024.1 重印）
（中华传统文化国粹经典文库：名家导读版）
ISBN 978-7-5122-1552-8

Ⅰ.①浮… Ⅱ.①沈… ②王… Ⅲ.①古典散文—散文集—中国—清代②《浮生六记》—研究 Ⅳ.①I264.9

中国国家版本馆 CIP 数据核字（2023）第 056206 号

浮生六记
FUSHENG LIU JI

作　　者	〔清〕沈　复
导 读 者	王晓华
责任编辑	赵卫平
责任校对	王　品
装帧设计	宋双成
出 版 者	中国民族文化出版社　地址：北京市东城区和平里北街 14 号
	邮编：100013　联系电话：010-84250639　64211754（传真）
印　　装	三河市南阳印刷有限公司
开　　本	710 mm×1000 mm　16 开
印　　张	16
字　　数	252 千
版　　次	2023 年 4 月第 1 版
印　　次	2024 年 1 月第 2 次印刷
标准书号	ISBN 978-7-5122-1552-8
定　　价	29.80 元

版权所有　侵权必究

中华传统文化国粹经典文库

品文化经典　通古今智慧

总策划

李继勇

策划人、出版人、北京书香文雅图书文化有限公司董事长。专业从事图书策划，儿童文学、儿童阅读推广，国内文化交流等。已成功策划"儿童文学光荣榜"系列、"爱阅读课程化丛书"系列、"文学百年·名家散文典藏"系列、"科幻文学群星榜"系列、"绘本里的世界"系列、"童诗百年"系列等多种类型出版物。

总顾问

于润琦

中国现代文学馆研究员、中国作家协会会员。总主编《插图本百年中国文学史》（3卷），主编《清末民初小说书系》（10卷）、《海派作家作品精选》（16册），校、注古典小说《型世言》《金屋梦》《中国古典文学海外珍稀本文库》30余种，参与编选《明、清、民国时期珍稀老北京话历史文献整理与研究》（30册）、《中国现代文学百家》（116册），以及《北京的门礅》《老北京的门楼》北京民俗著述多种。

导读者

（按姓名音序排列）

◎薄克礼
文学博士，天津城建大学教授。攻文史，好四书。

◎陈鹏程
历史学博士，天津师范大学文学院副教授。

◎陈世旭
当代作家，曾任中国作家协会主席团委员、江西省文联主席兼作家协会主席。

◎陈喜儒
作家，著名翻译家，曾任中国作家协会外联部副主任、中国外国文学学会日本文学研究分会会长。

◎冯蒸
首都师范大学文学院教授，博士生导师，北京国际汉字研究会理事、副会长。

◎官铎
管子思想理论和应用资深研究学者。

◎关四平
哈尔滨师范大学文学院教授，博士生导师。主要从事中国古代小说及戏曲等研究。

◎韩小蕙
著名作家，中国作家协会会员，中国散文学会副会长，南开大学文学院兼职教授。

◎侯忠义
北京大学教授，曾任北京大学图书馆古籍整理研究室主任。主要从事先秦两汉文学史、文言小说研究。

◎李海涛
天津师范大学历史文化学院教授，天津市孙子兵法研究会荣誉会长。

◎李瑞兰
天津师范大学历史文化学院教授，曾任中国先秦史学会理事。

◎李树果
资深《易经》研究者，中国散文诗学会理事，《中华时报》记者。

◎李硕儒
作家、著名编剧。合著长篇历史小说《大风歌》获重庆市"五个一工程奖"。

◎廉玉麟
天津中医药大学第一附属医院主任医师，教授。

◎林海清
天津师范大学国际教育交流学院副教授，天津市红楼梦研究会副秘书长兼理事，中国三国演义学会、中国水浒学会会员。

◎ 林 骅
天津师范大学文学院教授，曾任古典文献研究所所长，天津市红楼梦研究会顾问。

◎ 马文大
首都图书馆研究馆员、北京地方文献中心主任，北京史研究会副会长。

◎ 孟昭连
南开大学文学院中国语言文学系教授，中国东方文化研究会理事。

◎ 宁稼雨
南开大学英才教授、博士生导师，2017年度国家社科基金重大项目"全汉魏晋南北朝小说辑校笺证"首席专家。

◎ 宁宗一
南开大学学术委员会委员、中国武侠文学学会名誉会长、中国儒林外史学会副会长。

◎ 牛 倩
天津大学国际教育学院副教授，硕士研究生导师。

◎ 欧阳健
福建师范大学文学院教授，曾任《明清小说研究》杂志主编。

◎ 潘务正
安徽师范大学文学院教授，教育部人文社会科学重点研究基地安徽师范大学中国诗学研究中心副主任，中国韵文学会赋学专业委员会（中国辞赋学会）副会长。

◎ 乔卉林
中国城乡金融报社记者。其作品曾多次获得奖项。

◎ 尚学峰
又名尚学锋。文学博士，北京师范大学文学院教授。

◎ 邵永海
北京大学中文系教授。主要从事汉语史方面的教学和研究工作。

◎ 石定果
北京语言大学人文学院教授，汉语言文字学博士。著有《说文会意字研究》等多部作品。

◎ 石 厉
原名武砺旺。著名诗人，文艺理论家。《诗刊》编委，《中华辞赋》杂志总编辑，中华诗词学会副会长。

◎ 石 麟
湖北师范大学文学院教授。中国水浒学会会长。

◎ 孙立仁
曾任《中国老年报》社长，发表多篇小说、诗歌、散文、报告文学等。当代篆刻家。

◎ 孙钦善
北京大学中文系教授，全国高等院校古籍整理研究工作委员会委员，中华炎黄文化研究会理事。

◎ 田秉锷
江苏省文艺评论家协会顾问，徐州市孔子学会顾问，江苏师范大学客座教授。

◎ 王建新
中国历史文献研究会理事，中原传媒集团出版部副主任。

◎ 王 蒙
著名作家、学者，文化部原部长。茅盾文学奖获得者。多年来致力于传统文化研究。2019年获"人民艺术家"国家荣誉称号。

◎ 王晓华
民国史专家，中国第二历史档案馆研究馆员。中央广播电视总台、北京电视台、湖北卫视等多个栏目主讲嘉宾。

◎ 吴 波
湖南农业大学教授、党委委员、副校长，中国儒林外史学会副会长，湖南省古代文学学会副会长。

◎ 武道房
安徽师范大学中国诗学研究中心教授。

◎ 徐 刚
诗人，作家。曾获鲁迅文学奖、郭沫若散文奖、中国报告文学终身成就奖等。

◎ 俞 前
中国作家协会会员，苏州市吴江区南社研究会会长，苏州南社文化研究院副院长。

◎ 查洪德
文学博士，南开大学中国语言文学系教授，博士生导师。内蒙古元代文学学会会长。主要从事元明清文学与文献研究。

◎ 张秋升
曲阜师范大学历史文化学院教授，主要研究儒家史学理论。

◎ 张世林
新世界出版社编审，著有《大师的侧影》等著述。

◎ 张弦生
中州古籍出版社编审、副总编辑。

◎ 郑铁生
天津外国语大学教授，原中国三国演义学会常务副会长兼秘书长，曾任中国红楼梦学会学术委员会委员、北京曹雪芹学会副会长。

◎ 周传家
北京联合大学应用文理学院教授，中国昆剧古琴研究会副会长，中国戏剧文学学会顾问，中国戏曲学会常务理事。

◎ 卓 然
原名王坤元，笔名卓然。作家，诗人。著有中短篇小说集《我记忆中的河》、散文集《天下黄河》等作品。

名家导读

一、《浮生六记》的来历

《浮生六记》是一部清代自传体小品文。区区三万多字,却有多种文字的译本。其中英译本三种,还有德文、法文、丹麦文、瑞典文、日文等译本。

该书作者为清乾嘉时代的沈复,字三白,号梅逸,江苏长洲(今苏州)文士,没有功名。他工诗文,善画花卉,淡于科名,尝游幕于各地,后以卖画度日,穷困潦倒,郁郁不得志以终。

清道光末年,一位叫杨引传,号独悟庵居士的人,偶然在苏州一处少有人问津的地摊上发现《浮生六记》的手稿,但只有四记,缺了两记,是个残本。

杨引传将书稿购买下来,遍访姑苏的大街小巷,想要寻访有关沈三白的信息,但无人知道沈三白何许人也。

其实,杨引传没见过的《浮生六记》足本,有个叫管贻萼的人看过,为什么这样说呢?因为他写过《长洲沈处士三白以浮生六记见示,分赋六绝句》,这六绝句是按照《浮生六记》的内容写的。

其实,管贻萼应该是管贻葃。管贻葃,字芝生,号树荃,江苏阳湖(今常州)人,嘉庆癸酉十八年(1813)举人,官河南固始县知县。管贻葃著有《裁物象斋诗钞》,《长洲沈处士三白以浮生六记见示,分赋六绝句》就收于其中。而管贻萼则另有其人,顾廷龙辑《清代朱卷集成》载有"管贻萼字荘生,一字晓珊,行三,嘉庆丙子年七月十三日丑时生,江苏常州府阳湖县例监生,民籍",其中有管贻萼的履历表,注明了贻葃是贻荨的嫡堂兄。原来，是刻书者在《长洲沈处士三白以浮生六记见示，分赋六绝句》中把兄弟俩的名字搞错了。

据学者胡不归先生（1906—1957）所撰《沈复年谱》，沈复在嘉庆十三年（1808）还健在。

在《沈复年谱》中，《浮生六记》的第四记《浪游记快》是嘉庆十三年（1808）完成的，而管贻葄是嘉庆十八年（1813）的举人，那就可以这样理解：沈复的其余二记《中山记历》和《养生记道》应是嘉庆十三年（1808）以后完成的。这样，管贻葄才有可能将《长洲沈处士三白以浮生六记见示，分赋六绝句》收在他的《裁物象斋诗钞》（道光戊戌本）中。

沈三白晚景凄凉，手稿零落，几被湮没。几十年后，《浮生六记》的残本出现在苏州冷摊上，被杨引传购得。

杨引传是近代出版家、思想家王韬的妻兄。道光己酉年（1849），杨引传把书稿传阅给王韬。光绪三年（1877）杨引传将《浮生六记》辑入《独悟庵丛钞》，自撰序一篇，请王韬撰跋一篇，另将管贻葄六绝句和潘麟生的题词置诸书前，交给申报馆创办人"尊闻阁主人"以活字版排印；翌年（1878）作为《申报馆丛书续集·纪丽类》的一种以活字版排印付梓。序一作者潘麟生的落款为"同治甲戌初冬，香禅精舍近僧题"。

潘麟生名钟瑞，字麟生，号近僧、瘦羊、香禅居士等。江苏长洲（今苏州）人，乡诸生，官太常博士。少孤力学，精篆隶，工辞章，究心文献，长于金石考证。嗜山水，所游诸名胜皆有记考，所交皆当世名士。因其题序《浮生六记》时间为"同治甲戌"，即1874年，比杨引传作序的时间要早三年。因此，杨引传在序二中说："韬园王君（注：王韬）寄示阳湖管氏所题《浮生六记》六绝句，始知所亡《中山记历》盖曾到琉球也。书之佳处已详于麟生所题。近僧即麟生自号，并以'浮生若梦，为欢几何'之小印，钤于简端。"

《浮生六记》一经出版，就得到许多读者的喜爱。

文学大家俞平伯对此书大加赞赏，称："此《记》所录所载，妙肖不足奇，奇在全不着力而得妙肖；韵秀不足异，异在韵秀以外竟似无物。俨如一块纯美的水晶，只见明莹，不见衬露明莹的颜色；只见精微，不见制作精微的痕迹。"他整理标点，于1924年印行单行本后，不少出版社纷纷出版，一印再印。最早的英译本是1935年林语堂在《天下》英文月刊上陆续发表的。后来英国牛津大学出版社在1960年出版《浮生六记》英译本。21世纪以来，版本尤多，可见该书受读者欢迎的程度及流传之广。

二、《浮生六记》的内容

管贻葑是通过与沈三白的关系直接阅读到《浮生六记》的原稿本并揭示其全部内容的人。他为《浮生六记》所题的六首绝句，每记一首，概括六记的内容，即：卷一闺房记乐；卷二闲情记趣；卷三坎坷记愁；卷四浪游记快；卷五中山记历；卷六养生记道。后经一些大家考证，《养生记道》的"道"是错误的，应该为"道"。但是，等《浮生六记》到了杨引传手中，只剩下四卷了。

卷一 闺房记乐：沈复的时代，正是清朝乾嘉时期，太平盛世，又遇上表姐陈芸，两情相悦。

陈芸生而"颖慧"，牙牙学语时，其父口授《琵琶行》，即能成诵，后得到一本《琵琶行》，挨字而识，无师自通，能吟咏"秋侵人影瘦，霜染菊花肥"这样的佳句，而且"慧心不仅在笔墨"，娴女工，三口仰其十指供给。12岁那年（1775）沈复和陈芸缔结婚约。

对于淡泊功名的沈复来说，得一美妇，伉俪情深，住在风景幽静的沧浪亭畔，春花秋月，良辰美景，茶熟香温，开樽对饮，觅句联吟，这是何等惬意，其乐神仙中人不啻也。

此卷专讲夫妇相处之道，文字细腻，以细节取胜——沈复用几个细节描述，拿捏得很到位。比如陈芸藏粥，新婚之夜，黎明即起，敬上和下，房中调笑，夫妻分离，久别胜新婚，讨论文章辞赋，沧浪亭赏月，吃腐卤酱瓜，卜居纳凉，女扮男装，饮酒猜拳，为夫纳妾，等等。

沈复的幸福生活，在陈芸欲为沈复纳为妾的"一泓秋水照人寒"的憨园被"有力者"夺走，而"芸竟以之死"时，戛然而止，而全卷以终，掩卷长思，令人三叹。

卷二 闲情记趣：沈复幼时能张目对日，明察秋毫，见藐小微物，必细察其纹理，故时有物外之趣。见到夏日飞蚊，比作群鹤舞空，将蚊子关在帐子里，用烟去喷，好比鹤唳云端，蹲身土墙后、花丛中，定神细视，以丛草为林，以虫蚁为兽，以土砾凸者为丘，凹者为壑，神游其中，怡然自得。鞭打癞蛤蟆，生殖器被蚯蚓咬了，肿得不能小便，婢妇用鸭涎给他消肿，鸭子张口，几乎要咬住他的命根，吓得他大哭不止。这些都是幼时童趣。稍长，春兰秋菊，爱花成癖；婚后夫唱妇随，配制盆景，情趣相投，怡然自得。

卷三 坎坷记愁：沈复的人生坎坷大都缘于多情重诺，继而祸起萧墙；婆媳失欢，叔嫂勃谿，憨园薄情，致使芸旧病复发，药物难治；抚育一双儿女，焦劳困苦，小人讨债，只能用笔墨作画抵押；女儿给人做童养媳，儿子外出学做生意；颠沛流离，寄人篱下；为了生活，夫妻分离，生离死别；伶仃孤苦，老父见背，孑然一身，依附朋友度日，而儿子不幸亡故，白发送黑发。接踵而至的坎坷，何时是头？

卷四 浪游记快：沈复多年四处游幕，大好河山、风土人情，尽入眼底。游绍兴吼山水园、杭州西湖胜景、镇江金焦二山；海宁游园、钱塘观潮；游绩溪，溯长江，翻大庾岭；去岭南，逛花艇；雪中登黄鹤楼，夜访黄州赤壁；荆州寻旧，西入潼关，观滔滔黄河、巍巍华山。文人无形，浪游嬉戏，牛背上狂歌，沙滩上醉舞。那个不属于旅游的年代，能走过天南海北，也是一种令人骄傲的资本，值得一记。

三、《浮生六记》足本真伪

据郑逸梅回忆：1935年的一天，王均卿来找他，恳请他仿作《中山记历》和《养生记道》两篇，写二万字就可以了，但被郑逸梅拒谢了。不久，王均卿便去世。同年11月，上海世界书局刊发的《美化文学名著丛刊》登载了《浮生六记》的全稿，即六记本，其中《中山记历》一万数千字，记述了嘉庆五年（1800）沈三白去中山国（琉球）的经历[1]，地理风土、物产、建筑、习俗，十分详细；而《养生记道》则是讲述养生常识，内容一般。世界书局印出了足本，一时引起轰动。是不是王均卿另请高明了呢？郑逸梅自述"不得而知"。

当时,世界书局总编辑赵苕狂写的《〈浮生六记〉考》,以及林语堂发表的文章,都认为此足本应是沈复原本;但更多的人对此表示质疑,认为是狗尾续貂。几十年争议一直不断。

1981年《读书》第二期,松一在其所撰的《四十多年前的一段伪作公案》中,谈到《浮生六记》后二记的伪作问题,转述台湾吴幅员所作《〈浮生六记·中山记历〉篇为后人伪作说》:"《中山记历》,与嘉庆五年(1800)册封琉球中山王尚温的副使李鼎元(正使赵正楷)所著《使琉球记》中的一部分文字,大同小异。"至于另一记《养生记道》,松一此文中说:"曾有人指出,与曾国藩的《曾文正公全集》中颐养方面的日记,很是相似。一经对照,可以看出《养生记道》中的一部分文字,几与曾国藩'己未'到'辛未'间的十余条日记,一字不差。"[2]

到1989年,王瑜孙发表《足本〈浮生六记〉之谜》一文,指出"足本"后两卷的作者为黄楚香,酬劳为两百大洋。至此,困扰了人们半个多世纪的谜题算是彻底解决。

四、《浮生六记》的价值

《浮生六记》为沈复自述一生的各个方面的故事,尤其和陈芸心心相印,志同道合,极为动人。沈复生活于科举制度走向废除的末期,出身官宦家庭,却离经叛道,不事科举,只对爱妻、花草虫鱼、书画、浪游、养生等感兴趣,表现了读书人主张个性发展的非主流的追求。因此,沈复外不得志于时,内不为家人所谅,最终家破人亡,漂泊天涯。

从1878年《浮生六记》第一次出版,至今已140多年了,一本三万多字的小书,竟有150多个版本,成为经典。它已感动了几代人,还将继续流传并扩大影响。究竟它的魅力何在呢?

首先,作者文笔清新、细致,刻画入微,自然流畅,写情通过个性化的语言和形体动作,将人物刻画得惟妙惟肖。这只是读者喜爱它的一个方面。写物更是能抓住特征,寥寥数笔,就让读者深入其境,"只见精微,不见制作精微的痕迹"(俞平伯)。

其次,《浮生六记》的魅力还表现在人性的白描上面。在特定的历史环境中，作者大胆描写了他与陈芸之间的心心相印、相濡以沫；不为尊者讳，敢以家丑扬，写出了封建社会的细胞——家庭的真实面貌，站在主观的立场来揭示家庭中的矛盾和冲突，这种笔法恐怕对以后的文学作品，如巴金的名作《家》《春》《秋》产生了较大的影响。

再次，不带铜臭的创作，沈复写《浮生六记》不是为了用写作赚钱，博取眼球；所以文字率真，直抒胸臆，用真情真心去打动这本书的读者，体现了文学及人学。书中充满人性的点滴才是文学作品中最有价值的东西。

对这部不朽的作品，仁者见仁，智者见智，但有一条，对于承载着真、善、美的作品，是怎么赞誉都不为过的。希望有更多的人喜欢《浮生六记》。

王晓华

注释：

[1]编者注：沈复去琉球应是嘉庆十三年（1808）。当时清廷册封琉球国中山王尚灏，沈复被石韫玉推荐，作为正使的"从客"随正使齐鲲、副使费锡章出使琉球。齐鲲著有《东瀛百咏》，还与费锡章合著有《续琉球国志略》。

[2]编者注：据学者王稼句考证，《养生记逍》几乎全是抄缀前人语录格言，其中改写张英《聪训斋语》11条，曾国藩《求阙斋日记类钞》9条（一说8条），其他的多从《遵生八笺》《二程遗书》《寿亲养老新书》等常见书里抄撮拼凑而成。（王稼句.《浮生六记》伪作两记[M]//王稼句.看书琐记二集.济南：山东画报出版社,2008:219.）

卷一　闺房记乐 / 001

卷二　闲情记趣 / 043

卷三　坎坷记愁 / 065

卷四　浪游记快 / 107

附录

卷五　中山记历 / 179

卷六　养生记逍 / 218

卷一 闺房记乐

〔概论〕

"闺房记乐"作为本书的第一卷,主要讲述的是沈复和妻子陈芸相识、相知、相恋、成婚的美好过程,以及婚后美满的感情生活。在这一卷中,沈复以写实的语言和深情直率的笔调叙述了小夫妻之间柔媚缱绻的生活,不拘格套,为我们展现了夫妻间至真至诚的爱情,感人至深。文中所述之事虽平平淡淡,缺少跌宕起伏的戏剧情节,却十分贴近生活。作者善于发现日常生活中的情趣,展现了一个又一个平淡、有趣又有爱的场景,既给人以平淡温馨之感,又能引起我们强烈的共鸣,给我们以人生的启发。除了夫妻闺房之乐,沈复也在此卷中着重塑造了妻子陈芸的形象,刻画了陈芸的形貌、性格,并花费大量笔墨描写了夫妻间的浓情蜜意。我们也可以将此卷看作作者为妻子陈芸所写的小传,是作者对妻子爱恋的结晶,字字饱含情意。

总而言之,此卷作为本书的首卷,所写情事浓重而真挚,丰满而完整,且独立成章,为全书奠定了坚实的基础。语言自然灵动,不饰雕琢,通篇以"情"感人,以"真"动人,有着极强的感染力和恒久的艺术魅力。

原文

余生乾隆癸未①冬十一月二十有二日,正值太平盛世,且在衣冠之家②,居苏州沧浪亭③畔,天之厚我,可谓至矣。东坡云:"事如春梦了无痕。"④苟不记之笔墨,未免有辜彼苍之厚。因思《关雎》冠三百篇⑤之首，故列夫妇于首卷，余以次递及焉。所愧少年失学，稍识之无⑥，不过记其实情实事而已，若必考订其文法，是责明于垢鉴⑦矣。

【字词注解】

①乾隆癸未：1763年。

②衣冠之家：指官宦、富绅之家。

③沧浪亭：苏州四大名园之一，是苏州现存诸园中最古老的，为宋代苏舜钦所建，在今江苏苏州城南。

④"事如春梦了无痕"句：语出苏轼《正月二十日与潘、郭二生出郊寻春，忽记去年是日同至女王城作诗，乃和前韵》诗。

⑤《关雎》：《诗经》开篇的诗歌，主要描写了男女相悦之情，作者借以表达其伉俪深情。三百篇：代指《诗经》。《诗经》是我国最早的一部诗歌总集，共收录诗歌305首，最初被称为《诗》或《诗三百》，到西汉时，被尊为儒家经典，称作《诗经》。

⑥稍识之无：识字不多，指文化水平不高。

⑦鉴：镜子。

【精彩解说】

我出生于乾隆癸未年（1763）冬十一月二十二日，当时是太平盛世，而且是生在官绅世家，居住在苏州沧浪亭畔，上天对我的厚爱，可谓到顶点了。苏东坡曾有诗云："事如春梦了无痕。"如果不用笔墨把自己的人生经历记录下来，未免辜负了上天对我的深厚恩泽。想到《关雎》是《诗经》中的第一篇，所以我在这里特意把夫妇情事放在首卷，其他的内容则依次写来。可惜我少年失学，识字不多，所写的不过是发生的实情实事而已。如果一定要考究文法修辞，则是苛求布满污垢的镜子发出光亮了。

原文

余幼聘金沙①于氏，八龄而夭，娶陈氏。陈名芸，字淑珍，舅氏心余先生女也。生而颖慧②，学语时，口授《琵琶行》③，即能成诵。四龄失怙④，母金氏，弟克昌，家徒壁立。芸既长，娴女红⑤，三口仰其十指供给，克昌从师，脩脯⑥无缺。一日，于书簏⑦中得《琵琶行》，挨字而认，始识字。刺绣之暇，渐通吟咏，有"秋侵人影瘦，霜染菊花肥"之句。

余年十三，随母归宁⑧，两小无嫌，得见所作，虽叹其才思隽秀，窃恐其福泽不深，然心注不能释，告母曰："若为儿择妇，非淑姊不娶。"母亦爱其柔和，即脱金约指缔姻焉。此乾隆乙未⑨七月十六日也。

—●【字词注解】

①金沙：在今江苏南通。

②颖慧：聪明，聪慧。

③《琵琶行》：唐代诗人白居易所作长篇叙事诗。

④失怙（hù）：丧父。

⑤女红（gōng）：同"女工"，旧时指女子所做的纺织、刺绣、缝纫等工作及其成品。

⑥脩（xiū）脯：原意是干肉，后指学生给老师的学费。

⑦书簏（lù）：竹编书箱。簏，用竹子编的收纳器物。

⑧归宁：旧时指出嫁的女子回娘家看望父母。

⑨乾隆乙未：1775年。

—●【精彩解说】

我年幼时和金沙的于氏女定了亲，然而她八岁就夭折了，后来我娶了陈氏。陈氏名芸，字淑珍，是我舅舅陈心余先生的女儿。她天生灵秀聪颖，在牙牙学语时，向她口授《琵琶行》，她很快就能背诵。她四岁的时候父亲过世了，家中只有母亲金氏和弟弟克昌，家徒四壁，生计艰难。芸长大后，擅长做针线活儿，一家三口全靠她的手艺为生，后来弟弟克昌上学，给老师的酬金从未短缺过。有一天，芸从书筐里翻到了一本《琵琶行》，开始一个字一个字地认，这才学会了识字。刺绣闲暇时，她又慢慢学会了吟咏，写过"秋侵人影瘦，霜染菊花肥"这样的妙句。

我十三岁时跟母亲回外祖家，与芸相处融洽，所以能够看到她写的诗句。虽然赞叹她才思隽秀，却也担心她福泽不深，然而我对她的思慕时刻不能放下。因此，我告诉母亲说："若是为儿选择媳妇，非淑姐不娶。"母亲也喜欢芸的柔顺温和，于是摘下金戒指为我俩订下婚约。那天正是乾隆乙未年（1775年）。

是年冬，值其堂姊出阁①，余又随母往。芸与余同齿而长余十月，自幼姊弟相呼，故仍呼之曰淑姊。时但见满室鲜衣，芸独通体素淡，仅新其鞋而已。见其绣制精巧，询为己作，始知其慧心不仅在笔墨也。其形削肩长项，瘦不露骨，眉弯目秀，顾盼神飞，唯两齿微露，似非佳相。一种缠绵之态，令人之意也消。索观诗稿，有仅一联，或三四句，多未成篇者。询其故，笑曰："无师之作，愿得知己堪师者敲成之耳。"余戏题其签曰"锦囊佳句"②，不知夭寿③之机，此已伏矣。

是夜，送亲城外，返已漏三下④。腹饥索饵⑤，婢妪以枣脯进，余嫌其甜。芸暗牵余袖，随至其室，见藏有暖粥并小菜焉。余欣然举箸，忽闻芸堂兄玉衡呼曰："淑妹速来！"芸急闭门曰："已疲乏，将卧矣。"玉衡挤身而入，见余将吃粥，乃笑睨⑥芸曰："顷我索粥，汝曰'尽矣'，乃藏此专待汝婿耶？"芸大窘避去，上下哗笑之。余亦负气，挈老仆先归。

自吃粥被嘲，再往，芸即避匿，余知其恐贻人笑也。

—•【字词注解】

①出阁：古代指女子出嫁。

②"锦囊佳句"：唐代诗人李贺外出，随身带着一个锦囊，途中想到佳句，即写下放入囊中。因李贺死时只有二十七岁，故下文有"夭寿之机，此已伏矣"之说。

③夭寿：短命，早死。

④漏三下：三更时分（23:00—1:00）。漏，漏壶，古代一种计时器具，也叫"漏刻"。

⑤饵：食物。

⑥睨（nì）：斜着眼看。

【精彩解说】

　　这年冬天，正好赶上芸的堂姐出嫁，我又跟着母亲到了舅舅家。芸与我同岁但大我十个月，我们从小以姐弟相称，所以我仍叫她淑姐。当时满屋子的人都穿着鲜艳的新衣，只有芸衣着淡雅，仅一双鞋是新的。我看她鞋上的刺绣很精巧，询问之下知道原来是她自己做的，这才发现她的聪慧不仅体现在笔墨上。芸身材苗条，削肩长颈，瘦不露骨，眉弯目秀，双目神采飞扬，只是微微露出两颗牙齿，算不上美貌。但是那种缠绵娇柔的仪态，令人心动不已。我向她索要诗稿观看，发现有的仅有一联，有的只有三四句，多数未写完，我问她其中的原因，她笑着说："只因为没有老师指导，愿得到既为知己又能指导我的人来帮我推敲成篇。"我便在诗签上戏题词曰"锦囊佳句"。殊不知，她的短寿之机已经暗中伏下了。

　　当晚，我送亲到城外，返回时已是三更时分，我饥肠辘辘，到处找东西吃，女仆拿来枣脯，我嫌太甜不吃。芸暗中牵着我的衣袖，我跟着她走进她的屋子，看到里面藏着热粥和小菜。我高兴地举起筷子，忽然听到芸的堂兄玉衡在外边大声叫着："淑妹快来！"芸急忙关门说："我已经累了，要睡了。"玉衡从门缝里挤了进来，看见我正准备吃粥，便斜眼看着芸，笑着说："呵，刚才我跟你要粥，你说'吃完了'，原来是藏在这里专门来招待女婿呀！"芸非常窘迫，红着脸避开了，一时间，屋里的人都哈哈大笑起来。我也赌气带着老仆回去了。

　　自从吃粥的事被嘲笑后，我再去时，芸都要躲起来，我知道她是怕惹人笑话。

原文

　　至乾隆庚子①正月二十二日花烛之夕，见瘦怯身材依然如昔。头巾既揭，相视嫣然②。合卺③后，并肩夜膳，余暗于案下握其腕，暖尖滑腻，胸中不觉怦怦作跳。让之食，适逢斋期，已数年矣。暗计吃斋之初，正余出痘④之期，因笑谓曰："今我光鲜无恙，姊可从此开戒否？"芸笑之以目，点之以首。

【字词注解】

①乾隆庚子：1780年。
②嫣然：微笑的样子。
③合卺（jǐn）：旧时结婚仪式，新婚夫妇饮交杯酒。
④出痘：出水痘，一种幼儿易患的传染性疾病。

【精彩解说】

到乾隆庚子年（1780）正月二十二日的洞房花烛夜，我见她身材依然那样瘦削娇怯。揭了红盖头，两人相视而笑。喝过了合卺酒，我俩并肩而坐，一起吃夜宵。我偷偷地在桌子下握住她的手腕，只觉纤细温暖、肌肤滑腻，心不禁怦怦乱跳。让她吃东西，却正逢她的斋期，她已经坚持斋戒很多年了。我暗暗推算她开始吃斋的日期，正是我出水痘的日子，于是笑着对她说："如今我皮肤光鲜无恙，淑姐从此可开戒了吧？"芸眼含笑意，点了点头。

原文

廿四日为余姊于归①，廿三国忌②不能作乐，故廿二之夜即为余姊款嫁。芸出堂陪宴，余在洞房与伴娘对酌，拇战辄北③，大醉而卧，醒则芸正晓妆未竟也。

是日亲朋络绎，上灯后始作乐。

廿四子正④，余作新舅送嫁，丑末⑤归来，业已灯残人静。悄然入室，伴妪盹于床下，芸卸妆尚未卧，高烧银烛，低垂粉颈，不知观何书而出神若此。因抚其肩曰："姊连日辛苦，何犹孜孜不倦耶？"芸忙回首起立曰："顷正欲卧，开橱得此书，不觉阅之忘倦。《西厢》之名，闻之熟矣，今始得见，真不愧才子之名，但未免形容尖薄耳。"余笑曰："唯其才子，笔墨方能尖薄。"伴妪在旁促卧，令其闭门先去。遂与比肩调笑，恍同密友重逢。戏探其怀，亦怦怦作跳，因俯其耳曰："姊何心春⑥乃尔耶？"芸回眸微笑，便觉一缕情丝摇人魂魄。拥之入帐，不知东方之既白。

● 【字词注解】

①于归：女子出嫁。
②国忌：古代皇帝、皇后去世的日子。此时民间禁止饮酒娱乐活动。
③拇战：划拳。北：败北，失败。
④子正：子时中间，相当于午夜十二点。子时指夜半十一点至一点。
⑤丑末：丑时之末，相当于凌晨三点。丑时指一点至三点。
⑥心舂（chōng）：心跳动得很快。

● 【精彩解说】

我姐姐要在二十四日出嫁，但因为二十三日是国忌，不能宴饮行乐，所以我家二十二日夜里为姐姐送嫁宴客。芸去了厅堂陪宴，我留在洞房与伴娘相对饮酒，但每次划拳都输，喝得大醉后倒在床上睡着了，醒来时芸正在梳理晨妆。

当天，亲朋好友络绎不绝，晚上点灯之后才开始宴乐。

二十四日子夜时分，我以新舅的身份送嫁，直到凌晨丑末时分才回来，当时已是灯残人静。我悄悄入室，见伴娘正在床边打盹，芸卸了妆还未就寝，银烛高燃，粉颈低垂，不知在看什么书如此入迷。我抚摩着她的肩膀说："淑姐连日来十分辛苦，为何还如此孜孜不倦呀？"芸急忙回头站起来说："刚才正想睡觉呢，可是打开书橱看到这本书，不知不觉读得忘了疲倦。《西厢记》这本书我听说过很多次，但今天才看到，作者真不愧才子之名，不过书里所写未免太尖巧刻薄了些。"我笑着说："正因为他是才子，笔墨才能如此尖巧刻薄。"这时候，伴娘在旁边催促我们休息，我叫她关上门先回去。我这才与芸并肩调笑起来，恍惚觉得如同密友重逢。我把手伸到她的怀中，她的心脏也在怦怦跳动，因此我俯在她耳边问："淑姐为什么心跳如此剧烈？"芸只是回头微笑着，此时我便觉得一缕情丝动人魂魄，于是我拥着她进入帐内，不知不觉天已亮了。

原文

芸作新妇，初甚缄默①，终日无怒容，与之言，微笑而已。事上以敬，处下以和，井井然未尝稍失。每见朝暾②上窗，即披衣急起，如有人呼促者然。余笑曰："今非吃粥比矣，何尚畏人嘲耶？"芸曰："曩③之藏粥待君，传为话柄。今非畏嘲，恐堂上道新娘懒惰耳。"余虽恋其卧而德其正，因亦随之早起。自此耳鬓相磨，亲同形影，爱恋之情，有不可以言语形容者。

— •【字词注解】

① 缄（jiān）默：沉默寡言。
② 朝暾（tūn）：初升的太阳。此指早晨的阳光。
③ 曩（nǎng）：以往，从前。

— •【精彩解说】

芸刚过门那一阵子，少言寡语，整天都没有怒容，和她说话，她也只是微笑而已。芸上对公婆恭顺，下对晚辈和气，行事条理清晰，没有丝毫差错。每日太阳刚照到窗户，她便急忙披衣起床，好像有人在催促一般。我笑着说："现在已非当初吃粥的时候了，还怕别人嘲笑吗？"芸说："当初藏粥招待你，被传为笑柄，今日并不是怕人嘲笑，而是担心公婆说新娘子懒惰啊。"我虽然留恋她睡在身边的感觉，却觉得她做得对，于是也随着她每日早起。从此我们耳鬓厮磨，亲密无间，形影不离，爱恋之意是无法用语言来形容的。

【原文】

而欢娱易过，转瞬①弥月。时吾父稼夫公在会稽幕府②，专役相迓③，受业于武林④赵省斋先生门下。先生循循善诱，余今日之尚能握管⑤，先生力也。归来完姻时，原订随侍到馆。闻信之余，心甚怅然，恐芸之对人堕泪。而芸反强颜劝勉，代整行装，是晚但觉神色稍异而已。临行，向余小语曰："无人调护，自去经心。"

及登舟解缆，正当桃李争妍之候，而余则恍同林鸟失群，天地异色。

— •【字词注解】

① 转瞬：转眼间，指时间过得很快。

②会稽：今浙江绍兴。幕府：幕僚，幕宾。
③迓（yà）：迎接。
④武林：今浙江杭州，因北靠武林山而得名。
⑤握管：代指写字、作文。

【精彩解说】

然而快乐的时光总是容易度过，转眼一个月就过去了。当时我的父亲稼夫公正在会稽做幕僚，专程派人来接我，让我去杭州赵省斋先生门下读书。先生循循善诱，我今日能执笔作文，都得益于先生当年的教诲。回家完婚时，原本说好随后至先生身边继续学习；但真等父亲来信催促后，心中很是惆怅，担心芸会当众哭泣。没想到她却强颜欢笑劝慰我，给我收拾行装，那天晚上只是觉得她的神色与以往稍有不同罢了。离别之时，芸小声叮嘱我说："出门在外无人照料，你自己凡事要多加小心。"

等到登上小船解开缆绳，此时正值桃李争妍，春光无限，我却如同林鸟失群孤飞，感觉天地都变色了。

原文

到馆后，吾父即渡江东去。居三月，如十年之隔。芸虽时有书来，必两问一答，中多勉励词，余皆浮套语①，心殊怏怏②。每当风生竹院，月上蕉窗，对景怀人，梦魂颠倒。先生知其情，即致书吾父，出十题而遣余暂归。喜同戍人③得赦。

登舟后，反觉一刻如年。及抵家，吾母处问安毕，入房，芸起相迎，握手未通片语，而两人魂魄恍恍然④化烟成雾，觉耳中惺然⑤一响，不知更有此身矣。

时当六月，内室炎蒸⑥，幸居沧浪亭爱莲居西间壁，板桥内一轩临流，名曰"我取"，取"清斯濯缨，浊斯濯足"⑦意也。檐前老树一株，浓阴覆窗，人面俱绿。隔岸游人往来不绝。此吾父稼夫公垂帘宴客处也。禀命吾母，携芸消夏于此。因暑罢绣，终日伴余课书论古，品月评花而已。芸不善饮，强之可三杯，教以射覆⑧为令。自以为人间之乐，无过于此矣。

── 【字词注解】

①浮套语：客套话。
②怏（yàng）怏：不高兴或没精打采的样子。
③戍人：古代驻守边关的将士。
④恍恍然：好像，仿佛。
⑤惺然：象声词。
⑥炎蒸：炎热。
⑦"清斯濯（zhuó）缨，浊斯濯足"：水清，就洗帽子；水浊，就洗双脚。语出《孟子·离娄上》："有孺子歌曰：'沧浪之水清兮，可以濯我缨；沧浪之水浊兮，可以濯我足。'孔子曰：'小子听之，清斯濯缨，浊斯濯足矣。自取之也。'"濯，洗。
⑧射覆：古代游戏，把东西覆于器物下，用一种带有猜谜性质的酒令，用字句暗指事物，让人猜。

── 【精彩解说】

　　把我送到杭州，父亲就渡江向东去了。我在学馆学习的三个月，仿佛有十年之久。芸虽然时常写信来，但总是问两句答一句，多半为勉励的话，其余都是客套话，我心里很不高兴。每当风吹过院中的竹林，月光照上窗外的芭蕉，总让我对景怀人，梦魂颠倒。先生知道其中的情由后，就给我父亲写信说明，给我出了十道题，让我暂且回家。我欣喜不已，仿佛守边的兵士忽然被告知可以回家了。

　　登船启程后，反倒觉得一刻如同一年般缓慢。等抵达家中，我匆匆到母亲那儿请了安，才进了自己的房间，芸立即站起来迎接，我们手拉着手还没有说话，就觉得两人的魂魄好像化成了烟雾，只觉得耳中惺然一响，都不知道还有此身了。

　　当时正是六月，室内闷热如蒸笼，幸好我们住在沧浪亭爱莲居西边隔壁，板桥内有一亭轩临水，名叫"我取"，取自《孟子》中的"清斯濯缨，浊斯濯足"。屋檐前有一棵老树，树荫浓郁覆盖着窗户，连人的脸上都映上绿色了。对岸游人往来不绝。这里是我父亲稼夫公早年闲居时垂帘宴客的地方。请示了母亲后，我便带着芸到这里避暑。芸也因为暑热，不再刺绣做活儿，而是整天陪着我读书论古，品月评花。芸不善饮酒，勉强可以喝上三杯，我教她行射覆这种酒令助兴。自以为人世间的快乐，再没有能超过这个的了。

原文

一日，芸问曰："各种古文，宗何为是？"余曰："《国策》《南华》①，取其灵快；匡衡、刘向②，取其雅健；史迁、班固③，取其博大；昌黎④取其浑，柳州⑤取其峭；庐陵⑥取其宕，三苏⑦取其辩。他若贾、董⑧策对，庾、徐⑨骈体，陆贽⑩奏议，取资者不能尽举，在人之慧心领会耳。"

芸曰："古文全在识高气雄，女子学之恐难入彀⑪，唯诗之一道，妾稍有领悟耳。"余曰："唐以诗取士，而诗之宗匠必推李、杜⑫，卿爱宗何人？"芸发议曰："杜诗锤炼精纯，李诗潇洒落拓，与其学杜之森严，不如学李之活泼。"余曰："工部为诗家之大成，学者多宗之，卿独取李，何也？"芸曰："格律谨严，词旨老当，诚杜所独擅。但李诗宛如姑射仙子⑬，有一种落花流水之趣，令人可爱。非杜亚于李，不过妾之私心宗杜心浅，爱李心深。"余笑曰："初不料陈淑珍乃李青莲⑭知己。"

芸笑曰："妾尚有启蒙师白乐天⑮先生，时感于怀，未尝稍释。"余曰："何谓也？"芸曰："彼非作《琵琶行》者耶？"余笑曰："异哉！李太白是知己，白乐天是启蒙师，余适字'三白'，为卿婿，卿与'白'字何其有缘耶？"芸笑曰："'白'字有缘，将来恐白字连篇耳（吴音呼别字为白字）。"相与大笑。余曰："卿既知诗，亦当知赋之弃取。"芸曰："《楚辞》⑯为赋之祖，妾学浅费解。就汉、晋人中调高语炼，似觉相如为最。"余戏曰："当日文君之从长卿⑰，或不在琴而在此乎？"复相与大笑而罢。

【字词注解】

①《国策》：《战国策》，是西汉刘向根据前代史料整理而成的一部国别体历史著作。《南华》：《南华经》，《庄子》的别称。

②匡衡：生卒年不详，字稚圭，西汉经学家。刘向（约前77—前6）：字子政，西汉经学家、目录学家。

③史迁：司马迁（约前145—约前90），字子长，西汉史学家、文学家，所著《史记》是中国第一部纪传体通史，被鲁迅称为"史家之绝唱，无韵之

离骚"。班固（32—92）：字孟坚，东汉史学家。

④昌黎：韩愈（768—824），祖籍昌黎，故有此称。

⑤柳州：柳宗元（773—819），因曾被贬柳州，故有此称。

⑥庐陵：欧阳修（1007—1072），因系庐陵（今江西吉安）人，故有此称。

⑦三苏：苏洵（1009—1066）、苏轼（1037—1101）、苏辙（1039—1112）父子三人。

⑧贾、董：贾即贾谊（前200—前168），西汉政论家、文学家；董即董仲舒（前170—前104），西汉儒学大师。

⑨庾、徐：庾即庾信（513—581），北朝周文学家；徐即徐陵（507—583），南朝陈文学家。

⑩陆贽（754—805）：字敬舆，嘉兴（今浙江嘉兴）人，唐代文学家、政治家。

⑪入彀（gòu）：合乎要求，达到标准。

⑫李、杜：李白（701—762）、杜甫（712—770）。

⑬姑射（yè）仙子：《庄子·逍遥游》中描绘的女神。

⑭李青莲：李白号"青莲居士"，故称。

⑮白乐天：白居易（772—846），字乐天。

⑯《楚辞》：相传是屈原所作的一种新诗体，在西汉初期就有这个名称，至刘向编辑成集，名为《楚辞》，是《诗经》以后有深远影响的一部诗歌总集。

⑰文君之从长卿：指司马相如与卓文君的爱情故事。相传卓文君为富商之女，被司马相如的琴声打动，两人相爱后一起私奔。

【精彩解说】

有一天，芸问我："各种古文，应当学习哪一家才好呢？"我说："《战国策》《南华经》，可取其轻灵明快；匡衡、刘向，可取其典雅雄健；司马迁、班固，可以取其恢宏博大；韩愈取其浑厚，柳宗元取其峭拔，欧阳修取其跌宕不拘，三苏取其明辩。其他如贾谊、董仲舒的对策文，庾信和徐陵的骈文，陆贽的奏议，可以吸取和凭借的不可能全部列举，关键靠各人的慧心去领会了。"

芸说："古文全在见识高妙、气势雄浑，女子学习起来恐怕难以入门，唯有诗歌这一门，我稍有些领悟呢。"我说："唐代以诗赋选拔人才，而诗的宗匠必然首推李白、杜甫，你喜欢哪个呢？"芸说："杜甫的诗锤炼精纯，李白的诗潇洒落拓，与其学习杜甫的森严，倒不如学李白的活泼。"我说："杜工部为诗家之集大成者，学者大多崇拜他，而你唯独喜欢李白，这是为什么呢？"芸说："论格律严谨、词旨老练，的确以杜甫为首。但是李白的诗具有宛如姑射仙子那样的浪漫风格，有一种落花流水之趣，令人觉得可爱。并非杜甫比李白差，只不过是我对杜甫的崇拜之心浅，而对李白的崇拜之心更深罢了。"我笑着说："没想到陈淑珍是李青莲（李白）的知己呢。"

芸笑着说："我还有启蒙老师白乐天（白居易），经常想起，未尝忘怀。"我问："怎么说呢？"芸说："他不是《琵琶行》的作者吗？"我笑着说："这也奇怪了，李白是你的知己，白乐天是你的启蒙老师，我恰好字'三白'，是你的夫婿。你与'白'字何其有缘分！"芸笑着说："与'白'字有缘，将来恐怕会白字连篇呢（吴语称'别字'为'白字'）。"我们便相对大笑起来。我说："你既然懂诗，也应当知道赋的可弃、可取之处吧？"芸说："《楚辞》为赋之祖先，我学识浅薄，不能理解。汉、晋的人，调高语炼的，感觉司马相如最好。"我开玩笑说："当初卓文君之所以嫁给司马相如，或许不在琴而在于赋吧？"我们又大笑起来。

原文

余性爽直，落拓不羁；芸若腐儒，迂拘①多礼。偶为披衣整袖，必连声道"得罪"；或递巾授扇，必起身来接。余始厌之，曰："卿欲以礼缚我耶？语②曰：'礼多必诈。'"芸两颊发赤，曰："恭而有礼，何反言诈？"余曰："恭敬在心，不在虚文。"芸曰："至亲莫如父母，可内敬在心而外肆狂放耶？"余曰："前言戏之耳。"芸曰："世间反目，多由戏起，后勿冤妾，令人郁死。"余乃挽之入怀，抚慰之，始解颜为笑。自此，"岂敢""得罪"竟成语助词矣。

鸿案相庄③，廿有三年，年愈久而情愈密。家庭之内，或暗室相逢，窄途邂逅，必握手问曰："何处去？"私心忒忒④，如恐旁人见之者。实则同行并坐，初犹避人，久则不以为意。芸或与人坐谈，见余至，必起立，偏挪其身，余就而并焉。彼此皆不觉其所以然者，始以为惭，继成不期然而然。独怪老年夫妇相视如仇者，不知何意。或曰："非如是，焉得白头偕老哉？"斯言诚然欤⑤？

● 【字词注解】

①迂拘：迂腐，缺少变通。

②语：俗语，俗话。

③鸿案相庄：指夫妻间相敬相爱，关系融洽。典出《后汉书·逸民传·梁鸿》："鸿家贫而有节操。妻孟光，有贤德。……每归，妻为具食，不敢于鸿前仰视，举案齐眉。"

④忒（tè）忒：小心谨慎的样子。

⑤欤（yú）：句末语气词。

● 【精彩解说】

我生性爽直，不拘小节；而芸仿佛迂腐的儒生，拘泥多礼。我偶尔为她披衣整袖，她必连声说"得罪，得罪"；有时给她递送手帕、扇子，她也一定起身来接。刚开始我看不惯，说："你是想用礼节来约束我吗？俗话说'礼多必诈'。"芸脸颊通红，说："恭敬而有礼节，为什么反被说成虚伪呢？"我答道："恭敬在于内心，而不在于这些虚假的形式。"芸说："最亲近的人莫过于父母，难道对待他们可以内心恭敬而举止放肆吗？"我心中十分愧疚，说："我前面所说都是在开玩笑呢。"芸严肃地说："世上的人反目，多数是由玩笑话引起的，以后不准你随便冤枉我，让人郁闷得要死。"我便将她搂在怀里抚慰起来，她才露出笑容。从此，"岂敢""得罪"竟成我们说话的助词。

我们夫妻恩爱，举案齐眉，共有二十三年，时间越长，感情越深。家庭之内，有时暗室相逢、窄路邂逅，必握手相问："你去哪儿？"我们相爱得小心谨慎，好像总怕旁人看见一样。实际上当初同行并坐也会特别避人，久了则不以为意了。芸有时候与人坐着聊天，见我到来，一定会起身挪位让我坐，我则紧挨着她坐下来。彼此全不在乎什么了，从开始的不好意思，继而变为自然而然。奇怪的是有些老年夫妇见面如仇人一样，不明白是什么缘故。有人说："若不这样，怎能白头偕老呢？"是不是确实如此呢？

【原文】

是年七夕①,芸设香烛瓜果,同拜天孙②于我取轩中。余镌"愿生生世世为夫妇"图章二方,余执朱文③,芸执白文④,以为往来书信之用。是夜月色颇佳,俯视河中,波光如练,轻罗小扇,并坐水窗,仰见飞云过天,变态万状。芸曰:"宇宙之大,同此一月,不知今日世间,亦有如我两人之情兴否?"余曰:"纳凉玩月,到处有之。若品论云霞,或求之幽闺绣闼⑤,慧心默证者,固亦不少。若夫妇同观,所品论者,恐不在此云霞耳。"未几⑥,烛烬月沉,撤果归卧。

【字词注解】

①七夕:七夕节,又名"乞巧节"。民间传统节日,时间为农历七月初七。年轻女性在这一天通常摆上瓜果乞巧,或比赛针线织绣手艺。

②天孙:织女星,民间相传织女是天帝的孙女。

③朱文:在印章中,字凸出者叫阳刻,为朱文。

④白文:在印章中,字凹进者叫阴刻,为白文。

⑤闼(tà):门。

⑥未几:不久。

【精彩解说】

这一年七夕,芸摆好香烛瓜果,同我在"我取轩"中拜织女星。我篆刻了"愿生生世世为夫妇"的两枚印章,我拿朱文阳字,芸拿白文阴字,作为以后往来书信之用。当夜月色明亮,俯视水中,波光如练,我们轻摇着小扇,并排坐在临水的窗口,抬头望着天,看着空中的云朵飘来飘去,变幻万千。芸说:"宇宙之大,大家同在这一个月亮之下,不知今日世间,还有没有像我们两人这样情意浓、兴致高的呀?"我说:"纳凉赏月的到处都有。若是品论云霞,在深幽闺房中寻找心心相印、互为知己者,固然也不少。但若是夫妻共同观赏,所谈论的内容恐怕不在云霞呢。"不久,蜡烛燃尽,月亮西沉,我们撤去瓜果,回屋就寝。

【原文】

七月望①,俗谓之鬼节②,芸备小酌,拟邀月畅饮。夜忽阴云如晦,芸愀然③曰:"妾能与君白头偕老,月轮当出。"余亦索然④。但见隔岸萤光,明灭万点,梳织于柳堤蓼渚⑤间。余与芸联句,以遣闷怀,而两韵之后,逾联逾纵,想入非夷,随口乱道。芸已漱涎涕泪,笑倒余怀,不能成声矣。觉其鬓边茉莉浓香扑鼻,因拍其背,以他词解之曰:"想古人以茉莉形色如珠,故供助妆压鬓,不知此花必沾油头粉面之气,其香更可爱,所供佛手⑥当退三舍⑦矣。"芸乃止笑曰:"佛手乃香中君子,只在有意无意间;茉莉是香中小人,故须借人之势,其香也如胁肩谄笑。"余曰:"卿何远君子而近小人?"芸曰:"我笑君子爱小人耳。"

【字词注解】

①望:农历每月十五日称"望"。

②鬼节:又称"盂兰盆节""中元节",民间传统节日,时间在农历七月十五。人们在这一天通常要祭祀死去的先人及鬼神。

③愀(qiǎo)然:表情严肃或不愉快的样子。

④索然:乏味,无兴趣的样子。

⑤蓼渚(liǎo zhǔ):长着蓼草的水中小洲。渚,水中小块陆地。

⑥佛手:佛手柑的果实,黄色,有香气,形如半握之手,可观赏及入药。

⑦三舍(shè):泛指距离远。古时行军以三十里为一舍。

【精彩解说】

七月十五日,俗称"鬼节"。芸准备了酒菜,打算邀月共饮。夜间,忽然阴云密布,天色昏暗,芸有些不高兴,说:"如果我能与郎君白头偕老,月亮应当出来相伴才是啊!"此刻我也没有了兴致。只见隔岸萤火虫发出光亮,忽明忽暗,如繁星万点,穿梭于柳堤水蓼小洲之间。我便与芸联句,以消除心中的郁闷,对完了两韵之后,就越联越没有章法了,竟然开始胡思乱想,随口乱说起来，芸听了笑得流出了眼泪，倒在我的怀里不能成声了。这时，我忽然觉得她鬓角茉莉花花香扑鼻，便拍着她的背说别的话缓解："想来古人因茉莉花形色如珍珠，所以把它插在头发上妆锦压鬓，岂不知此花必须沾染头油脂粉的气息，香味才更好，连供奉用的佛手果也要退避三舍了。"芸即止住笑说："佛手果是香中君子，香不香只在人有意无意之间；茉莉花只是香中小人，因此必须借人之势才能挥发，其香味也像是为了巴结人的谄媚之笑呢。"我问："那么，你为什么远君子而近小人呢？"芸说："我是笑那种爱小人的君子罢了。"

原文

正话间，漏已三滴①，渐见风扫云开，一轮涌出。乃大喜，倚窗对酌。酒未三杯，忽闻桥下哄然一声，如有人堕。就窗细瞩，波明如镜，不见一物，惟闻河滩有只鸭急奔声。余知沧浪亭畔素有溺鬼，恐芸胆怯，未敢即言。芸曰："噫！此声也，胡为乎来哉？"不禁毛骨皆栗。急闭窗，携酒归房。一灯如豆，罗帐低垂，弓影杯蛇，惊神未定。剔灯入帐，芸已寒热②大作，余亦继之，困顿两旬。真所谓乐极灾生，亦是白头不终之兆。

——•【字词注解】

①漏已三滴：漏滴是古代计时工具，漏壶滴下的三个水点。此处"漏三滴"指深更半夜。

②寒热：发烧。

——•【精彩解说】

说话间，更漏已三声了，渐渐看见风扫云开，一轮明月出现了，我们非常高兴，倚窗对酌。酒还没喝三杯，忽然听见桥下哄的一声响，好像有人落水了。到窗边仔细一看，水面却平静如镜，什么也没有看见，只听见河滩上有一只鸭子匆忙奔跑的声音。我知道，沧浪亭畔向来有溺鬼的传说，担心芸会害怕，所以没敢立即说给她听，芸问："呀！这声音从哪里来的呢？"说完便浑身发抖。我们急忙关闭窗户，带着酒回了屋内，此刻室内一盏灯火小如黄豆，罗帐低垂着，所谓杯弓蛇影，我们被吓得魂不守舍。等到熄灯入帐的时候，芸已经发起了高烧。我也跟着发热了，昏沉了二十来天。真可谓乐极生悲，也是我们不能白头偕老的前兆啊。

原文

中秋日，余病初愈。以芸半年新妇，未尝一至间壁之沧浪亭，先令老仆约守者，勿放闲人。于将晚时，偕芸及余幼妹，一妪一婢扶焉，老仆前导，过石桥，进门折东，曲径而入。叠石成山，林木葱翠。亭在土山之巅。循级至亭心，周遭①极目可数里，炊烟四起，晚霞灿然。隔岸名"近山林"，为大宪行台②宴集之地，时正谊书院③犹未启也。携一毯设亭中，席地环坐，守者烹茶以进。少焉，一轮明月已上林梢，渐觉风生袖底，月到波心，俗虑尘怀，爽然顿释。芸曰："今日之游乐矣，若驾一叶扁舟，往来亭下，不更快哉！"

时已上灯，忆及七月十五夜之惊，相扶下亭而归。吴俗，妇女是晚不拘大家小户皆出，结队而游，名曰"走月亮"。沧浪亭幽雅清旷，反无一人至者。

【字词注解】

①周遭：四周，周围。

②大宪行台：高官巡游时的驻所。大宪，清代地方官员对总督或巡抚的称谓。行台，大吏出巡时所驻的地方。

③正谊书院：在沧浪亭北，清嘉庆十年（1805）由两江总督铁保、江苏巡抚汪志伊创建。

【精彩解说】

到了中秋节，我的病才好。因芸过门半年还没有去过不远处的沧浪亭，所以我准备带她去一次。我让老仆先和守亭人约好，不准闲人进去。天快黑时，带着芸和我小妹，叫一个女仆和一个丫鬟换着过去，由老仆在前面引路，过了石桥，进了门，向东转弯后沿着曲径小路进入里面。这里叠石成山，树木葱绿。亭子在土山顶上，顺台阶走到亭中央，极目四望，可以看数里远。炊烟四起，晚霞灿烂。隔岸名叫"近山林"，是地方长官们聚会宴饮之地，那时正谊书院还没有修建呢。我们带一条毯子铺在亭中，大家席地围坐，守亭人不时进来端茶倒水。过了一会儿，一轮明月升上树梢，渐渐觉得袖底生风，看河面上月光随波荡漾，心中一切思虑忧闷都消散释然了。芸说："今天玩得太高兴了，若是坐在小船上往来于亭下，岂不是更快活！"

这时已经上灯，想起七月十五日夜受到惊吓的事，我们还是相互搀扶着下亭回去了。吴地有风俗：这天夜里，不管是大家族的妇女还是小户的妇女，都要出来，结队游览，叫作"走月亮"。而沧浪亭边幽雅清旷，却没有一人到这里来玩。

原文

吾父稼夫公喜认义子，以故余异姓弟兄有二十六人。吾母亦有义女九人，九人中王二姑、俞六姑与芸最和好。王痴憨善饮，俞豪爽善谈。每集，必逐余居外，而得三女同榻，此俞六姑一人计也。余笑曰："俟①妹于归后，我当邀妹丈来，一住必十日。"俞曰："我亦来此，与嫂同榻，不大妙耶？"芸与王微笑而已。

●【字词注解】

①俟（sì）：等。

●【精彩解说】

我父亲稼夫公喜欢认义子，所以我的异姓弟兄有二十六人。我母亲也有义女九人，其中王二姑、俞六姑与芸最要好。王二姑憨直且酒量好，俞六姑豪爽且能说会道。她们每次聚会，必定要把我赶到外间去过夜，而她们三人就会睡在一起，这些都是俞六姑出的主意。因此我笑着对她说：

"等到小妹出嫁后,我也一定要邀请妹夫来,一住必定十天。"俞六姑说:"那我也来这里住,与嫂子同榻不是更好吗?"芸与王二姑只在一旁轻笑。

时为吾弟启堂娶妇,迁居饮马桥之仓米巷①,屋虽宏畅,非复沧浪亭之幽雅矣。

吾母诞辰演剧,芸初以为奇观。吾父素无忌讳,点演《惨别》②等剧,老伶刻画,见者情动。余窥帘见芸忽起去,良久不出。入内探之,俞与王亦继至,见芸一人支颐,独坐镜奁③之侧。余曰:"何不快乃尔?"芸曰:"观剧原以陶情,今日之戏徒令人断肠耳。"俞与王皆笑之。余曰:"此深于情者也。"俞曰:"嫂将竟日独坐于此耶?"芸曰:"俟有可观者再往耳。"王闻言先出,请吾母点《刺梁》《后索》④等剧,劝芸出观,始称快。

——•【字词注解】

①饮马桥:在今江苏苏州市中心。仓米巷:在饮马桥北。

②《惨别》:即《惨睹》,为清无名氏(一说为李玉)所作《千忠戮》中的一出。

③支颐:用手托着下巴。镜奁(lián):古代妇女盛放梳妆用具的匣子。

④《刺梁》:为清朱佐朝《渔家乐》中的一出。《后索》:为清姚子懿《后寻亲记》中的一出。

——•【精彩解说】

当时,因为我弟弟启堂娶媳妇,我们就搬到了饮马桥附近的仓米巷,这里的房屋虽然宽敞,却比不上沧浪亭的幽雅。后来,母亲寿辰那天请了戏班来演戏,芸起初感到好奇,坐在那里欣赏。我父亲一向没什么忌讳,点了《惨别》等戏,优伶表演得十分精彩,让人观之动情。我偷偷向窗帘外看,发现芸忽然站起来走进房间，很长时间都没出来，我急忙进去探望她，俞六姑和王二姑也相继跟了进来。只见芸手托着下巴一个人坐在梳妆镜边，我问："为什么不开心呢？"芸回答说："看戏本是为陶冶性情，今日的戏却只是令人伤心断肠。"俞六姑、王二姑都笑她。我说："不要怪她，她是重感情的人啊！"俞六姑问："嫂嫂打算整天独自坐在这里吗？"芸说："等有可看的再去吧。"王二姑听了先出去，请我母亲点了《刺梁》《后索》等剧，劝芸出去看戏，她这才高兴起来。

原文

余堂伯父素存公早亡，无后，吾父以余嗣焉。墓在西跨塘福寿山①祖茔之侧，每年春日，必挈芸拜扫。王二姑闻其地有戈园之胜，请同往。芸见地下小乱石有苔纹，斑驳可观，指示余曰："以此叠盆山，较宣州②白石为古致。"余曰："若此者，恐难多得。"王曰："嫂果爱此，我为拾之。"即向守坟者借麻袋一，鹤步而拾之。每得一块，余曰"善"，即收之；余曰"否"，即去之。未几，粉汗盈盈，拽袋返曰："再拾则力不胜矣。"芸且拣且言曰："我闻山果收获，必藉猴力，果然。"王愤撮十指作哈痒状，余横阻之，责芸曰："人劳汝逸，犹作此语，无怪妹之动愤也。"

——●【字词注解】

①西跨塘福寿山：在今江苏苏州吴中区木渎镇东郊。
②宣州：在今安徽宣城。

——●【精彩解说】

我堂伯父素存公去世早，没有子嗣，我父亲就把我过继给他。他的墓地在西跨塘福寿山祖坟旁，每年春天，我都会带芸去扫墓。王二姑听说那地方有座戈园很美，因此请求一起去。到了以后，芸看到地面的小乱石上有苔藓纹理，斑驳好看，便指着石头对我说："拿它来堆叠盆景假山，比宣州白石更古雅别致。"我说："像这样的石头，恐怕找不到多少。"王二姑说："嫂嫂要是喜爱这种石头，我为你拾吧。"说着便向守坟者要了一个麻袋，像鹤那样弯着腰边走边捡起来。每捡一块，我说"好"，她便收起来；我说"不好"，她就丢下。不久，王二姑累得粉汗淋漓，提着麻袋回来说："再拾可没有力气了。"芸一边捡一边逗她说："我听说山上果子收获时，必须借助猴子的力气，果然是这样。"王二姑生气地并拢十指，做出呵气挠痒的样子，我马上过去拦住她，并责怪芸说："人家劳累你清闲，还故意说这种俏皮话，难怪妹妹生气呢。"

原文

归途游戈园，稚绿娇红，争妍竞媚。王素憨，逢花必折。芸叱曰："既无瓶养，又不簪戴，多折何为？"王曰："不知痛痒者，何害？"余笑曰："将来罚嫁麻面多须郎，为花泄忿。"王怒余以目，掷花于地，以莲钩①拨入池中，曰："何欺侮我之甚也？"芸笑解之而罢。

【字词注解】

①莲钩：旧时称女人裹足后的小脚。

【精彩解说】

回来的路上我们顺便游览了戈园，园内翠绿娇红，百花争艳。王二姑向来憨直，看见花朵便折，芸斥责说："既无花瓶可插，又不插在头上，折多了又有什么用？"王二姑说："花儿又不知道痛痒，多折了有什么害处？"我笑着对她说："将来惩罚你嫁一个麻子脸、多胡须的郎君，好为这些花泄愤出气。"王二姑对我怒目以视，把花扔到地上，用小脚踢入水池中，说："为什么这样欺负我？"芸连忙笑着劝解，她才平息怒气。

芸初缄默,喜听余议论。余调其言,如蟋蟀之用纤草,渐能发议。

其每日饭必用茶泡,喜用茶泡食芥卤乳腐①,吴俗呼为"臭乳腐",又喜食虾卤瓜②。此二物余生平所最恶者,因戏之曰:"狗无胃而食粪,以其不知臭秽;蜣螂③团粪而化蝉,以其欲修高举也。卿其狗耶?蝉耶?"

芸曰:"腐取其价廉而可粥可饭,幼时食惯。今至君家,已如蜣螂化蝉,犹喜食之者,不忘本也。至卤瓜之味,到此初尝耳。"

余曰:"然则我家系狗窦耶?"

芸窘而强解曰:"夫粪,人家皆有之,要在食与不食之别耳。然君喜食蒜,妾亦强啖④之。腐不敢强,瓜可掩鼻略尝,入咽当知其美,此犹无盐⑤貌丑而德美也。"

余笑曰:"卿陷我作狗耶?"

芸曰:"妾作狗久矣,屈君试尝之。"以箸强塞余口。

余掩鼻咀嚼之,似觉脆美,开鼻再嚼,竟成异味,从此亦喜食。芸以麻油加白糖少许拌卤腐,亦鲜美;以卤瓜捣烂拌卤腐,名之曰"双鲜酱",有异味。余曰:"始恶而终好之,理之不可解也。"芸曰:"情之所钟,虽丑不嫌。"

【字词注解】

①芥卤乳腐:苏州本地用豆腐做成的一种小吃,吴地俗称"臭乳腐"。

②虾卤瓜:苏州本地小吃,一种用鱼卤腌制的黄瓜。

③蜣螂:屎壳郎。

④啖(dàn):吃。

⑤无盐:钟离春,战国时齐国无盐(今山东东平)人,貌丑,年四十犹未嫁。后齐宣王感其德,立其为王后。这里意在说明,虾卤瓜不好闻,但味道很美。

【精彩解说】

芸起初话少,喜欢听我议论。我则常诱导着她说话,就像用纤草逗弄蟋蟀一样,她渐渐地肯发表议论了。

她每天吃饭必须用茶水泡,喜欢吃用茶水泡的芥卤乳腐,吴语俗称"臭乳腐",还喜欢吃虾卤瓜。这两样东西是我平生最讨厌的,因此戏言说:"狗没有胃而吃屎,是它不知道臭味污秽;屎壳郎滚粪球而化为蝉,是它想往高处飞。你是狗呢,还是蝉呢?"

芸说:"臭乳腐价格便宜,而且可下饭,我小时候吃惯了。如今嫁到郎君家,我就像已由屎壳郎化为蝉了,现在还特别喜欢吃这臭东西,是因为我不忘本。至于卤瓜的味道,还是到你家里才尝到的。"

我说:"那么我家是个狗洞了?"

芸有些尴尬,于是强辩说:"粪便,人人家里都有,关键在于吃与不吃。你喜欢吃大蒜,我也勉强能咽下去。臭乳腐我不敢强逼你吃,但是卤瓜可以捏着鼻子稍许尝点儿,咽下去才会知道它的味道美呢,这就好比钟离春相貌丑而品德美啊。"

我笑着说:"你这是存心要让我做狗啦?"

芸说:"我做狗已经很长时间了,委屈郎君也尝尝吧。"说完便用筷子夹起卤瓜强塞到我口中。

我捂着鼻子咀嚼它,觉得似乎清脆可口,松开鼻子再嚼一会儿,竟感到别有风味,从此也开始喜欢吃了。芸用麻油加少许白糖拌臭乳腐,也鲜美可口;把卤瓜捣烂拌臭乳腐,称之为"双鲜酱",也别有风味。我说:"开始厌恶的,最终却变为喜欢,这真是难以理解呀。"芸说:"情之所钟,虽然丑陋也不会嫌弃,就是这个道理。"

原文

余启堂弟妇,王虚舟①先生孙女也。催妆②时偶缺珠花,芸出其纳采③所受者呈吾母,婢妪旁惜之。芸曰:"凡为妇人,已属纯阴,珠乃纯阴之精,用为首饰,阳气全克矣,何贵焉?"而于破书残画,反极珍惜:书之残缺不全者,必搜集分门,汇订成帙④,统名之曰"断简残编";字画之破损者,必觅故纸,粘补成幅,有破缺处,倩⑤余全好而卷之,名曰"弃余集赏"。于女红、中馈⑥之暇,终日琐琐⑦,不惮⑧烦倦。芸于破笥⑨烂卷中,偶获片纸可观者,如得异宝。旧邻冯妪每收乱卷卖之。

—●【字词注解】

①王虚舟(1688—1743):王澍,字若霖,号虚舟,金坛(今属江苏常州)人,清代书法大家。

②催妆:旧时婚俗,结婚之前,男方派人到女方家催促新娘装扮出嫁。

③纳采:旧时订婚仪式,男方派媒人向女方提亲,女方应允后,男方送礼物求婚,俗称"下聘礼"。

④帙(zhì):包书的布套,后引申为量词,将书一套称"一帙"。

⑤倩(qìng):请,恳求。

⑥中馈(kuì):指妇女操持家中日常饮食等事务。

⑦琐琐:形容事情细小琐碎。

⑧惮(dàn):怕,畏惧。

⑨笥(sì):盛食物或衣物的方形竹器。

—●【精彩解说】

我弟弟启堂的媳妇,是王虚舟先生的孙女,催妆时才发现缺少珠花,芸就把她订婚时的聘礼珠花拿给我母亲,女仆在一旁替她惋惜。芸说:"妇人已属于纯阴,珍珠是纯阴的精华,用作首饰,阳气全被克尽了,有什么可珍贵的?"但她对一些破书残画反而极其珍惜:书籍残缺不全的,必搜集分类,汇编装订成册,统称其为"断简残编";破损的字画,必寻找相宜的纸张粘补成整幅,或请我补完整破损处再卷起来,称之为"弃余集赏"。在忙完女红、家务的闲暇时间,她就整天忙这些事,不厌其烦。她在箱子里的破烂书卷之中,偶然发现片纸可观,也如获至宝。我们原来的邻居冯老太,经常收些破烂书卷卖给她。

原文

　　其癖好与余同，且能察眼意，懂眉语，一举一动，示之以色，无不头头是道。

　　余尝曰："惜卿雌而伏，苟能化女为男，相与访名山，搜胜迹，遨游天下，不亦快哉？"芸曰："此何难，俟妾鬓斑之后，虽不能远游五岳，而近地之虎阜、灵岩①，南至西湖，北至平山②，尽可偕游。"余曰："恐卿鬓斑之日，步履已艰。"芸曰："今世不能，期以来世。"余曰："来世卿当作男，我为女子相从。"芸曰："必得不昧今生，方觉有情趣。"余笑曰："幼时一粥，犹谈不了，若来世不昧今生，合卺之夕，细谈隔世，更无合眼时矣。"芸曰："世传月下老人专司人间婚姻事，今生夫妇已承牵合，来世姻缘，亦须仰藉神力，盍③绘一像祀之？"

　　时有苕溪④戚柳堤名遵，善写人物。倩绘一像：一手挽红丝，一手携杖，悬姻缘簿，童颜鹤发，奔驰于非烟非雾中。此戚君得意笔也。友人石琢堂⑤为题赞语于首。悬之内室，每逢朔望，余夫妇必焚香拜祷。后因家庭多故，此画竟失所在，不知落在谁家矣。"他生未卜此生休"⑥，两人痴情，果邀神鉴耶？

【字词注解】

①虎阜、灵岩：虎阜即虎丘，在今江苏苏州西北；灵岩指灵岩山，在今江苏苏州西南木渎镇。

②平山：在今江苏扬州。

③盍（hé）：何不，表示反问。

④苕（tiáo）溪：古时浙江吴兴郡（今浙江湖州）的别称，因境内有苕溪流过而得名。

⑤石琢堂：石韫玉（1757—1837），字执如，号琢堂，吴县（今江苏苏州）人。乾隆庚戌（1790）科状元。

⑥"他生未卜此生休"：语出唐李商隐《马嵬》诗。

【精彩解说】

芸的癖好与我相同,而且能够察言观色,与我心有灵犀,我一举一动,只要给她一个眼神,她就会明白,就能办好。

我曾说:"可惜你是个女子,不方便出门抛头露面,如果能变为男子,与我同访名山,访遍名胜古迹,遨游天下,岂不是更快活?"芸说:"这有什么难的,等我头发斑白时,虽然不能远游五岳,而附近的虎丘、灵岩,南到杭州西湖,北到平山,都可以陪你去游玩呢。"我说:"恐怕等熬到头发斑白时,已经走不动了。"芸说:"今世不能,还可以期待来世嘛。"我说:"下一辈子你做男子,我做女人相随。"芸说:"那一定不能忘记今生的事情,那才有情趣呢。"我笑说:"连小时候吃一碗粥的事现在都说不完,要是来世不忘记今生的事,那时候成亲喝完合卺酒,再细谈前世,恐怕整夜连合眼睡觉的时间也没有了。"芸说:"世上传说月下老人掌管人间婚姻大事,今生我们夫妇已由他牵合,来世姻缘也需要借助他的神力,不如绘一幅画像来供奉他?"

当时苕溪有个戚柳堤,名遵,善于画人物。我们便请他画了一幅月老像:月老一手挽着红绳,一手拄着仙杖,杖上悬挂着姻缘簿,童颜鹤发,在虚无缥缈的烟气中奔腾。这真是戚君的得意之作呀。好友石琢堂在画上题了赞语。我把它悬挂在室内,每月逢初一和十五,我们夫妇必焚香礼拜祈祷。可是后来因家中多变故,此画竟然丢失,不知流落到谁家了。唐代李商隐说"他生未卜此生休",不知我们夫妻的痴情能否为神仙所察?

迁仓米巷,余颜其卧楼曰"宾香阁",盖以芸名而取如宾意也。院窄墙高,一无可取。后有厢楼,通藏书处,开窗对陆氏废园,但有荒凉之象。沧浪风景,时切芸怀。

有老妪居金母桥①之东、埂巷之北,绕屋皆菜圃,编篱为门。门外有池,约亩许,花光树影,错杂篱边,其地即元末张士诚②王府废基也。屋西数武,瓦砾堆成土山,登其巅可远眺,地旷人稀,颇饶野趣。妪偶言及,芸神往不置,谓余曰:"自别沧浪,梦魂常绕,今不得已而思其次，其老妪之居乎？"余曰："连朝秋暑灼人，正思得一清凉地以消长昼，卿若愿往，我先观其家可居，即襆被③而往，作一月盘桓，何如？"芸曰："恐堂上不许。"余曰："我自请之。"越日④，至其地，屋仅二间，前后隔而为四，纸窗竹榻，颇有幽趣。老妪知余意，欣然出其卧室为赁，四壁糊以白纸，顿觉改观。于是禀知吾母，挈芸居焉。

―•【字词注解】

①金母桥：又名"鸡鸣桥"，横跨锦帆泾，1931年因锦帆泾填塞成路，桥遂废。

②张士诚（1321—1367）：泰州（今属江苏）人。元末举兵起义，曾于苏州建立吴政权。

③襆（fú）被：打包衣被，收拾行李。襆，此处作"包扎，裹"解，古同"幞"。

④越日：明日，第二天。

―•【精彩解说】

搬到仓米巷之后，我给自己所住的那座楼取名为"宾香阁"，是用芸的名字而取"相敬如宾"之意。院窄墙高，没有一处让我满意的地方。后边有个厢楼通往藏书处，开窗正对着陆氏废园，只有一派荒凉景象。沧浪亭的景色，时刻让芸怀念。

这里有个老妇人住在金母桥东、埂巷之北，她的屋子周围都是菜地，并且编着篱笆为门。门外有个约一亩地大的池塘，花光树影，交错于篱笆边，这块地即元末张士诚的王府遗址。房屋西边数步之外瓦砾堆成土山，登上山顶可以远眺，地旷人稀，颇有野趣。老妇人偶尔说起这些事，芸都神往不已，便对我说："自从离开沧浪亭，常常魂牵梦萦，今日不得已退而求其次，我们到老妇人那里住吧？"我说："连日秋暑炎热灼人，正想找一个清凉的地方消磨长昼，你若是愿意去，我先去看看她家能否居住，如果可以，就打点行李去住一个月，怎么样？"芸说："只怕母亲大人不同意。"我说："我去请示。"第二天，我到那个地方一看，屋子仅有两间，前后隔为四个小房间，纸窗竹榻，别有雅趣。老妇人知道了我的意思，主动腾出她的卧室租赁给我们，四壁上也糊上了白纸，室内顿时焕然一新。于是，我禀告了母亲，带着芸搬过去住了。

原文

邻仅老夫妇二人，灌园为业，知余夫妇避暑于此，先来通殷勤，并钓池鱼、摘园蔬为馈，偿其价，不受，芸作鞋报之，始谢而受。

时方七月，绿树阴浓，水面风来，蝉鸣聒①耳。邻老又为制鱼竿，与芸垂钓于柳阴深处。日落时，登土山，观晚霞夕照，随意联吟，有"兽云吞落日，弓月弹流星"之句。少焉，月印池中，虫声四起，设竹榻于篱下，老妪报酒温饭熟，遂就月光对酌，微醺②而饭。浴罢，则凉鞋蕉扇，或坐或卧，听邻老谈因果报应事。三鼓归卧，周体③清凉，几不知身居城市矣。篱边倩邻老购菊，遍植之。

九月花开，又与芸居十日。吾母亦欣然来观，持螯对菊，赏玩竟日。芸喜曰："他年当与君卜筑于此，买绕屋菜园十亩，课仆妪植瓜蔬，以供薪水。君画我绣，以为诗酒之需。布衣菜饭，可乐终身，不必作远游计也。"余深然之。今即得有境地，而知己沦亡，可胜浩叹！

【字词注解】

①聒（guō）：喧扰，声音嘈杂。
②醺（xūn）：酒醉。
③周体：全身，周身。

【精彩解说】

邻居仅有老夫妇二人，靠种菜为生，他们知道我们夫妻来此地避暑，不时过来串门，并且从池塘里钓了鱼，从园子里摘了菜送给我们，我们给钱他们不肯接受，芸便做了新鞋子送给他们作为回报，他们才表示感谢后接受了。

当时正是七月，绿树成荫，水面吹来凉风，蝉鸣聒耳。邻家老人又为我们做了渔竿，我与芸就垂钓于柳荫深处。日落时登上土山顶看晚霞夕照，随意联句,曾吟出"兽云吞落日,弓月弹流星"这样的句子。不一会儿,月映水池,虫声四起,我们在篱笆下摆设竹榻,这时老妇人告诉我们酒饭弄好了,于是我们在月光下小酌,微醉后再吃饭。沐浴完毕,穿着拖鞋,摇着芭蕉扇,或坐或卧,听邻家老人谈论因果报应的故事。更漏敲响了三遍,便回去睡觉,浑身清凉,几乎忘记自己是居住在城市里呢。我们又请邻家老人买了菊花在篱笆边种了一大片。

九月菊花开了,我与芸又多住了十天。我母亲也满心欢喜地前来参观,大家吃着螃蟹观赏菊花,玩了一整天。芸兴奋地说:"将来应当与郎君在这里筑屋,买下周围的十亩菜园,让仆人种植瓜果蔬菜,以供日用开销。你作画,我刺绣,卖钱作为诗酒的费用。布衣菜饭足可以乐享余生,不必再做远游的打算了。"我深有同感。如今即使得到这样的地方,然而知己已经不在,真是不胜悲叹啊!

离余家半里许,醋库巷有洞庭君祠①,俗呼"水仙庙②"。回廊曲折,小有园亭,每逢神诞,众姓各认一落,密悬一式之玻璃灯,中设宝座,旁列瓶几,插花陈设,以较胜负。日惟演戏,夜则参差高下,插烛于瓶花间,名曰"花照"。花光灯影,宝鼎香浮,若龙宫夜宴。司事者或笙箫歌唱,或煮茗清谈,观者如蚁集,檐下皆设栏为限。余为众友邀去,插花布置,因得躬逢其盛。

——•【字词注解】

①醋库巷:在今江苏苏州凤凰街。洞庭君祠:祭祀洞庭水神的庙宇,洞庭指太湖。

②水仙庙:在今江苏苏州醋库巷右侧的苍龙堂,现已不存。

——•【精彩解说】

离我家半里路左右的醋库巷,有个洞庭君祠,俗称"水仙庙"。里面回廊曲折,有几处亭台。每逢神仙诞辰日,老百姓都各自选一角落挂同样式的玻璃灯，中间摆设宝座，旁边排列花瓶，瓶中插花布置，评比后得出胜负。白天只有戏曲演出，夜间则高低不等插蜡烛于花瓶间，叫作"花照"。花光灯影，宝鼎香浮，好像龙宫里摆夜宴。负责此事的人或是笙箫歌唱，或是煮茶清谈，参观者多得如蚂蚁集聚，只好在屋檐下设栏杆作为限制。我被朋友们邀请去插花布置，因而得以碰上这种热闹场面。

归家向芸艳称之，芸曰："惜妾非男子，不能往。"余曰："冠我冠，衣我衣，亦化女为男之法也。"于是易髻为辫，添扫蛾眉；加余冠，微露两鬓，尚可掩饰；服余衣，长一寸又半；于腰间折而缝之，外加马褂。芸曰："脚下将奈何？"余曰："坊间有蝴蝶履①，大小由之，购亦极易，且早晚可代撒鞋②之用，不亦善乎？"芸欣然。

及晚餐后，装束既毕，效男子拱手阔步者良久，忽变卦曰："妾不去矣，为人识出既不便，堂上闻之又不可。"余怂恿曰："庙中司事者谁不知我，即识出，亦不过付之一笑耳。吾母现在九妹丈家，密去密来，焉得知之。"

———●【字词注解】

①蝴蝶履：旧时女子所穿的一种蝴蝶式的鞋子。
②撒鞋：拖鞋。

———●【精彩解说】

回家后我向芸夸赞这盛景，芸说："可惜我不是男子，不能去啊。"我说："你戴上我的帽子，穿上我的衣服，也是化女为男的好方法哩。"于是我让她改发髻为长辫，添抹了蛾眉；戴上我的帽子，稍微露出两个鬓角，基本上能掩饰过去了；穿我的衣服时长出一寸半，就在她腰间折叠缝起来，外边再加上马褂。芸问："下边小脚可怎么办？"我说："街上有蝴蝶鞋卖，大小都有，要去买也很容易，而且早晚可当拖鞋用，不是很好吗？"芸欣然同意了。

晚饭后打扮完毕，芸仿效男子拱手阔步了很长时间，忽然改主意说："我不去了，叫人认出来既不方便，让母亲大人知道了也不好。"我怂恿说："庙里管事的人谁不认识我，即使认出来，也不过付之一笑罢了。我母亲如今在九妹夫家里，我们悄悄出去，悄悄回来，她怎么会知道。"

【原文】

芸揽镜自照，狂笑不已。余强挽之，悄然径去。遍游庙中，无识出为女子者。或问何人，以表弟对，拱手而已。最后至一处，有少妇、幼女坐于所设宝座后，乃杨姓司事者之眷属也。芸忽趋彼通款曲①，身一侧，而不觉一按少妇之肩，旁有婢媪怒而起曰："何物狂生，不法乃尔！"余欲为措词掩饰，芸见势恶，即脱帽翘足示之曰："我亦女子耳。"相与愕然②，转怒为欢。留茶点，唤肩舆③送归。

【字词注解】

①通款曲：问候，打招呼。
②愕然：吃惊的样子。
③肩舆：轿子。

【精彩解说】

芸拿着镜子照了又照，大笑不已。我强挽着她的胳膊悄悄走了出去。游遍庙中，没有一个人看出芸是女子。有人问我芸是谁，我就说是我表弟，芸只是拱手回礼而已。最后走到了一处，有个年轻妇人和一个小女孩坐在宝座后面，她们就是杨姓管事的眷属。芸忽然走过去问候，不料身体一歪，手不自觉地按了一下年轻妇人的肩膀，旁边的女仆立即站起来怒斥道："什么地方来的狂生，这么不遵礼守法！"我正想措辞来为芸掩饰，芸见对方态度恶劣，立即脱下帽子，翘起三寸金莲向她们展示说："我也是女子呀。"她们很是吃惊，随后转怒为喜，留芸共进茶点，并唤轿子来送芸回家。

原文

吴江①钱师竹病故，吾父信归②，命余往吊③。芸私谓余曰："吴江必经太湖，妾欲偕往，一宽眼界。"余曰："正虑独行踽踽④，得卿同行，固妙，但无可托词耳。"芸曰："托言归宁。君先登舟，妾当继至。"余曰："若然，归途当泊舟万年桥⑤下，与卿待月乘凉，以续沧浪韵事。"时六月十八日也。

是日早凉，携一仆先至胥江⑥渡口，登舟而待，芸果肩舆至。解维出虎啸桥⑦，渐见风帆沙鸟，水天一色。芸曰："此即所谓太湖耶？今得见天地之宽，不虚此生矣。想闺中人有终身不能见此者。" 闲话未几，风摇岸柳，已抵江城⑧。

【字词注解】

①吴江：今江苏苏州吴江区。

②信归：写信回来。

③吊：凭吊，祭奠。

④踽（jǔ）踽：落寞、孤独的样子。

⑤万年桥：苏州西胥门外护城河上的一座古桥，始建于唐代，后被毁，今已重建。

⑥胥江：在今江苏苏州西南，为古运河，东西向穿过苏州，东接护城河，西至京杭大运河，公元前506年伍子胥主持开挖，因而得名。

⑦虎啸桥：在今江苏苏州相城区元和街道，东西向，跨虎啸塘，虎啸塘南通胥江。

⑧江城：指吴江。

【精彩解说】

吴江的钱师竹先生病故，我父亲来信让我前往吊唁。芸私下对我说："去吴江必然经过太湖，我想和你一起去，开开眼界。"我说："我正担心独自去显得孤零零的，如果你能与我同行固然极妙，但是找不到合适的借口。"芸说:"我就说我要回娘家。你先登船,我随后就来。"我说:"要是这样,归途中应该停泊在万年桥下与你待月乘凉,再续沧浪亭的美事。"动身那天是六月十八日。

当天早晨较凉快,我带一个仆人先到胥江渡口登上小船等待,不久芸果然乘小轿来到。我们解开缆绳乘船离开了虎啸桥,渐渐看见湖面上有风帆,有沙鸥,水天一色。芸说:"这就是太湖吗?今日得见天地之广阔,真是不虚此生啊。这天下的女子,有多少人终其一生不能见到这种景色。"闲话没说多少,风吹岸边柳枝,已经抵达江城了。

【原文】

余登岸拜奠毕,归视舟中洞然①,急询舟子。舟子指曰:"不见长桥柳阴下,观鱼鹰捕鱼者乎?"盖芸已与船家女登岸矣。余至其后,芸犹粉汗盈盈,倚女而出神焉。余拍其肩曰:"罗衫汗透矣。"芸回首曰:"恐钱家有人到舟,故暂避之。君何回来之速也?"余笑曰:"欲逋②逃耳。"于是相挽登舟,返棹至万年桥下,阳乌③犹未落也。舟窗尽落,清风徐来,纨扇罗衫,剖瓜解暑。少焉,霞映桥红,烟笼柳暗,银蟾④欲上,渔火满江矣。

——【字词注解】

①洞然:空空的样子。
②逋(bū)逃:逃跑,逃亡。
③阳乌:太阳。
④银蟾:月亮。

——【精彩解说】

我登上岸拜祭完毕,回来看见船中空空荡荡,急忙询问艄公。他用手指着远方说:"你没看见长桥柳荫下,正在观看鱼鹰捕鱼的人吗?"原来芸与船家女已经登上岸了。我走到了她身后,见她热得粉汗盈盈,正靠在船家女身上看得出神哩。我拍着她的肩膀说:"你的罗衫都被汗水湿透了。"芸回头说："我担心钱家人到船上来，所以暂时回避。你怎么这么快就回来了？"我笑道："我想抓逃跑的人啊。"于是我挽着她重新登上了小船，掉转船头回到万年桥下，这时太阳还没落山。舷窗落下来，清风徐来，芸轻摇纨扇，身着罗衫，吃瓜解暑。不一会儿，晚霞映得桥身发红，烟笼柳暗，银月即将升起，渔火满江。

原文

　　命仆至船梢与舟子同饮。船家女名素云，与余有杯酒交，人颇不俗，招之与芸同坐。船头不张灯火，待月快酌，射覆为令。素云双目闪闪，听良久，曰："觞政①侬颇娴习，从未闻有斯令，愿受教。"芸即譬其言而开导之，终茫然。余笑曰："女先生且罢论，我有一言作譬，即了然矣。"芸曰："君若何譬之？"余曰："鹤善舞而不能耕，牛善耕而不能舞，物性然也。先生欲反而教之，无乃劳乎？"素云笑捶余肩曰："汝骂我耶？"芸出令曰："只许动口，不许动手。违者罚大觥②。"素云量豪，满斟一觥，一吸而尽。余曰："动手但准摸索，不准捶人。"芸笑挽素云置余怀，曰："请君摸索畅怀。"余笑曰："卿非解人，摸索在有意无意间耳。拥而狂探，田舍郎之所为也。"

　　时四鬟所簪茉莉，为酒气所蒸，杂以粉汗油香，芳馨透鼻。余戏曰："小人臭味充满船头，令人作恶。"素云不禁握拳连捶曰："谁教汝狂嗅耶？"芸呼曰："违令，罚两大觥。"素云曰："彼又以小人骂我，不应捶耶？"芸曰："彼之所谓小人，盖有故也。请干此，当告汝。"素云乃连尽两觥，芸乃告以沧浪旧居乘凉事。素云曰："若然，真错怪矣。当再罚。"又干一觥。

——•【字词注解】

①觞（shāng）政：酒令。觞，古时的一种酒器。
②觥（gōng）：一种兽形酒器。

【精彩解说】

我叫仆人到船尾与艄公一起饮酒。船家女名叫素云,与我喝过几杯酒,人也不俗气,便招呼她过来与芸同坐。船头没有点灯,我们一边赏月一边愉快地对酌畅饮,行射覆的酒令。素云两眼发光,听了许久说:"猜酒令我很熟悉,可是从来没听过你们这种酒令,倒想请教。"芸于是打着比方指导她,但她始终茫然不解。我便笑着说:"女先生暂且停一停,我有一句话来比喻,即可让她听明白了。"芸说:"拿什么比喻?"我说:"鹤善舞而不能耕地,牛善耕而不能舞,万物自有天性。先生违反天性来教,不是白费力气了吗?"素云笑着捶打我的肩膀说:"你是在骂我吗?"芸出酒令说:"君子动口不动手,违者要罚酒一大杯。"素云酒量很好,她斟了一大杯酒,一饮而尽。我说:"要动手,只准摸索,不准捶打。"芸笑着挽起素云推到我的怀里说:"请摸索畅怀吧。"我笑着说:"娘子这就不解人意了,摸索是在有意和无意之间。抱着狂摸,那是乡野村夫的粗俗作为。"

此时,芸和素云鬓发上所插戴的茉莉花被酒气熏蒸,间杂着脂粉和头油的香气,芬芳扑鼻,我调侃道:"小人臭味充满船头,令人厌恶。"素云不禁又握拳连连捶打我道:"谁让你乱闻来着?"芸说:"违令,罚两大杯酒。"素云说:"他又骂我是小人,难道不该打?"芸说:"他所说的'小人',是有典故的。请你先干了这两杯酒,我再告诉你。"素云便连喝了两大杯,芸就将我们当初在沧浪亭里谈论"茉莉花是小人、佛手果是君子"的事情告诉了她。素云听了说:"若是这样,看来我还真是错怪他了。我该当再罚一杯。"说完又喝了一大杯酒。

原文

芸曰:"久闻素娘善歌,可一聆妙音否?"素即以象箸①击小碟而歌。芸欣然畅饮,不觉酩酊②,乃乘舆先归。余又与素云茶话片刻,步月而回。

时余寄居友人鲁半舫③家萧爽楼中。越数日,鲁夫人误有所闻,私告芸曰:"前日闻若婿挟两妓饮于万年桥舟中,子知之否?"芸曰:"有之,其一即我也。"因以偕游始末详告之,鲁大笑,释然④而去。

【字词注解】

①象箸（zhù）：象牙做的筷子。
②酩酊（mǐng dǐng）：形容醉得比较厉害。
③鲁半舫：鲁璋，字近人，号半舫，江苏吴县（今江苏苏州）人，擅长书画。清震钧所辑的《国朝书人辑略》中谓其"书学郑谷口，间参板桥法"。本书卷二云其"善写松柏及梅菊，工隶书，兼工铁笔"。
④释然：疑虑消除，心中平静的样子。

【精彩解说】

芸说："久闻素云擅唱，可否让我们听听你的妙音？"素云便用象牙筷子敲击小碟唱起来。芸开心地畅饮，不知不觉酩酊大醉，就坐轿子先回去了。我又与素云品茶聊天片刻，才踏月而归。

当时我寄宿在好朋友鲁半舫家的萧爽楼中。过了几日，鲁夫人误听了外边的传闻，私下对芸说："前几天我听人说你夫君带着两个妓女在万年桥下小船上饮酒作乐，你知不知道？"芸回答说："确有此事，其中一个就是我呢。"于是将伴我出游的事情详细告诉了她，鲁夫人听了大笑起来，放心地告辞了。

原文

乾隆甲寅①七月，余自粤东归。有同伴携妾回者，曰徐秀峰，余之表妹婿也。艳称新人之美，邀芸往观。芸他日谓秀峰曰："美则美矣，韵犹未也。"秀峰曰："然则若郎纳妾，必美而韵者乎？"芸曰："然。"从此痴心物色，而短于资。

时有浙妓潘冷香②者，寓于吴，有咏柳絮四律，沸传吴下③，好事者多和之。余友吴江张闲憨素赏冷香，携柳絮诗索和。芸微④其人而置之，余技痒而和其韵，中有"触我春愁偏婉转，撩他离绪更缠绵"之句，芸甚击节⑤。

【字词注解】

①乾隆甲寅：1794年。
②潘冷香：传抄本误作"温冷香"，浙江湖州府乌程县（今属湖州吴兴

区）人，流寓虎丘山塘为妓，貌映丽，解吟咏，憨园是其养女。

③沸传：盛传。吴下：泛指吴地。

④微：轻视，看不起。

⑤击节：赞赏。

● 【精彩解说】

乾隆甲寅年（1794）七月，我从广东归来。有个同伴带着妾回来，他叫徐秀峰，是我的表妹夫。他夸耀自己的新人貌美，也邀请芸过去看。过了几天，芸对徐秀峰说："美是够美，然而缺少风韵。"徐秀峰问："这么说，若你的郎君纳妾，必须选个既漂亮又有风雅韵味的女子吗？"芸说："那当然了。"从此，芸便一心为我物色女子，可惜资金短缺。

当时，浙江的名妓潘冷香寄居在吴地，她写有四首咏柳絮的律诗，沸沸扬扬传遍吴地，许多好事者争相和诗以对。我的朋友张闲憨一向赏识潘冷香，便带着这柳絮诗来让我和诗。芸看不上她，随手把诗丢在一边，我一时技痒便和其韵，其中有"触我春愁偏婉转，撩他离绪更缠绵"之句，芸很是赞赏。

原文

明年乙卯①秋八月五日，吾母将挈芸游虎丘②，闲憨忽至曰："余亦有虎丘之游，今日特邀君作探花使者。"因请吾母先行，期于虎丘半塘相晤。拉余至冷香寓。见冷香已半老，有女名憨园，瓜期未破③，亭亭玉立，真"一泓秋水照人寒"④者也。款接⑤间，颇知文墨。有妹文园，尚雏。余此时初无痴想，且念一杯之叙，非寒士所能酬，而既入个中，私心忐忑，强为酬答。因私谓闲憨曰："余贫士也，子以尤物玩我乎？"闲憨笑曰："非也。今日有友人邀憨园答我，席主为尊客拉去，我代客转邀客，毋烦他虑也。"余始释然。

● 【字词注解】

①乙卯：1795年。

②虎丘：在今江苏苏州城西北，有"吴中第一名胜"之誉。

③瓜期未破：古时指女子到了出嫁之期，却尚未成婚。瓜期，指女子到

了十六岁，后喻指出嫁之期。

④"一泓秋水照人寒"：化用唐崔钰《有赠》诗："两脸天桃从镜发，一眸春水照人寒。"

⑤款接：款待，接待。

——•【精彩解说】

次年乙卯（1795）秋八月五日，我母亲准备带芸去虎丘游玩，张闲憨忽然来到我家，对我说："我也要游赏虎丘，今日特意邀请你做个探花使者。"于是我请母亲她们先走，并约定在虎丘半塘相会。张闲憨拉着我来到潘冷香的寓所，发现她已经是半老徐娘。她有个女儿叫憨园，年方十六，尚未婚配，亭亭玉立，是个"一泓秋水照人寒"的美人。受接待时，发现她颇有文采。她还有个妹妹叫文园，年纪还小。我那时并没有痴心妄想，觉得即便只是喝酒聊天，也不是我这个寒士能应付的，然而既已进来，只能忐忑不安地勉强应酬。我私下对张闲憨说："我是一个贫寒之士，你这是拿这位尤物来耍弄我吗？"张闲憨笑道："不是的，今日有个朋友邀请憨园来款待我，但主人被贵客拉走了，我这是代表主人转而邀请客人，你不必多虑。"我这才放了心。

原文

至半塘，两舟相遇，令憨园过舟，叩见吾母。芸、憨相见，欢同旧识，携手登山，备览名胜。芸独爱千顷云高旷，坐赏良久。返至野芳滨①，畅饮甚欢，并舟而泊。及解维，芸谓余曰："子陪张君，留憨陪妾，可乎？"余诺之。返棹至都亭桥②，始过船分袂③。归家已三鼓。

芸曰："今日得见美而韵者矣，顷已约憨园明日过我，当为子图之。"余骇曰："此非金屋不能贮，穷措大④岂敢生此妄想哉？况我两人伉俪正笃，何必外求？"芸笑曰："我自爱之，子姑待之。"

——•【字词注解】

①野芳滨：冶坊滨，在今江苏苏州虎丘区。作者于第四卷云："其冶坊

滨，余戏改为'野芳滨'。"

②都亭桥：又名"都林桥"，原在今江苏苏州，今已不存。

③分袂（mèi）：分手，离别。

④穷措大：穷书生。

— •【精彩解说】

我们的船到了半塘，与母亲的船相会了，憨园被邀请到那只船上拜见我母亲。芸与憨园一见如故，两人携手登山，饱览名胜。芸独爱千顷云的高旷，坐下欣赏良久。返回野芳滨后，一众人开怀畅饮，两船并靠停泊。等到解缆开船时，芸对我说："你陪张君同船走，留下憨园陪我，可以吗？"我答应了。两船返回都亭桥后，我们才各回各船离开。回到家时更鼓已三响。

芸说："今日终于见到既美丽又有风韵的女孩了，刚才我已约憨园明日来探望我，我想为你纳她为妾。"我惊道："这样的人非金屋不能藏，我这穷书生哪里敢有这种妄想？何况你我伉俪情深，何必另求？"芸笑答："是我自己喜欢她，你且等着吧。"

原文

明午，憨果至。芸殷勤款接，筵中以猜枚赢吟输饮为令，终席无一罗致①语。及憨园归，芸曰："顷又与密约，十八日来此，结为姊妹，子宜备牲牢②以待。"笑指臂上翡翠钏曰："若见此钏属于憨，事必谐矣。顷已吐意，未深结其心也。"余姑听之。

— •【字词注解】

①罗致：此指聘娶。

②牲牢：牛、羊、猪等祭祀用的牲畜。

— •【精彩解说】

第二天中午，憨园果然来了。芸殷勤款待，宴席上猜谜、猜酒令，以猜赢了要吟诗、猜输了要饮酒为令，到结束时都没说过纳妾之类的话语。等到憨园回去后，芸说："刚才我又与她悄悄约定，十八日再来，我俩结拜为姐妹，你要帮我备好结拜用的祭品。"她笑着指了指手腕上的翡翠钏说："到时，你要是看见这钏子戴在她的手腕上，就大功告成了。刚才我已经流露出那个意思，只是还没有探明她的心思。"我只是听之任之。

原文

十八日，大雨，憨竟冒雨至。入室良久，始挽手出，见余有羞色，盖翡翠钏已在憨臂矣。焚香结盟后，拟再续前饮，适憨有石湖①之游，即别去。芸欣然告余曰："丽人已得，君何以谢媒耶？"余询其详，芸曰："向之秘言，恐憨意另有所属也。顷探之无他，语之曰：'妹知今日之意否？'憨曰：'蒙夫人抬举，真蓬蒿②倚玉树也，但吾母望我奢，恐难自主耳，愿彼此缓图之。'脱钏上臂时，又语之曰：'玉取其坚，且有团圞③不断之意，妹试笼之，以为先兆。'憨曰：'聚合之权，总在夫人也。'即此观之，憨心已得，所难必者，冷香耳，当再图之。"余笑曰："卿将效笠翁之《怜香伴》④耶？"芸曰："然。"自此无日不谈憨园矣。

后憨为有力者⑤夺去，不果。芸竟以之死。

【字词注解】

①石湖：在今苏州西南郊，是太湖支流。

②蓬蒿：泛指野草，荒草，此处形容出身卑贱。

③团圞（luán）：团圆。

④笠翁之《怜香伴》：笠翁即李渔（1611—1680），号笠翁，如皋（今属江苏）人。《怜香伴》为李渔剧作，讲两美相怜，同嫁一夫的故事。

⑤有力者：有权势的人。

【精彩解说】

十八日那天，下大雨，憨园竟然冒雨而来。她与芸进入内室，良久才挽手出来。憨园看到我面露羞色，因为翡翠钏子已经戴在她的腕上了。

她俩焚香结拜后，本准备接着饮酒，但这时憨园要去赴约游石湖，就先走了。芸开心地对我说："佳人已得，你拿什么来感谢我这个媒人啊？"我询问详细情况，芸说："我先前没有明说，是担心憨园心中另有所属，刚才我试探她，她说没有，我问她：'妹妹知道今天的意思吧？'她说：'承蒙夫人抬举，我这是蓬蒿倚玉树了，只是我母亲对我的期望极高，婚事我恐怕自己难以做主，咱们慢慢筹划吧。'我脱下钏子给她戴上时，又对她说：'玉石贵在坚硬，而且有团圆不断之意，妹妹试着戴戴看，先以此作个吉兆吧。'憨园说：'聚合离散，全在夫人做主。'由此看来，憨园已经同意了，而难以应对的是潘冷香，我再好好筹谋。"我笑着说："你想仿效李渔《怜香伴》的故事吗？"芸说："是的。"从此她没有一天不谈论憨园。

后来憨园被有权势的人夺去，让我纳她之事未成。芸最后竟为此抑郁而死。

卷二　闲情记趣

〔概论〕

卷二的标题谓之"闲情记趣",由题目可知其重点在于记述作者的闲情逸趣,夫妻二人悠闲雅致的诗意生活。作者在文中为我们回忆了其平淡生活中的点点滴滴,其中既有作者儿时一些"神游其中,怡然自得"的趣事,也有他对养花种草、盆景园林的独到见解,还有其对居于萧爽楼评诗论画岁月的追忆和对"不饮自醉"的春游的回顾,等等。其实作者所写的这些大多是生活中极为常见的事情,但往往被人忽略。作者抛却机心,寄情于山水花草,用一双善于发现美的眼睛和善于感受美的心灵捕捉生活中的美好。在作者笔下,原本平淡无奇的生活散发着清新的艺术气息,而那些常见的花花草草、山山水水也都透着自然万物的灵动与趣味。本卷文章笔触生动,刻画细腻,不仅能让我们感受到沈复和妻子陈芸生活的雅致与情趣,感慨其卓然脱俗的审美意趣,又能让我们感悟到生活的真意,对平常生活有了更多的期待。本卷还体现了作者夫妻二人的人文主义情怀。本卷既与首卷的夫妻之爱相映成趣,又可独立成卷,并不影响其连贯性。

原文

余忆童稚时,能张目对日,明察秋毫。见藐小微物,必细察其纹理,故时有物外之趣。

夏蚊成雷,私拟作群鹤舞空,心之所向,则或千或百果然鹤也。昂首观之,项为之强。又留蚊于素帐中,徐喷以烟,使其冲烟飞鸣,作青云白鹤观,果如鹤唳云端,怡然称快。

● 【精彩解说】

记得我幼年时，能瞪大眼睛对着太阳看，能看到极细小的事物。见到渺小细微的东西，必详细观察它的纹理，所以时常收获物外的乐趣。

夏季蚊声如雷，我常私下把它们比作群鹤在天空飞舞，由于心有所想，所以看它们果然如成百上千只仙鹤在眼前。昂起头来看得时间久了，脖子都僵了。我又把蚊子留在白色蚊帐内，慢慢地向它们喷烟，让它们在烟雾中飞鸣冲撞，作为白鹤腾驾青云的景观来欣赏，它们的样子果然像鹤唳云端，看了使人欣然称快。

原文

于土墙凹凸处、花台小草丛杂处，常蹲其身，使与台齐，定神细视，以丛草为林，以虫蚁为兽，以土砾凸者为丘，凹者为壑，神游其中，怡然①自得。

一日，见二虫斗草间，观之正浓，忽有庞然大物拔山倒树而来，盖一癞虾蟆②也。舌一吐而二虫尽为所吞。余年幼，方出神，不觉呀然③惊恐。神定，捉虾蟆，鞭数十，驱之别院。年长思之，二虫之斗，盖图奸不从也。古语云"奸近杀④"，虫亦然耶？贪此生涯，卵为蚯蚓所哈⑤（吴俗称阳曰"卵"），肿不能便。捉鸭开口哈之，婢妪偶释手，鸭颠其颈作吞噬状，惊而大哭，传为话柄。此皆幼时闲情也。

● 【字词注解】

①怡然：高兴、欢愉的样子。
②癞虾蟆：又称"癞蛤蟆""蟾蜍"。
③呀然：因惊恐而张着嘴的样子。
④奸近杀：奸邪之行容易招致杀身之祸。
⑤哈：吸。

● 【精彩解说】

在土墙凹凸处、花台杂草丛中，我常蹲下来使身体与花台一般高，定神仔细观看，把草丛当作树林，把虫蚁当作野兽，把凸出来的石块当作丘陵，把凹陷处当作沟壑，神游于微观景象中，悠闲自得。

有一天，我看见两只小虫在草丛中相斗，看得兴趣正浓，忽然，有个庞然大物拔山倒树而来，原来是一只癞蛤蟆，它舌头一伸就将两只小虫都吞下去了。我那时年纪还小，正出神，不禁吓得张大了嘴。待心神安定，我将癞蛤蟆捉来，鞭打了它数十下，将它驱赶到别的院子里去了。长大后再回头琢磨一番，认为两只小虫争斗，大概是因为一方意图使坏，而另一方不从。古话说"奸近杀"，小虫也是这样吧？后来由于贪恋这种乐趣，我的卵（吴语通常称阳具为"卵"）被蚯蚓吸住，结果肿得不能小便。婢女老妪们捉了鸭子让它张嘴流涎为我消肿，她们不留神一松手，鸭子就伸直脖子做吞咽状，吓得我大哭起来，一时被传为笑柄。这都是我幼年时的一些闲情逸事。

原文

及长，爱花成癖，喜剪盆树。识张兰坡，始精剪枝养节之法，继悟接花叠石之法。花以兰为最，取其幽香韵致也，而瓣品之稍堪入谱者不可多得。兰坡临终时，赠余荷瓣素心春兰①一盆，皆肩平心阔，茎细瓣净，可以入谱者，余珍如拱璧。值余幕游于外，芸能亲为灌溉，花叶颇茂。不二年，一旦忽萎死，起根视之，皆白如玉，且兰芽勃然②。初不可解，以为无福消受，浩叹而已。事后始悉有人欲分不允，故用滚汤③灌杀也。从此誓不植兰。

次取杜鹃，虽无香而色可久玩，且易剪裁。以芸惜枝怜叶，不忍畅剪，故难成树。其他盆玩皆然。

【字词注解】

①荷瓣素心春兰：一种罕见、名贵的兰花。

②勃然：充满生机的样子。

③滚汤：滚水，开水。

【精彩解说】

等到长大了，我有了爱花的癖好，喜欢修剪盆景花木。认识了张兰坡，才开始精通剪枝养节的诀窍,接着又悟出了接花叠石的方法。百花之中兰花居于首位,这是就幽香韵致而言,然而,花形品相可以载入花谱的,不易得。张兰坡临终时,赠我荷瓣素心春兰一盆,肩平心阔,茎细瓣净,是可以选入花谱的,我爱如珍宝。我在外地做幕宾时,芸亲自为它浇水,花叶长得十分繁茂。然而不到两年,忽然有一天枯萎而死,拔起根来一看,莹白如玉,而且生出许多旺盛的兰芽。起初感到难以理解,以为是自己无福消受,叹息不已。事后才知道,是之前有人想分枝去种,我没答应,所以那人就用滚水把它烫死了。从此,我发誓不再养兰花。

较兰花稍次的是杜鹃,虽然没有香味,但颜色可以长久欣赏,而且易于修剪。因为芸怜惜枝叶,不忍心大刀阔斧地修剪,所以很难成树。其他盆景也是如此。

惟每年篱东菊绽,秋兴成癖。喜摘插瓶,不爱盆玩。非盆玩不足观,以家无园圃,不能自植。货于市者,俱丛杂无致,故不取耳。

其插花朵,数宜单,不宜双。每瓶取一种,不取二色。瓶口取阔大,不取窄小,阔大者舒展不拘。自五七花至三四十花,必于瓶口中一丛怒起,以不散漫、不挤轧①、不靠瓶口为妙,所谓"起把宜紧"也。或亭亭玉立,或飞舞横斜。花取参差,间以花架,以免飞钹耍盘之病;叶取不乱,梗取不强,用针宜藏,针长宁断之,毋令针针露梗,所谓"瓶口宜清"也。视桌之大小,一桌三瓶至七瓶而止,多则眉目不分,即同市井之菊屏矣。几之高低,自三四寸至二尺五六寸而止,必须参差高下,互相照应,以气势联络为上。若中高两低,后高前低,成排对列,又犯俗所谓"锦灰堆"②矣。或密或疏,或进或出,全在会心者得画意乃可。

——【字词注解】

①轧(gá):挤。方言。

②"锦灰堆":又名"拾破画""八破图""集破""集珍""打翻字纸篓",起初是画家成画后处理余墨的几笔游戏般的随意勾勒,内容常为以书房一角为背景,将翻开的字帖、参差的秃笔、废弃的画稿、古旧字画、废旧

拓片、虫蛀的古书、扇面信札等堆叠在一起，现出"打翻字纸篓"式的古雅效果。起于元，盛于清末。这里指花枝布局过于刻意。

—•【精彩解说】

　　每年菊花园的菊花绽放时，我便秋兴大发。我喜欢摘花插入瓶中，而非养在盆内；并不是盆景不足以观赏，而是因为我家没有园圃，不能自己种植。市场上售卖的盆菊，都是些杂乱丛生、没有韵致的，所以也不能要。

　　瓶中插花，花枝的数量以单数为宜，不宜用双数。每瓶选一种颜色，不用两种以上的颜色，瓶口用阔大的，不用窄小的，因为阔大的瓶口能让花舒展得无拘无束。无论是五枝还是七枝，又或是三四十枝，一定要在瓶口中形成一丛怒放的效果，以不散漫、不拥挤、不靠瓶口为妙，即所说的"起把宜紧"。至于花朵的形态，或者亭亭玉立，或者飞舞横斜。花朵应该参差错落，中间支上花架，以免出现"飞铍耍盘"的毛病；叶子要选不乱的，花梗选不僵直的，用来固定的竹针应该藏而不露，竹针长了宁可折断它，也不要让针露到花梗外面来，"瓶口宜清"说的就是这个道理。根据桌子的大小，一张桌子摆放三到七瓶就足够了，多了就眉目不清，与市场上卖的菊屏一样了。几案的高低自三四寸到二尺五六寸为止，必须高低参差，互相照应，以气势能够形成联络为上等。如果中间高两边低，或者后面高前面低，成排成列，又犯了俗称"锦灰堆"的毛病。或密或疏，或进或出，只要会心人领会其中画意即可。

　　若盆碗盘洗①，用漂青②、松香、榆皮、面和油，先熬以稻灰，收成胶。以铜片按钉向上，将膏火化，粘铜片于盘碗盆洗中。俟冷，将花用铁丝扎把，插于钉上，宜偏斜取势，不可居中，更宜枝疏叶清，不可拥挤。然后加水，用碗沙少许掩铜片，使观者疑丛花生于碗底方妙。

—•【字词注解】

①洗：一种盛水洗笔的器皿。
②漂青：一种绘画用的颜料。

【精彩解说】

若取盆、碗、盘、笔洗插花，用漂青、松香、榆树皮、面和油搅拌混合，先加入稻草灰熬制成胶膏。在铜片上穿一颗钉子，钉尖朝上，将胶膏用火化开，把铜片粘在盘子、碗、盆、笔洗中。等胶冷却粘牢以后，将花用铁丝扎成把，插在钉子上。要斜着插以取横斜之势，不可居中，还应使枝条稀疏、叶片清爽，不可拥挤；然后加水，用一点儿沙子来掩住铜片，使观看的人以为花是从碗底长出来的才妙。

原文

若以木本花果插瓶，剪裁之法（不能色色自觅，倩人攀折者，每不合意），必先执在手中，横斜以观其势，反侧以取其态。相定之后，剪去杂枝，以疏瘦古怪为佳。再思其梗如何入瓶。或折或曲，插入瓶口，方免背叶侧花之患。若一枝到手，先拘定其梗之直者插瓶中，势必枝乱梗强，花侧叶背，既难取态，更无韵致矣。

折梗打曲之法，锯其梗之半而嵌以砖石，则直者曲矣，如患梗倒，敲一二钉以笕①之。即枫叶竹枝、乱草荆棘，均堪入选。或绿竹一竿，配以枸杞数粒，几茎细草，伴以荆棘两枝，苟位置得宜，另有世外之趣。若新栽花木，不妨歪斜取势，听其盆侧，一年后枝叶自能向上。如树树直栽，即难取势矣。

【字词注解】

①笕（guǎn）：此指支撑，固定。旧同"管"，本义为绾丝的工具。

【精彩解说】

如果用木本花果插瓶，剪裁的法则大致如下（因不能每样东西都自己寻找，请人攀缘采摘的往往不满意），一定要把花枝先拿在手中，从横、斜角度看花枝以观察其生长之势，再从反面、侧面看其形态。选定之后，剪去杂枝，以清疏、瘦劲、古雅、奇特为佳；再考虑花梗如何插入瓶中。有的要折断，有的应该弯曲，这样插入瓶口才能避免叶子翻背、花朵侧斜的毛病。如果一枝花在手，先把挺直的枝干插入瓶中，势必枝条零乱，梗干僵直，花侧叶背，既难选取到好的姿态，又没有韵致。

折梗弯曲的方法是，锯开花梗的一半，锯口中嵌进小的砖石，这样就把直的变成弯的了，如果担心花梗会倒下，就钉一两颗钉子固定。即使是枫叶、竹枝、乱草、荆棘，都可以用来插花。或用绿竹一竿，配上枸杞数粒；或用几根细草，伴两枝荆棘。只要布局得当，就会有一种超然世外的情趣。如果是新栽花木，不妨采取歪斜的姿势，听任它靠在盆边，一年后枝叶自然能够向上。如果每棵树都直着栽，就很难选取到好的姿势了。

原文

至剪裁盆树，先取根露鸡爪者，左右剪成三节，然后起枝。一枝一节，七枝到顶，或九枝到顶。枝忌对节如肩臂，节忌臃肿如鹤膝。须盘旋出枝，不可光留左右，以避赤胸露背之病，又不可前后直出。有名"双起""三起"者，一根而起两三树也。如根无爪形，便成插树，故不取。然一树剪成，至少得三四十年。余生平仅见吾乡万翁名彩章者，一生剪成数树。又在扬州商家见有虞山①游客携送黄杨、翠柏各一盆，惜乎明珠暗投，余未见其可也。若留枝盘如宝塔，扎枝曲如蚯蚓者，便成匠气②矣。

【字词注解】

①虞山：在今江苏常熟。
②匠气：雕琢痕迹重，缺少个性和特色。

【精彩解说】

至于剪裁盆景树，先选取根须外露像鸡爪形状的，分左右剪成三节，然后向上留枝。一节留一枝，七枝到顶，抑或九枝到顶。树枝很忌讳对节像肩膀手臂一般齐整，节也不能臃肿得像鹤的膝盖。树枝必须盘旋留出枝条，不可只留左右两边，以避免赤胸露背的毛病；也不可前后直着留出枝条。那些名叫"双起""三起"的，是指一个根长了两棵树或者三棵树。如果树根没有鸡爪形状，就成了插树，所以不可取。然而，要剪成一棵好树，至少得三四十年。我平生只见过我的同乡万彩章老先生用一辈子剪成了几棵好树。又在扬州商人家里，见过一个虞山游客送来的黄杨、翠柏各一盆，可惜明珠暗投，我没见他珍爱呵护。如果剪裁后的留枝像宝塔那样盘旋，扎成的枝条像蚯蚓那样弯曲，就显得匠气了。

原文

　　点缀盆中花石，小景可以入画，大景可以入神。一瓯①清茗，神能趋入其中，方可供幽斋之玩。

　　种水仙无灵璧石②，余尝以炭之有石意者代之。黄芽菜心，其白如玉，取大小五七枝，用沙土植长方盆内，以炭代石，黑白分明，颇有意思。以此类推，幽趣无穷，难以枚举。如石菖蒲③结子，用冷米汤同嚼，喷炭上，置阴湿地，能长细菖蒲，随意移养盆碗中，茸茸可爱。以老莲子磨薄两头，入蛋壳，使鸡翼之。俟雏成取出，用久年燕巢泥加天门冬④十分之二，捣烂拌匀，植于小器中，灌以河水，晒以朝阳，花发大如酒杯，叶缩如碗口，亭亭可爱。

━●【字词注解】

①瓯（ōu）：杯子。

②灵璧石：产于安徽灵璧浮磐山，具有很高的观赏性，又名"磐石"。

③石菖蒲：多年生常绿草本植物。生长在我国长江流域以南地区，多见于山涧浅水石上，或溪流旁石缝中。

④天门冬：又名"武竹""天冬草"，多年生半蔓性草本植物。有簇生纺锤形肉质块根，茎丛生下垂，叶状枝线形，秋冬结红果。

━●【精彩解说】

　　点缀盆中的花石，做成小景致可入画，布局为大景致则可入神。捧一杯清茶，观赏盆中景致能让人慢慢神游其中，这样的盆景才适合幽斋把玩。

　　种水仙没有灵璧石时，我曾用与灵璧石相似的木炭来代替。黄芽菜的菜心，莹白如玉，取不同大小的五六枝，把它们栽在铺上沙土的长方形盆中，用炭代替石子，黑白分明，很有意思。以此类推，幽趣无穷，不胜枚举。比如，石菖蒲结的籽，我把它含在口里和着冷米汤嚼一嚼，再喷在炭上，放到阴湿处，能长出细细的菖蒲，随意移栽养在盆、碗之中，毛茸茸的十分可爱。把老莲子磨薄两头，放进鸡蛋壳让母鸡孵化，等到莲子冒出小芽时取出，用陈年燕巢的泥土与天门冬混合，燕巢泥八分，天门冬二分，捣烂拌匀，盛入小容器中，种下莲子，用河水浇，每天早晨让它晒晒太阳，它后来开出的花如酒盅大小，叶子收缩得如碗口大小，亭亭玉立，小巧可爱。

原文

若夫园亭楼阁，套室回廊，叠石成山，栽花取势，又在大中见小，小中见大，虚中有实，实中有虚，或藏或露，或浅或深。不仅在"周回曲折"四字，又不在地广石多，徒烦工费。或掘地堆土成山，间以块石，杂以花草，篱用梅编，墙以藤引，则无山而成山矣。大中见小者，散漫处植易长之竹，编易茂之梅以屏之。小中见大者，窄院之墙宜凹凸其形，饰以绿色，引以藤蔓，嵌大石，凿字作碑记形。推窗如临石壁，便觉峻峭无穷。虚中有实者，或山穷水尽处，一折而豁然开朗；或轩阁设厨处，一开而通别院。实中有虚者，开门于不通之院，映以竹石，如有实无也；设矮栏于墙头，如上有月台而实虚也。

贫士屋少人多，当仿吾乡太平船①后梢之位置，再加转移。其间台级为床，前后借凑，可作三榻，间以板而裱以纸，则前后上下皆越绝②，譬之如行长路，即不觉其窄矣。余夫妇侨寓扬州时，曾仿此法。屋仅两椽③，上下卧室、厨灶、客座皆越绝而绰然有余。芸曾笑曰："位置虽精，终非富贵家气象也。"是诚然欤！

【字词注解】

①太平船：一种游船。清李斗《扬州画舫录》卷十八："沙飞重檐飞舻，有小卷棚者谓之'太平船'。"

②越绝：隔绝，隔断。

③椽（chuán）：放在檩上架着屋顶的圆木条。后指房屋的间数。

●【精彩解说】

　　至于园亭楼阁中房屋相环，回廊曲折，用石头垒假山，栽花取势，要领在于大中见小，小中见大，虚中有实，实中有虚，或藏或露，或浅或深。这不是"周回曲折"四个字能涵盖的，也不是地方大、石头多，耗费人力物力能成的。或者挖地堆土成山，放上一些石块，种上花草，篱笆用梅树编成，墙壁上爬满藤蔓，那么本来不是山的地方就变成了山。所谓大中见小，即在空旷处种上容易生长的竹子，用繁茂的梅树作为屏障。所谓小中见大，即窄小的院子，院墙应建成凹凸起伏的形状，用绿植来装饰，引藤蔓攀爬，镶嵌上大石，石上凿字如山间的碑石一般，这样一来，人在屋中推窗看去，犹如身临山间崖壁之境，于峻峭景致中顿生天地无穷之感。所谓虚中有实，可以在山穷水尽处，设一转折让人豁然开朗；或在轩房阁楼里看似柜子的位置，打开柜门却可以通往别的院子。所谓实中有虚，即在不通他处的院子尽头做一道门，用竹石掩映，好像另有院落但其实没有；或是在墙头设置矮栏杆，就像上边有月台，但其实也是虚拟。

　　贫寒人家房少人多，应当仿照我家乡的"太平船"船艄的方位布置，再加以改变移到自己房间里。变台阶为床，前后相凑，可安三张床，之间隔上木板、裱上纸，那么，前后上下便空间相通而又互相隔绝，这就好像走长路但不觉得它狭窄。我们夫妇客居扬州时，曾用这种办法，屋子仅有两间，上下卧室、厨灶、客厅都相通而又隔断，空间还显得绰绰有余。芸曾笑着说："位置布置得虽然精巧，但终归不是富贵人家的气象。"的确如此！

原文

　　余扫墓山中，检有峦纹①可观之石。归与芸商曰："用油灰叠宣州石于白石盆，取色匀也。本山黄石虽古朴，亦用油灰，则黄白相间，凿痕毕露，将奈何？"芸曰："择石之顽劣者，捣末于灰痕处，乘湿掺之，干或色同也。"乃如其言，用宜兴窑长方盆叠起一峰，偏于左而凸于右，背作横方纹，如云林②石法，巉岩③凹凸，若临江石矶状；虚一角，用河泥种千瓣白萍④；石上植茑萝⑤，俗呼"云松"。经营数日乃成。

　　至深秋，茑萝蔓延满山，如藤萝之悬石壁，花开正红色，白萍亦透水大放，红白相间。神游其中，如登蓬岛。置之檐下，与芸品题：此处宜设水阁，此处宜立茅亭，此处宜凿六字曰"落花流水之间"，此可以居，此可以钓，此可以眺。胸中丘壑，若将移居者然。一夕，猫奴争食，自檐而堕，连盆与架，顷刻碎之。余叹曰："即此小经营，尚干造物忌耶？"两人不禁泪落。

——●【字词注解】

①峦纹：带有山形的纹理。
②云林：倪瓒（1302—1375），号云林，无锡人。元代画家，善画石。
③巉（chán）岩：险峻的山石。
④白萍：一种水生植物，常见于池沼间，花白色。
⑤茑（niǎo）萝：又名"羽叶茑萝"，一年生草本植物，花红色，呈五角形。

——●【精彩解说】

后来，我到山中扫墓时，拣选了一些好看的有山峦纹理的小石头。回家与芸商量："用油灰把宣州石粘起来，叠在白石盆内做盆景，主要取其色泽均匀。而本地山中的这种黄石虽然古朴，也用油灰粘叠起来的话，黄白相间的样子显得过于雕琢不自然，该怎么办呢？"芸说："选粗劣的石头捣成粉末，抹在油灰粘连的痕迹处，趁湿掺和在一起，等干了以后也许颜色就一样了。"我便按她的说法，在宜兴窑出的长方泥盆里面叠起一个小山峰，向左边偏斜，而凸向右方，背面有横向纹理，好像元代画家倪瓒所画山石的样式，峻岩凹凸，如同临江的石矶；盆内虚留一角，用河泥种植千瓣白萍；石头上再种植茑萝，俗称"云松"。耗费数日才做成。

到了深秋，茑萝生长得满山都是，好像藤蔓悬挂在石壁上，开出红色的花，白萍也冒出水面，红白相间。神游其中，如同登上了蓬莱仙岛。我将它放在屋檐下，与芸共同观赏评论：这里应设置水阁，这里应设置茅亭，这里应该凿上"落花流水之间"六个字，这里可以居住，这里可以垂钓，这里可以登高远眺。我们就这样设计着理想的家园景致，如同就要去那里定居一般。一天傍晚，几只小猫争食，从屋檐上掉下来，顷刻间把盆景和盆架都砸碎了。我叹息道:"就营造了这么点儿小玩意儿,难道也触犯上天的禁忌了吗?"我们二人忍不住流下泪来。

静室焚香,闲中雅趣。芸尝以沉速①等香,于饭镬②蒸透,在炉上设一铜丝架,离火半寸许,徐徐烘之,其香幽韵而无烟。佛手忌醉鼻嗅,嗅则易烂;木瓜③忌出汗,汗出,用水洗之。惟香橼④无忌。佛手、木瓜亦有供法,不能笔宣⑤。每有人将供妥者随手取嗅,随手置之,即不知供法者也。

── 【字词注解】

①沉速:沉香、速香,均出自交趾蜜香树。沉香,因入水即沉得名,是香料中的上品,入水半沉半浮的栈香次之,最为轻虚,入水浮于水面的黄熟香再次之。速香,即黄熟香。

②镬(huò):锅。

③木瓜:蔷薇科木瓜属植物,又名"香瓜""木梨""木瓜海棠""铁脚梨",春花红艳,秋果芳香,可作为香果供于室内。

④香橼(yuán):一种常绿乔木,花为白色,果实有香气,味酸甜。

⑤不能笔宣:不能用文字表达,这里指不再一一介绍。

── 【精彩解说】

在静室内焚香,也是闲时雅趣。芸曾把沉、速等香放在锅里蒸透,在炉子上放一个铜丝架,把蒸透的香放在架子上,离火焰半寸左右慢慢烘烤,其香味清幽淡雅而且不生烟雾。佛手果最忌用醉酒后的鼻子去闻,闻了就容易烂掉;木瓜最忌讳出汗,若是出汗了就要用水洗净拭干。唯有香橼没有忌讳。佛手果、木瓜供法也有讲究,这里不再一一介绍。经常有人将供品随手拿来闻,又随手放置,这都是些不懂供养之法的。

余闲居,案头瓶花不绝。芸曰:"子之插花,能备风晴雨露,可谓精妙入神。而画中有草虫一法，盍仿而效之。"余曰："虫踯躅①不受制，焉能仿效？"芸曰："有一法，恐作俑②罪过耳。"余曰："试言之。"曰："虫死色不变，觅螳螂、蝉、蝶之属，以针刺死，用细丝扣虫项系花草间，整其足，或抱梗，或踏叶，宛然如生，不亦善乎？"余喜，如其法行之，见者无不称绝。求之闺中，今恐未必有此会心者矣。

【字词注解】

①踯躅（zhí zhú）：这里指爬动。
②作俑：比喻恶劣风气的创始者。

【精彩解说】

我闲居时，案头瓶子里的花不断更新。芸说："你这样插花，能表现花在风晴雨露中的各种姿态风韵，可谓精妙入神。绘画中有'草虫'这一画法，不妨在插花时仿效看看。"我说："小虫不受控制，怎么仿效？"芸说："我倒有个方法，只是担心成为始作俑者而有罪过。"我说："你说说看。"芸说："小虫死了不会变色，寻找螳螂、蝉、蝴蝶之类的虫子，用针刺死，拿细丝线捆着它们的脖子系在花草间，再整理它们的脚，或抱在枝梗上，或踏在叶上，这样宛如活生生的小虫，不也挺好吗？"我很高兴，按她的方法去试验了，结果来看的人无不称绝。如今的闺阁女子，恐怕很难再有这样心思灵巧的。

原文

余与芸寄居锡山①华氏，时华夫人以两女从芸识字。乡居院旷，夏日逼人。芸教其家作活花屏法甚妙。每屏一扇，用木梢二枝，约长四五寸，作矮条凳式，虚其中，横四挡，宽一尺许，四角凿圆眼，插竹编方眼，屏约高六七尺。用砂盆种扁豆置屏中，盘延屏上，两人可移动。多编数屏，随意遮拦，恍如绿阴满窗，透风蔽日，纡回曲折，随时可更，故曰"活花屏"。有此一法，即一切藤本香草随地可用。此真乡居之良法也。

【字词注解】

①锡山：在今江苏无锡西。

【精彩解说】

我与芸寄居在锡山华氏家中，当时华夫人让两个女儿跟芸学习识字。这里乡居旷阔，夏日暑热逼人。芸教华家人做活花屏风，方法很巧妙：每屏只一扇，用长四五寸的木梢两枝，做成矮脚长条凳子样式，中间是空的，横置四根木挡，宽一尺左右，四角凿上圆洞，插上竹子编成方孔屏，做成的屏风高六七尺；再用砂盆种植扁豆放在屏风中，让它攀附着屏风往上爬。这样的屏风，两个人就可以搬动。多编几个屏风随意遮拦，就好像绿荫满窗，透风遮日，摆放得迂回曲折，就可自成一景，还可以随时更换摆放样式，所以叫作"活花屏"。照这种法子，一切藤本香草植物都可以随地采用。这真是乡间宜居的好方法。

原文

友人鲁半舫名璋，字春山，善写松柏及梅菊，工隶书，兼工铁笔①。余寄居其家之萧爽楼一年有半。楼共五椽，东向，余居其三，晦明风雨，可以远眺。庭中木犀②一株，清香撩人。有廊有厢，地极幽静。

移居时，有一仆一妪，并挈其小女来。仆能成衣③，妪能纺绩，于是芸绣，妪绩，仆则成衣，以供薪水。余素爱客，小酌必行令。芸善不费之烹庖，瓜蔬鱼虾，一经芸手，便有意外味。

同人知余贫，每出杖头钱④，作竟日⑤叙。余又好洁，地无纤尘，且无拘束，不嫌放纵。

【字词注解】

①铁笔：刻印刀的别称，因镌刻印章须以刀代笔，故称"铁笔"，这里借指刻印。

②木犀：也叫"木樨"，俗称"桂树"，常绿乔木，花白色或暗黄色，芳香宜人。

③成衣：做衣服。

④杖头钱：买酒钱。典出《世说新语·任诞第二十三》："阮宣子常步行，以百钱挂杖头，至酒店，便独酣畅，虽当世贵盛，不肯诣也。"

⑤竟日：从早到晚，整天。

【精彩解说】

我的朋友鲁半舫，名璋，字春山，善画松柏和梅菊，精于隶书，还擅长篆刻。我们曾在他家的萧爽楼住了一年半。此楼共有五间，面向东，我们住了其中三间。阴晴风雨天，都可以远眺。庭院中有一棵木樨树，清香撩人。这里有走廊、厢房，非常幽静。我们搬过来时带着一对仆人夫妇，还带了他们的小女儿。仆人能做衣服，仆妇能纺织，于是靠芸刺绣，仆妇纺织，仆人做衣以供日常开销。我素来好客，客来小酌必行酒令。芸擅长烹制小菜，普通的瓜果蔬菜和鱼虾虽花费不多，但一经她手，总是别有风味。

朋友们知道我手头拮据，每次聚会他们都出钱买酒，然后在我家宴饮畅谈一整天。我又喜洁，家里连地上也是一尘不染，而且在我家聚会可以无拘无束，纵情尽兴，所以来的朋友非常多。

原文

时有杨补凡①，名昌绪，善人物写真；袁少迂②，名沛，工山水；王星澜③，名岩，工花卉翎毛，爱萧爽楼幽雅，皆携画具来。余则从之学画，写草篆，镌图章，加以润笔，交芸备茶酒供客，终日品诗论画而已。

更有夏淡安、揖山两昆季④，并缪山音、知白两昆季，及蒋韵香、陆橘香、周啸霞、郭小愚、华杏帆、张闲酣⑤诸君子，如梁上之燕，自去自来。芸则拔钗沽酒⑥，不动声色，良辰美景，不放轻过。今则天各一方，风流云散，兼之玉碎香埋，不堪回首矣！

【字词注解】

①杨补凡：杨昌绪，字补凡，苏州人。《扬州画苑录》卷四评价他："善山水，兼长仕女、花卉。"《历代画史汇传》卷二十四评价他："山水于浑厚中而仍寓秀逸，每入诗意，仕女仿六如，雅韵有致。"

②袁少迂：袁沛，字少迂，苏州人，清代书画家、收藏家。

③王星澜：王岩，字星澜，苏州人。《历代画史汇传》卷二十九评价他"钩染花卉工致"。

④昆季：兄弟。长为昆，幼为季。

⑤张闲酣：当为前文所说张闲憨。

⑥拔钗沽酒：把金钗卖掉为丈夫买酒。典出唐元稹悼念亡妻的《遣悲怀》诗："顾我无衣搜荩箧，泥他沽酒拔金钗。"

【精彩解说】

当时常来的朋友有杨补凡，名昌绪，擅长人物写真；袁少迂，名沛，善于画山水；王星澜，名岩，善于画花鸟，他们非常喜欢萧爽楼的幽雅，都带上画具过来。我则跟他们学习画画，写草篆，刻印章，得到的润笔费，都交给芸去备茶水酒菜待客，我们就这样整日品诗论画。

还有夏淡安、夏揖山两兄弟和缪山音、缪知白两兄弟，以及蒋韵香、陆橘香、周啸霞、郭小愚、华杏帆、张闲憨诸位君子，如同梁上燕子归巢一般自在来去。芸手头无钱时则会拔钗沽酒，丝毫不露声色，这些畅快欢聚的良辰美景我们都很珍惜，不曾错过。如今，大家都已天各一方，风流云散，兼之芸已经亡故，真是不堪回首啊！

原文

萧爽楼有四忌：谈官宦升迁、公廨①时事、八股时文、看牌掷色，有犯必罚酒五斤。有四取：慷慨豪爽、风流蕴藉、落拓不羁、澄静缄默。长夏无事，考对为会。每会八人，每人各携青蚨②二百。先拈阄，得第一者为主考，关防③别座，第二者为誊录，亦就座，余作举子，各于誊录处取纸一条，盖用印章。主考出五、七言各一句，刻香为限，行立构思，不准交头私语。对就后，投入一匣，方许就座。各人交卷毕，誊录启匣，并录一册，转呈主考，以杜徇私。十六对中取七言三联，五言三联。六联中取第一者，即为后任主考，第二者为誊录。每人有两联不取者，罚钱二十文；取一联者，免罚十文；过限者，倍罚。一场，主考得香钱百文。一日可十场，积钱千文，酒资大畅矣。惟芸议为官卷④，准坐而构思。

---•【字词注解】

①公廨（xiè）：官署，官衙。

②青蚨（fú）：原为古代传说中的一种虫。据《搜神记》记载：用青蚨母子的血各涂于钱上，先用母钱或子钱，钱用出后，因母子寻找彼此，钱能飞回。后以青蚨代指银钱。

③关防：监视，防范。

④官卷：清代科考，高官子弟参加乡试，其卷另编为"官"字号另入号房考试，以人数多寡，定额取中，以此制度确保官家子弟不占取寒门考生的取中名额。这里指陈芸参加考对可以享受特殊待遇。

---•【精彩解说】

萧爽楼有四忌：一忌谈论官宦升迁，二忌谈论官府时事，三忌谈论八股文，四忌打牌抛骰赌博。有违反者一定罚酒五斤。有四取：一取慷慨豪爽，二取风流潇洒，三取落拓不羁，四取清静缄默。长夏空闲无事，大家就聚在一起对诗作乐，每次对诗者定为八人，每人各带二百钱。先抓阄，得第一的人为主考，坐在旁边监考，得第二的人负责誊录，也就座，其余的人都是应试举子，各自到誊录处拿一张纸，盖上自己的印章。主考出五言、七言各一句，燃香计时，举子无座，可走着或站着构思，不准交头接耳。对完以后投入匣中，方可就座。全都交卷后，誊录者打开匣子，将各人所写誊抄合并成册交给主考，以杜绝徇私舞弊。十六个对句中抽出五言句、七言句各三联。这六联再评高下，第一名即为下一任主考，第二名为下一任誊录。如果某人有两联都没被取中则要罚二十文钱；仅被取中一联的减罚十文钱；超过对答时限的加倍处罚。一场下来，主考可得一百文。一天可考十场，积累上千文钱，作为酒钱已相当充足了。芸也参加考试，不过她属于"官卷"，可以坐着构思。

原文

杨补凡为余夫妇写载花小影，神情确肖。是夜月色颇佳，兰影上粉墙，别有幽致。星澜醉后兴发曰："补凡能为君写真，我能为花图影。"余笑曰："花影能如人影否？"星澜取素纸①铺于墙，即就兰影，用墨浓淡图之。日间取视，虽不成画，而花叶萧疏，自有月下之趣。芸甚宝之，各有题咏。

── •【字词注解】

①素纸：白纸。

── •【精彩解说】

杨补凡曾为我们夫妇画了一幅《载花小影》，神情惟妙惟肖。那夜月色很好，兰影映在粉墙上，别有雅趣。王星澜醉后萌发雅兴说："杨补凡能为你们画像，我能为花画影。"我笑着说："花影能像人影吗？"王星澜便拿白纸挂在墙上，对着兰花影，蘸墨时浓时淡画起来。日间拿出来观看，虽然不成画，但花叶萧疏，自有月下之趣。芸对这幅画爱如珍宝，大家也各有题咏。

原文

苏城有南园、北园①二处，菜花②黄时，苦无酒家小饮。携盒而往，对花冷饮，殊无意味。或议就近觅饮者，或议看花归饮者，终不如对花热饮为快。众议未定。芸笑曰："明日但各出杖头钱，我自担炉火来。"众笑曰："诺。"

众去，余问曰："卿果自往乎？"芸曰："非也，妾见市中卖馄饨者，其担锅、灶无不备，盍雇之而往？妾先烹调端整，到彼处再一下锅，茶酒两便。"余曰："酒菜固便矣，茶乏烹具。"芸曰："携一砂罐去。以铁叉串罐柄，去其锅，悬于行灶中，加柴火煎茶，不亦便乎？"余鼓掌称善。

── •【字词注解】

①南园、北园：北园位置约在今江苏苏州拙政园东、东北街北，南园位置约在今江苏苏州十全街附近。

②菜花：油菜花。

【精彩解说】

苏州城有南园、北园两个地方,油菜花盛开的时候,去那里赏花苦于没有酒家可以饮酒,大家只能自己带着酒食过去,对着花田喝冷酒,实在无趣。有人建议就近寻觅酒馆,有人提议看花归来再喝酒,但这都不如对花热饮让人觉得快意。大家争论不休,没个定论。芸笑着说:"大家明天只管备好买酒的份子钱,我自会挑着炉火过来。"众人笑着说:"好啊。"

大家散去后,我问芸:"你明天真的要亲自挑炉火过去吗?"芸说:"不是的,我看到集市上有卖馄饨的,担子、锅、灶都很齐全,何不雇用他们过去?我先在家里将吃食准备妥当,到了那里再下锅,这样趁热喝茶、吃酒菜,都很方便。"我说:"酒菜固然是方便了,只是煮茶缺少烹煮的工具。"芸说:"带一个砂罐去,用铁叉串在罐的柄上,把锅从灶上拿下来,将砂罐悬挂在炉灶上,加柴火煎茶,不是也很方便吗?"我鼓掌称好。

原文

街头有鲍姓者,卖馄饨为业,以百钱雇其担,约以明日午后。鲍欣然允议。

明日,看花者至,余告以故,众咸叹服。饭后同往,并带席垫,至南园,择柳阴下团坐。先烹茗,饮毕,然后暖酒烹肴。是时,风和日丽,遍地黄金,青衫红袖,越阡度陌,蝶蜂乱飞,令人不饮自醉。既而酒肴俱熟,坐地大嚼,担者颇不俗,拉与同饮。游人见之,莫不羡为奇想。杯盘狼藉,各已陶然①,或坐或卧,或歌或啸。红日将颓,余思粥,担者即为买米煮之,果腹②而归。芸曰:"今日之游乐乎?"众曰:"非夫人之力不及此③。"大笑而散。

【字词注解】

①陶然:陶醉、愉快的样子。

②果腹:吃饱肚子。

③非夫人之力不及此:此句借用《左传·烛武退秦师》中的"微夫人之力不及此"。《左传》这句中的"夫人"是"那人"之意。这里是众人打

趣,用了"夫人"的另一个意思来称陈芸。

——【精彩解说】

街上有个姓鲍的人,以卖馄饨为生,我们用一百文钱雇他挑上馄饨担子出活,约定第二天午后在南园油菜花田处碰头,那人欣然同意了。

次日,赏花的人到我家聚齐,我告诉他们赏花的安排,众人无不叹服。吃完饭后我们一起出发,并且带了席垫,来到南园后,大家选了一处柳荫围坐在一起。先烹茶,品茶结束后再温酒热菜。这一日风和日丽,遍地金黄,来赏花的人们青衫红袖,穿行在田间小径上,四周蜂蝶翩翩起舞,如此怡然美景令人不饮自醉。不久,酒菜都已热好,大家便席地而坐,畅快吃喝,又见姓鲍的那人颇为不俗,就拉他共饮。过往的游人看到我们,没有不羡慕这一奇思妙想的。顷刻,杯盘狼藉,大家都已陶醉,或坐或卧,或歌或啸。红日将要落山时,我又想吃粥了,馄饨摊主立即去买米来煮,吃饱了才回去。芸问大家:"今日玩得高兴吗?"大家齐声应道:"非夫人之力不及此。"说罢,大笑而散。

原文

贫士起居服食以及器皿、房舍,宜省俭而雅洁,省俭之法曰"就事论事"。余爱小饮,不喜多菜,芸为置一梅花盒:用二寸白磁深碟六只,中置一只,外置五只,用灰漆就,其形如梅花,底盖均起凹楞,盖之上有柄如花蒂。置之案头,如一朵墨梅覆桌。启盖视之,如菜装于花瓣中,一盒六色,二三知己可以随意取食,食完再添。另做矮边圆盘一只,以便放杯箸酒壶之类,随处可摆,移掇①亦便。即食物省俭之一端也。余之小帽领②袜,皆芸自做,衣之破者,移东补西,必整必洁,色取暗淡,以免垢迹。既可出客③,又可家常。此又服饰省俭之一端也。

——【字词注解】

①移掇:移动,收拾。

②领:清代男子衣袍无领,须另戴一个领子,称"领衣",相当于现在的假领。

③出客：到外面做客。

——●【精彩解说】

贫寒人家的起居、衣食，以及器皿、房屋等，都应当省俭而雅洁，省俭的方法称为"就事论事"。我常喜欢小酌几杯，不喜欢吃太多菜，芸便为我准备了一个梅花盒：取两组六个两寸大的白瓷深碟，一个放在中间，五个摆在四周，每组六碟都如此粘牢，外面用灰漆漆好，外形如同梅花，两组一为盒底一为盒盖，外面都有凹棱，盒盖上粘了一个手柄，恰似梅花的花蒂。把它放到案头，就像一朵墨梅覆落于桌面。打开盖子细看，菜肴仿佛装在花瓣之中，一盒有六种菜色，二三知己可以随意取食，吃完再添。芸还做了一只矮边浅圆盘，以便摆放杯、筷、酒壶之类，食盒、平盘可随处摆放，也方便收拾。这就是食物省俭的一种方法。我日常穿戴的小帽领袜都是芸做的。衣服破了她就拆东补西，我的衣服总是齐整洁净的，衣料都用暗淡的，稍有污痕也不显眼，既可穿出门做客，也可作为家居服。这是服饰省俭的一个办法。

原文

初至萧爽楼中，嫌其暗，以白纸糊壁，遂亮。夏月，楼下去窗，无阑干①，觉空洞无遮拦。芸曰："有旧竹帘在，何不以帘代栏？"余曰："如何？"芸曰："用竹数根，黝黑色，一竖一横，留出走路。截半帘搭在横竹上，垂至地，高与桌齐，中竖短竹四根，用麻线扎定。然后于横竹搭帘处，寻旧黑布条，连横竹裹缝之。既可遮拦饰观，又不费钱。"此"就事论事"之一法也。以此推之，古人所谓竹头、木屑皆有用，良有以也。

——●【字词注解】

①阑干：栏杆。

——●【精彩解说】

刚搬入萧爽楼时，我嫌屋里光线太暗，便在墙上糊了一层白纸，房间立时亮堂起来。夏日炎热,撤去了楼下的窗户,但屋外没有栏杆,看起来空荡荡的没个遮拦。芸说:"咱们有些旧竹帘,不如用来代替栏杆?"我问她:"怎么弄?"芸说:"找几根黝黑的老竹竿来,一竖一横搭栏杆架,高度与桌平,留出过道。旧竹帘搭在架子上,垂到地,帘子中间竖短竹四根,用麻绳扎紧固定。然后在帘子搭横竹竿处,用旧的黑布条连横竹竿一起裹住缝好。这样既可以遮拦做装饰,又不费钱。"这是我们"就事论事"的方法之一。由此可以推断,古人所说的竹头、木屑都有用处,的确有道理。

原文

夏月,荷花初开时,晚含而晓放,芸用小纱囊撮茶叶少许,置花心,明早取出,烹天泉水①泡之,香韵尤绝。

【字词注解】

①天泉水:包括雨水、雪水和露水。

【精彩解说】

夏季,荷花初开时,花朵都是夜晚合拢而拂晓绽放,芸会用小纱袋包上一点儿茶叶,放到荷花蕊里,第二天早晨再取出,用天泉水来烹煮沏泡,茶水的清香韵味真是绝佳。

卷三 坎坷记愁

〔概论〕

卷三《坎坷记愁》,集中叙写了夫妻二人由于家庭矛盾两次被逐出家门的经历,以及被逐之后的心酸生活。沈复与陈芸成婚后,由于妻子陈芸不擅长处理家里的人际关系,最终因误会失翁姑之爱,夫妇二人被逐出家门,寄人篱下,日子过得颇为清苦。第一次被逐时夫妻二人迁居朋友的萧爽楼,此时日子并不算难过,倒像外出度假一般。后来,陈芸欲为沈复纳妓女憨园为妾,从而引发大家庭再次失和,于是夫妻二人再次被逐。这一次被逐以后,他们二人流落异地,陈芸也因憨园背弃约定另嫁他人,忧愤成疾,郁郁而终。这一卷将沈复夫妻二人从衣食无忧到流落街头,寄食于人,讨债度日,最终差点儿冻死在街头的悲惨生活描写得淋漓尽致。

本卷名为《坎坷记愁》,通篇贯穿一个"愁"字,包括寄人篱下之愁、无钱治病之愁、家庭失和之愁、奔波谋生之愁、夫妻生离死别之愁等,作者所叙之事无一不与"坎坷"相伴,无一不与"愁"字关联,让人仿佛卷入了愁的旋涡,读来令人心酸难抑。作为一个独立的篇章,本卷也集中反映了作者生活的一个重要侧面,又与卷一、卷二所记的家庭之事形成了鲜明的对比,是对作者与芸娘忧患生活的详细记录。

原文

人生坎坷,何为乎来哉?往往皆自作孽耳,余则非也。多情重诺,爽直不羁,转因之为累。况吾父稼夫公慷慨豪侠,急人之难,成人之事,嫁人之女,抚人之儿,指不胜屈①,挥金如土,多为他人。余夫妇居家,偶有需用，不免典质②。始则移东补西，继则左支右绌③。谚云："处家人情，非钱不行。"先起小人之议，渐招同室④之讥。"女子无才便是德"，真千古至言也⑤。

余虽居长而行三，故上下呼芸为"三娘"，后忽呼为"三太太"。始而戏呼，继成习惯，甚至尊卑长幼，皆以"三太太"呼之⑥，此家庭之变机欤？

─●【字词注解】

①指不胜屈：扳着指头都难以数清，形容数量极多。

②典质：典当，抵押。

③绌（chù）：屈曲，这里引申为不足，不够。

④同室：一家人。

⑤"女子无才便是德"，真千古至言也：这是沈复写到此处时，回忆反思之下的激愤之言。内心有怨，却不便明言，但不言又不足以抒心意，只能这样点到为止。

⑥"皆以"句：古时在家中被称作"太太"的，多是长辈或官员之妻；芸是小辈，上有婆婆，夫君沈复并无功名，称她为"太太"，若说起初的戏称尚属促狭调侃的话，那全家上下都这样称呼，就是毫无忌惮的嘲讽和轻视了。

─●【精彩解说】

人生中的坎坷，究竟是怎么来的呢？大多是自作孽，但我的情况却不是这样。我对人讲情谊，重承诺，爽直不羁，却反而因此受了连累，命途多舛。我的父亲稼夫公为人慷慨仗义，急人之难，成人之事，或是帮助朋友嫁女，或是抚养故人儿子，这样的事多得数不过来，挥金也多是为了他人。但这样的善举也没能给我带来好运。我们夫妻住在家里，手头不甚宽裕，偶尔有些超出份例的花销，免不了要典当一些物品才能应付开支。刚开始还能移东补西，随后便难以为继了。正如俗话所说："处家人情，非钱不行。"我和芸入不敷出，外债渐多，先是下人们议论纷纷，进而引得家人讥笑。若芸嫁入我家后平庸守礼，不纵我、助我做了那些吟风弄月的"出格事"，或许我们银钱捉襟见肘时也不至于在家中被如此奚落。"女子无才便是德"，真的是千古至理名言啊!

我虽是家中长子,但在族中排行第三,所以家里上下都称呼芸为"三娘",后来忽然有人改叫她"三太太"。开始只是玩笑戏称,接着竟成了习惯,乃至家中无论尊卑长幼都以"三太太"称呼她。这难道是家里生出变故的预兆吗?

原文

乾隆乙巳①,随侍吾父于海宁②官舍③。芸于吾家书中附寄小函。吾父曰:"媳妇既能笔墨,汝母家信,付彼司④之。"后家庭偶有闲言,吾母疑其述事不当,仍不令代笔。吾父见信非芸手笔,询余曰:"汝妇病耶?"余即作札问之,亦不答。久之,吾父怒曰:"想汝妇不屑代笔耳!"迨⑤余归,探知委曲⑥,欲为婉剖⑦,芸急止之曰:"宁受责于翁⑧,勿失欢于姑⑨也。"竟不自白⑩。

【字词注解】

①乾隆乙巳:1785年。

②海宁:今浙江海宁。

③官舍:衙门。

④司:通"伺"(sì)。也有"主管,管理"之义。

⑤迨(dài):等到。

⑥委曲:此指事情的经过和原委。

⑦剖:分辩,辩解。

⑧翁:此指公公。

⑨姑:此指婆婆。

⑩自白:自我辩白。

【精彩解说】

乾隆乙巳年(1785),我随父亲一同到了海宁官舍。家里寄来的家书中附寄着芸写的便笺。我父亲便说:"你媳妇既然能够写字,你母亲再有家信,就让她代笔吧。"后来家中偶尔传出些闲话,我母亲疑心芸在信中叙述不清,造成了误会,便不再让她代笔了。父亲见信上的笔迹不是芸的,就问我:"你媳妇是生病了吗?"我立即写信问芸,也不见有回信。时间长了,我父亲便生气地说:"想来是你媳妇不屑于代笔这种事吧。" 等我回到家,探问清楚情况之后,想委婉地为芸申辩,芸急忙制止说:"我宁可遭受公公的责备,也不愿让婆婆觉得我搬弄是非。"最后也没有为她自己辩白一句。

原文

庚戌①之春,予又随侍吾父于邗江②幕中,有同事俞孚亭者,挈眷居焉。吾父谓孚亭曰:"一生辛苦,常在客中,欲觅一起居服役之人而不可得。儿辈果能仰体亲意,当于家乡觅一人来,庶语音③相合。"孚亭转述于余,密札致芸,倩媒物色,得姚氏女。芸以成否未定,未即禀知吾母。其来也,托言邻女之嬉游④者。及吾父命余接取至署,芸又听旁人意见,托言吾父素所合意者。吾母见之曰:"此邻女之嬉游者也,何娶之乎?"芸遂并失爱于姑矣。

【字词注解】

①庚戌:1790年。
②邗江:今江苏扬州邗江区,也代指扬州。
③语音:说话时的口音。
④嬉游:游乐,游玩。

【精彩解说】

庚戌年(1790)的春天,我又随着父亲来到邗江游幕,父亲的同事俞孚亭带着家眷一同在这里居住。有一天闲聊时我父亲对他说:"一生辛苦,常年客居他乡,想着寻觅一个照顾日常起居的人,也不能如愿。孩子们如果真能体会到长辈的心意,就应当在家乡寻觅这么一个人来,言语习惯都合适才行。"俞孚亭告诉我此事后,我就暗中给芸写了封信,让她请媒人物色,后来找到一个姚姓女子。芸因为不能确定事情是否能够成功,就没有立即告知我母亲。等到姚氏女子来了，便借口说是邻家女来邗江游玩的。等父亲命令我接姚姓女子去官署时，芸又听别人的意见，托言说这女子是父亲本来就合意的人。我母亲见了说："这邻家女是过来游玩的，为什么会娶她为妾？"于是芸连婆婆的欢心也失去了。

原文

壬子①春，余馆真州②。吾父病于邗江，余往省，亦病焉。余弟启堂时亦随侍。芸来书曰："启堂弟曾向邻妇借贷，倩芸作保。现追索甚急。"余询启堂，启堂转以嫂氏为多事，余遂批纸尾曰："父子皆病，无钱可偿。俟启弟归时，自行打算可也。"

——•【字词注解】

①壬子：1792年。
②真州：在今江苏仪征。

——•【精彩解说】

壬子年（1792）春天，我在真州设馆教书。父亲在邗江生病了，我去侍奉他，结果自己也生病了。我弟弟启堂也跟过来服侍。这时芸来信说："弟弟启堂曾向邻家妇人借贷，请了我作保。现在人家追债追得很急。"我询问弟弟，他反而认为是嫂子多管闲事，于是我在信尾写道："我们父子俩都病了，无钱偿还，等弟弟回去后自行筹办了结吧！"

原文

未几，病皆愈，余仍往真州。芸覆书来，吾父拆视之，中述启弟邻项①事，且云："令堂②以老人之病皆由姚姬而起。翁病稍痊，宜密嘱姚托言思家，妾当令其家父母到扬接取。实彼此卸责之计也。"

吾父见书，怒甚，询启堂以邻项事，答言不知。遂札饬③余曰："汝妇背夫借债，谗谤④小叔，且称姑曰令堂，翁曰老人，悖谬⑤之甚！我已专人持札回苏斥逐⑥。汝若稍有人心，亦当知过。"

【字词注解】

①项：经费。
②令堂：对别人母亲的尊称，这里称自己的婆婆不恰当。
③饬（chì）：命令，告诫。
④谗谤：谗毁诽谤。
⑤悖谬：荒谬，荒唐。
⑥斥逐：驱逐，赶走。

【精彩解说】

没过多久，父亲和我的病都好了，我又回了真州。芸恰好回信到了邗江，我父亲拆信一看，其中说到弟弟启堂借邻家妇人款项一事，还说："令堂觉得老人的病都是因姚氏女子而起。等老人的病好了，应悄悄嘱咐姚姓女子借口想家，我再安排她的父母到扬州接她回家。这是彼此都能卸去责任的好办法。"

父亲看完信，十分生气，询问启堂向邻家妇人借贷一事，启堂却说对此事毫不知情。于是父亲写信训斥我说："你媳妇背着丈夫借债，却污蔑小叔子，而且在信里称婆婆为'令堂'，称公公为'老人'，简直荒唐至极！我已经派专人带信回苏州赶她回去。你若是稍有良知，也应当知道自己的过错！"

原文

余接此札，如闻青天霹雳，即肃书①认罪。觅骑遄②归，恐芸之短见也。到家述其本末，而家人乃持逐书至，历斥多过，言甚决绝。

芸泣曰："妾③固不合妄言，但阿翁当恕妇女无知耳。"越数日，吾父又有手谕④至，曰："我不为已甚。汝携妇别居，勿使我见，免我生气足矣。"乃寄芸于外家⑤，而芸以母亡弟出，不愿往依族中。幸友人鲁半舫闻而怜之，招余夫妇往居其家萧爽楼。

越两载，吾父渐知始末。适余自岭南⑥归，吾父自至萧爽楼，谓芸曰："前事我已尽知，汝盍归乎？"余夫妇欣然，仍归故宅，骨肉重圆。岂料又有憨园之孽障耶！

——•【字词注解】

①肃书：尊敬地写信。

②遄（chuán）：快，迅速。

③妾：旧时妇女自称。

④手谕：这里指尊长的亲笔信。

⑤外家：旧时已婚女子对娘家的称呼。

⑥岭南：指五岭以南。五岭是指越城岭、都庞岭、萌渚岭、骑田岭、大庾岭。今多指广东、广西、海南地区。

——•【精彩解说】

我收到此信，如同听到晴天霹雳，即刻回信向父亲认罪。随后找了匹马急忙返回家中，担心芸会想不开。到家后我说了事情的始末，家人也拿着父亲的信过来了，信中历数了芸的种种过失，措辞很是严厉。

芸哭着说："我确实言语失当，但请公公宽恕我一个妇人没有见识吧。"过了几天，父亲又寄来亲笔信，说："我不会做太过分的事情，你带着你媳妇搬到其他地方居住吧，不要让我看见，免得我生气就是。"于是我准备让芸回她娘家居住，而芸因为她母亲亡故和弟弟出走在外，所以不愿依附她的家族。幸亏朋友鲁半舫知道这事后同情我们，招呼我们夫妻俩住到他家的萧爽楼中。

过了两年，我父亲渐渐知道事情的经过，当时恰好我从岭南一带回来，父亲亲自来到萧爽楼，对芸说："以前的事我已经知道了，不如你们搬回去住吧？"得到父母谅解，我们十分开心，搬回故居旧宅，与家人骨肉团圆了。岂料不久又冒出憨园这个孽障。

芸素有血疾①，以其弟克昌出亡②不返，母金氏复念子病没，悲伤过甚所致。自识憨园，年余未发，余方幸其得良药。而憨为有力者夺去。以千金作聘，且许养其母，佳人已属沙吒利③矣。余知之而未敢言也。

及芸往探始知之，归而呜咽，谓余曰："初不料憨之薄情乃尔也！"余曰："卿自情痴耳。此中人何情之有哉？况锦衣玉食者，未必能安于荆钗布裙④也。与其后悔，莫若无成。"因抚慰之再三。而芸终以受愚为恨，血疾大发。床席支离⑤，刀圭⑥无效，时发时止，骨瘦形销。不数年而逋负⑦日增，物议⑧日起，老亲又以盟妓一端，憎恶日甚。余则调停中立，已非生人⑨之境矣。

【字词注解】

①血疾：中医病名，指具有便血、吐血、咯血等出血症状的疾病。

②亡：出走。

③沙吒利：唐许尧佐的小说《柳氏传》中的人物，系唐代番将，曾抢夺书生韩翊的美姬柳氏。后世用来指称霸他人妻室或强娶民妇的权贵。吒，也写作"叱""咤"。

④荆钗布裙：原是用来形容女子的装束，这里指生活简朴，衣食节俭。

⑤支离：分散，凌乱。

⑥刀圭：代指药物。

⑦逋（bū）负：这里指债务。

⑧物议：非议。

⑨生人：活着的人。

【精彩解说】

芸一向有咯血的毛病，这是因为她弟弟克昌外出不归，母亲金氏又因思念儿子生病去世，她过度悲伤之下才落下此病。与憨园相识之后，有一年多的时间没再复发。我正为她得到良药感到庆幸，憨园却被有权势的人夺去了。对方许以千金的聘礼，并答应赡养她的母亲，转眼佳人已经落到了沙吒利那种人的手里。我知道这件事后没敢和芸说。

直到芸前去探访才知道这件事，回来哭着对我说："真是没想到憨园竟然如此薄情啊。"我说："是你太过痴情罢了。青楼中人能有什么感情？况且爱慕荣华富贵的人，未必能甘心于荆钗布裙，与其将来后悔，倒不如事情没成。"因此我再三抚慰她。可惜芸到底因为受到愚弄而愤恨，致使咯血病又剧烈地发作起来，身体虚弱得只能躺在床上，药物医治也难愈，时而发作时而好转，落得骨瘦体弱。没过几年，我们的债务与日俱增，家人也议论四起，父母又以她和娼妓憨园结拜姐妹为事端，更加憎恶她。我则尽量居中调停，当时的情形已使人无法再在家里待下去了。

原文

芸生一女名青君，时年十四，颇知书，且极贤能，质钗典服，幸赖辛劳。子名逢森，时年十二，从师读书。

余连年无馆，设一书画铺于家门之内，三日所进，不敷①一日所出，焦劳困苦，竭蹶②时形。隆冬无裘，挺身而过。青君亦衣单股栗③，犹强曰"不寒"。因是芸誓不医药。偶能起床，适余有友人周春煦自福郡王幕中归，倩人绣《心经》④一部。芸念绣经可以消灾降福，且利其绣价之丰，竟绣焉。而春煦行色匆匆，不能久待，十日告成，弱者骤劳，致增腰酸头晕之疾。岂知命薄者，佛亦不能发慈悲也！

【字词注解】

①敷：足够。
②竭蹶（jué）：本指走路艰难，后形容经济困难。
③股栗：两腿发抖。
④《心经》：佛经，全名为《般若（bō rě）波罗蜜多心经》。

【精彩解说】

我和芸有一个女儿叫青君，那年十四岁，很爱读书，而且非常贤惠，变卖银钗、典当衣物等事，都依靠她出力。儿子叫逢森，那年十二岁，正在读书。

我连年没有生计，只在家里开设了一个书画铺子，三天的收入，还不够一天的花销，在焦虑、辛劳、困顿、忧苦中艰难度日。隆冬没有皮衣御寒，硬挺着身子度过，青君也因衣衫单薄而发冷战栗，还强说"不冷"。因此，芸为了节约而发誓不再花费医药钱了。偶尔能够支撑起床时，正好我的朋友周春煦从福郡王幕府归来，他要请人绣一部《心经》。芸考虑到绣《心经》既可以消灾降福，而且刺绣的工钱丰厚，就绣了起来。可是周春煦急于赶回去，不能久等，芸竟只用了十天为他绣成了。然而体弱的人突然过度操劳，致使她增加了腰酸头晕的病症。岂知对薄命人，连有善心的佛也不能发慈悲啊！

原文

绣经之后，芸病转增，唤水索汤，上下厌之。有西人①赁屋于余画铺之左，放利债为业。时倩余作画，因识之。友人某向渠②借五十金，乞余作保，余以情有难却，允焉，而某竟挟资远遁。西人惟保是问，时来饶舌③。初以笔墨为抵，渐至无物可偿。岁底，吾父家居，西人索债，咆哮于门。吾父闻之，召余诃责曰："我辈衣冠之家，何得负此小人之债？"正剖诉间，适芸有自幼同盟姊适锡山华氏，知其病，遣人问讯。堂上误以为憨园之使，因愈怒曰："汝妇不守闺训，结盟娼妓；汝亦不思习上，滥伍④小人。若置汝死地，情有不忍，姑宽三日限，速自为计，迟必首汝逆⑤矣。"

【字词注解】

①西人：旧时对山西人、陕西人的称呼。

②渠：方言，第三人称，指他、她、它。

③饶舌：多嘴、唠叨。

④伍：古时候的军队编制，以五人为一伍。后来引申为同一类人。这里指与人为伍。

⑤首汝逆：向官府告发你忤逆。首，向官府告发。逆，忤逆之罪。

【精彩解说】

绣完《心经》后，芸的病情加重了，卧床不起，唤水要汤，弄得家里其他人都厌烦起来。这时，有个山西客人租赁了房屋住在我的画铺旁边，以发放高利贷为业。他有时会请我作画，所以认识了。一个友人向他借了五十两银子，并乞求我来担保，我碍于情面就答应了，而这个友人竟然携带钱财跑路了。事后，山西客商把责任全算到了我这个担保人身上，经常来索债。起初我以字画抵押，后来渐渐没有东西偿还了。年底，父亲回到家中居住，他跑到门口咆哮讨债。父亲听见了，把我叫到跟前呵斥道："我们家是读书人家，你为什么会欠这种小人的债？"正在我辩解的时候，恰好芸有一个嫁给锡山华氏的幼年结拜姐姐得知芸生病，专门派人来探望。我父亲误认为是憨园派来的人，因此更加愤怒地说："你媳妇不守闺训，与娼妓结拜姐妹；你也不思上进，无原则地与小人交往。若是将你置于死地，我又于心不忍，现在姑且宽限你三天，你赶快自己想办法解决，迟了就去官府告你忤逆之罪。"

芸闻而泣曰："亲怒如此，皆我罪孽。妾死君行，君必不忍；妾留君去，君必不舍。姑密唤华家人来，我强起问之。"

因令青君扶至房外，呼华使问曰："汝主母特遣来耶？抑便道来耶？"曰："主母久闻夫人卧病，本欲亲来探望，因从未登门，不敢造次。临行嘱咐：'倘夫人不嫌乡居简亵①，不妨到乡调养，践②幼时灯下之言。'"盖芸与同绣日，曾有疾病相扶之誓也。因嘱之曰："烦汝速归，禀知主母，于两日后放舟③密来。"

其人既退，谓余曰："华家盟姊，情逾骨肉，君若肯至其家，不妨同行。但儿女携之同往既不便，留之累亲又不可。必于两日内安顿之。"

——•【字词注解】

①简亵（xiè）：怠慢，轻慢。
②践：履行，实现。
③放舟：开船。

——•【精彩解说】

芸听了哭着对我说："父亲如此发怒，都是我的罪孽。要是我死了你离开，你必然不忍心；我留下你离开，你必然舍不得。暂且暗中把华氏家人叫来，我勉强起来问问她。"

因此让女儿青君扶她到门外，叫华家人来问："是你主母特地派你来的？还是顺路来的？"对方说："我家主母早就听说您卧病在床，她本想自己来探望，由于从来没有登过门，所以不敢轻率前来。临来时主母嘱咐我说：'倘若夫人不嫌乡间招待不周，不妨到乡下来调养一下，实现幼年时在灯下说过的话。'"芸当年和华夫人一起刺绣时，有患病时互相扶持的誓言。因此芸嘱咐说："麻烦你赶快回去禀告你主母，让她两天后秘密派一条小船过来。"华家人走后，芸对我说："结拜姐姐华夫人与我情逾骨肉，你要是肯到她家去，不妨一块儿去吧。但是若把儿女都带去也不方便，把他们留下来连累双亲又不行。咱们必须得想办法在两天内将两个孩子安顿好。"

【原文】

时余有表兄王荩臣一子名韫石，愿得青君为媳妇。芸曰："闻王郎懦弱无能，不过守成之子，而王又无成可守。幸诗礼之家①，且又独子，许之可也。"余谓荩臣曰："吾父与君有渭阳之谊②，欲媳青君，谅无不允。但待长而嫁，势所不能。余夫妇往锡山后，君即禀知堂上③，先为童媳④，何如？"荩臣喜曰："谨如命。"逢森亦托友人夏揖山转荐学贸易。

【字词注解】

①诗礼之家：世世代代读书明礼的人家。
②渭阳之谊：甥舅的情谊。渭阳，舅父的代称。
③堂上：父母。
④童媳：童养媳。

【精彩解说】

当时我有个表兄叫王荩臣，他儿子叫王韫石，表兄愿意让儿子娶青君为媳妇。芸说："我听说王韫石懦弱无能，不过是个守着家业过活的人，但偏偏他家又没有多少家业可守。幸亏还算诗礼之家，并且又是独生子，我看许配给他也是可以的。"因此我对王荩臣说："我父亲与你有甥舅情谊，你想让青君做儿媳妇，应该不会不答应。但是形势所迫，想等长大了再嫁过去恐怕不行。我们夫妇要到锡山华家去，等我们走后，你就禀告我父母，先将我女儿当作童养媳如何？"王荩臣高兴地说："就按你说的办。"至于逢森，他的学业也难以为继了，我也托朋友夏揖山推荐他去学习做生意。

原文

安顿已定，华舟适至，时庚申之腊廿五日①也。芸曰："孑然②出门，不惟招邻里笑，且西人之项无著③，恐亦不放，必于明日五鼓④悄然而去。"余曰："卿病中能冒晓寒耶？"芸曰："死生有命，无多虑也。"密禀吾父，亦以为然。

【字词注解】

①庚申之腊廿五日：清嘉庆五年（1800）腊月二十五日。
②孑（jié）然：孤独、孤立的样子。
③无著：同"无着"，没有落脚的地方。
④五鼓：五更，凌晨四五点。

【精彩解说】

安顿完了，华家的小船刚好到了，当时是嘉庆庚申年（1800）腊月二十五日。芸说："这样孤身出门，不仅招惹邻里笑话，而且欠下那个山西客商的债还没有着落，恐怕他也不肯轻易放过我们，我看要走就在明天早晨五更时悄悄离开为好。"我问："你正在病中，能顶得住拂晓的风寒吗？"芸说："死生有命，不要再多虑了。"我悄悄禀告了父亲，他也答应了。

原文

是夜，先将半肩行李挑下船，令逢森先卧。青君泣于母侧。芸嘱曰："汝母命苦，兼亦情痴，故遭此颠沛。幸汝父待我厚，此去可无他虑。两三年内，必当布置重圆。汝至汝家须尽妇道，勿似汝母。汝之翁姑以得汝为幸，必善视汝。所留箱笼什物，尽付汝带去。汝弟年幼，故未令知，临行时托言就医，数日即归。俟我去远，告知其故，禀闻祖父可也。"旁有旧妪，即前卷中曾赁其家消暑者，愿送至乡。故是时陪侍在侧，拭泪不已。

── •【精彩解说】

　　当夜，我先将半担行李挑下船，再让儿子逢森先睡觉。女儿青君坐在她母亲身边哭泣。芸对她嘱咐说："你母亲命苦，又加上痴情，所以有此番颠沛流离之苦。幸亏你父亲待我情深谊厚，此去有他相伴，你不用牵挂。两三年内，我们必然会相见团圆的。你到了王家后，必须力尽妇道，千万别跟你母亲似的。你公公、婆婆以有你这样的儿媳妇为幸，必然会善待你。我留在箱柜里的东西，都交给你带去。你弟弟年幼，所以没让他知道，只是托言说是出去就医，过些日子就回来。等我们走远了，你再告诉他实情，然后再去禀告祖父就行了。"旁边有个老妇人，就是前卷所提租赁她家房屋、消夏度假的那位善良老妪，愿意送我们到乡下去。所以这时她陪在旁边，听闻这些话，擦拭着眼泪哭泣不止。

原文

　　将交五鼓，暖粥共啜①之。芸强颜笑曰："昔一粥而聚，今一粥而散。若作传奇，可名《吃粥记》矣。"逢森闻声亦起，呻曰："母何为？"芸曰："将出门就医耳。"逢森曰："起何早？"曰："路远耳。汝与姊相安在家，毋讨祖母嫌。我与汝父同往，数日即归。"鸡声三唱，芸含泪扶妪，启后门将出，逢森忽大哭曰："噫！我母不归矣。"青君恐惊人，急掩其口而慰之。当是时，余两人寸肠已断，不能复作一语，但止以"勿哭"而已！

── •【字词注解】

　　①啜（chuò）：喝，饮。

── •【精彩解说】

　　天将近五更了，我们一起喝着热粥。芸强装着笑脸说："过去因一碗粥而欢聚，如今因一碗粥而分散。要是当作传奇，真可叫作《吃粥记》了。"此刻儿子逢森听到响动，也起来了，哼哼着问："母亲，您要做什么？"芸说："我准备出门就医。"儿子又问："怎么起这么早？"芸说："因为路太远。你与姐姐安心在家，不要讨祖母的嫌。我与你父亲一块儿去，过几日就回来。"鸡鸣三遍，芸含泪扶着老妇人开后门，刚要出去，儿子逢森忽然大哭着说："啊！我母亲不会再回来了。"女儿青君害怕惊动别人，急忙捂住他的嘴巴安慰着。那时我与芸肝肠寸断，伤心得不知该说什么，只能对他说"不要哭"。

原文

青君闭门后，芸出巷十数步，已疲不能行。使妪提灯，余背负之而行。将至舟次①，几为逻者②所执。幸老妪认芸为病女，余为婿，且得舟子皆华氏工人，闻声接应，相扶下船。解维③后，芸始放声痛哭。是行也，其母子已成永诀矣！

【字词注解】

①舟次：码头。
②逻者：巡逻的人。
③维：系船的大绳子。

【精彩解说】

女儿青君关上门后，芸走出小巷十余步，已经疲惫得走不动了。我让老妇人提着灯笼，自己背起芸走。快要走到停船处时，差点儿被巡逻的人抓住，幸亏老妇人说芸是她生病的女儿，说我是女婿，而且船上的人都是华家的人，听到声音后过来接应，大家相互搀扶着上船。解缆开船后，芸才放声痛哭起来。想不到这次出行，竟是母子永别！

原文

华名大成，居无锡之东高山，面山而居，躬耕为业，人极朴诚。其妻夏氏，即芸之盟姊也。是日午未之交①，始抵其家。华夫人已倚门而待，率两小女至舟，相见甚欢。扶芸登岸，款待殷勤。四邻妇人、孺子②哄然入室，将芸环视。有相问讯者，有相怜惜者，交头接耳，满室啾啾③。芸谓华夫人曰："今日真如渔父入桃源④矣。"华曰："妹莫笑，乡人少所见多所怪耳。"自此相安度岁⑤。

【字词注解】

①午未之交：午时和未时之交，下午一点左右。
②孺子：小孩。
③啾啾：本指鸟鸣声，此指众人说话的嘈杂声。
④渔父入桃源：桃源即桃花源，典出东晋陶渊明《桃花源记》。
⑤度岁：过年。

【精彩解说】

姓华的主人名叫大成，居住在无锡东面的高山中，面山而居，以耕田为业，为人十分朴实坦诚。他的妻子夏氏，就是芸的结拜姐姐。当天中午到了她家。华夫人已靠在门口等待，她带着两个小女儿来到船上，双方相见非常高兴。她们把芸扶上岸，殷勤款待。邻里妇女、孩子们也都闹哄哄地跑进来，围着芸看，有的来问好，有的表示怜惜，大家交头接耳，满屋嘈杂。芸对华夫人说："今天真像渔夫进入桃花源了。"华夫人说："妹妹不要笑话，乡下人少见多怪罢了。"自此，我们在这里平安度过了新年。

原文

至元宵，仅隔两旬，而芸渐能起步。是夜观龙灯于打麦场中，神情态度，渐可复元。余乃心安，与之私议曰："我居此非计①。欲他适而短于资，奈何？"芸曰："妾亦筹之矣。君姊丈范惠来现于靖江盐公堂②司会计，十年前曾借君十金，适数不敷，妾典钗凑之，君忆之耶？"余曰："忘之矣。"芸曰："闻靖江去此不远，君盍一往？"余如其言。

【字词注解】

①非计：非良策。
②靖江：今江苏靖江。盐公堂：古代专门管理盐务的衙门。

──•【精彩解说】

到元宵节时，才过去二十天，芸就渐渐能站起来走路了。当夜在打麦场上看龙灯，她的神色颇好，看起来可以慢慢恢复元气。我这才放心了，私下与她商量："我住在这里不是长久之计。我想谋个出路，但又缺少钱财，你看如何是好？"芸说："我也在打算呢。你姐夫范惠来正在靖江盐公堂当会计，十年前他曾向你借十两银子，当时不够数，我典当了银钗凑足，你还记得吗？"我说："已经忘记了。"芸说："听说这里离靖江不远，你为什么不去一趟呢？"我便听从她的意见去了靖江。

原文

时天颇暖，织绒袍、哔①叽短褂犹觉其热。此辛酉②正月十六日也。是夜宿锡山客旅，赁被而卧。晨起，趁江阴航船，一路逆风，继以微雨。夜至江阴江口，春寒彻骨，沽酒御寒，囊为之罄③。踌躇终夜，拟卸衬衣质钱而渡。

──•【字词注解】

①织绒、哔（bì）叽：做衣服的布料。
②辛酉：清嘉庆六年，即1801年。
③罄：耗尽，用尽。

──•【精彩解说】

当时天气还较暖和，穿着织绒袍、哔叽短褂还觉得热。那天是辛酉年（1801）正月十六日。当晚住在锡山旅馆，租了条被子过夜。早晨起来乘船去江阴，一路上顶风冒雨奔波。夜里到了江阴口，春寒刺骨，于是买酒御寒，把钱用完了。整夜犹豫不决，打算脱下衬衣来典当换钱渡江。

原文

十九日，北风更烈，雪势犹浓，不禁惨然泪落。暗计房资、渡费，不敢再饮。正心寒股栗间，忽见一老翁，草鞋，毡笠，负黄包。入店，以目视余，似相识者。余曰："翁非泰州①曹姓耶？"答曰："然。我非公，死填沟壑②矣。今小女无恙，时诵公德。不意今日相逢，何逗留于此？"

【字词注解】

①泰州：今江苏泰州。
②死填沟壑：死亡的一种委婉说法，即死后入土。

【精彩解说】

到了十九日，北风更加猛烈，雪也越下越大，我不禁惨然落泪。我暗自算了一下住房费用和渡江费用，便不敢再饮酒了。正在我寒意透骨、浑身发抖时，忽然看见一个老者，穿着草鞋，戴着蓑笠，背着黄包袱。他走进小旅店后，不停地用眼神打量我，仿佛认识一般。我问道："老人家，您莫非是泰州人，姓曹？"老者回答说："是啊。当年要不是您救了我，恐怕我早就死在沟壑里了。如今我女儿平安无恙，她还时时念叨您的恩德呢。没想到今天在此与您相逢，您为什么会在这里逗留？"

原文

盖余幕泰州时，有曹姓，本微贱，一女有姿色，已许婿家。有势力者放债，谋其女，致涉讼。余从中调护①，仍归所许。曹即投入公门为隶，叩首作谢，故识之。余告以投亲遇雪之由。曹曰："明日天晴，我当顺途相送。"出钱沽酒，备极款洽②。

【字词注解】

①调护：调解回护。
②备极款洽：十分融洽、亲切。

【精彩解说】

我当初在泰州做幕宾时，这个姓曹的老爹，家里贫穷，有个女儿颇有姿色，已经许配人家。可是一个有势力的人放债，要谋夺他女儿，两方打起了官司。我当时从中调解维护，使他女儿仍归原来的女婿。曹老爹随后就进公门当了差役，向我叩头表示感谢，因此认识。我将自己出门投亲，途中遇到大风雪的经历告诉了他。曹老爹说："明天天就晴了，我正好顺路，可以护送您。"接着，他又出钱买酒，热情招待我。

二十日，晓钟初动，即闻江口唤渡声。余惊起，呼曹同济。曹曰："勿急，宜饱食登舟。"乃代偿房饭钱，拉余出沽①。余以连日逗留，急欲赶渡，食不下咽，强啖麻饼②两枚。及登舟，江风如箭，四肢发战。曹曰："闻江阴有人缢③于靖，其妻雇是舟而往，必俟雇者来始渡耳。"枵腹④忍寒，午始解缆。至靖，暮烟四合矣。

曹曰："靖有公堂两处，所访者城内耶？城外耶？"余踉跄随其后，且行且对曰："实不知其内外也。"曹曰："然则且止宿，明日往访耳。"进旅店，鞋袜已为泥淤湿透，索火烘之，草草饮食，疲极酣睡。晨起，袜烧其半。曹又代偿房饭钱。

【字词注解】

①沽：买，多指买酒。
②麻饼：江苏传统的一种面食，圆形，烘烤而成，表面有芝麻。
③缢（yì）：吊死。
④枵（xiāo）腹：空着肚子，饥饿。枵，木大而中空，引申为空腹。

【精彩解说】

二十日拂晓，晨钟初响，就听到江边呼唤渡江的声音。我惊慌地爬起来，叫曹老爹赶快动身。他却说："不用急，等吃饱饭再上船。"他先替我付了房钱和饭钱，又拉我去吃饭喝酒。我由于连日逗留，急着渡江，所以吃不下东西，只勉强咽下两个麻饼。登船后江风如箭，四肢发抖。曹老爹说："听说江阴有个人在靖江上吊自杀了，他妻子要雇这条船去处理丧事，所以必须等她来了才渡江。"我空着肚子，忍着严寒，一直等到中午才发船。到了靖江，已经是傍晚了。

曹老爹问我:"靖江这里共有两处公堂,您要访问的人是住在城内,还是住在城外?"我跟跟跄跄跟在他身后,边走边说:"我也实在不知他在城内还是在城外。"曹老爹说:"既然这样就别走了,先住一宿,等明天再去探访吧。"进了旅馆,发现鞋袜已经被淤泥沾湿了,因此找火来烘烤它,马马虎虎吃了点儿饭,随后因过度疲劳而酣睡起来。次日早晨起来一看,袜子被火烧了半截,曹老爹又代我付了房钱和饭钱。

原文

访至城中,惠来尚未起。闻余至,披衣出,见余状,惊曰:"舅何狼狈至此?"余曰:"姑勿问,有银乞借二金,先遣送我者。"惠来以番饼①二圆授余,即以赠曹。曹力却,受一圆而去。

余乃历述所遭,并言来意。惠来曰:"郎舅②至戚,即无宿逋③,亦应竭尽绵力,无如④航海盐船新被盗,正当盘帐⑤之时,不能挪移丰赠。当勉措番银二十圆,以偿旧欠,何如?"余本无奢望,遂诺之。

留住两日,天已晴暖,即作归计。

——●【字词注解】

①番饼:又称"番银"。旧时对流入我国的外国银圆的称法。
②郎舅:男子与其妻子的弟兄的合称。
③宿逋:旧账,旧债。
④无如:无奈。
⑤盘帐:同"盘账",清查账务。

——●【精彩解说】

寻访到城中,姐夫范惠来还没有起床。听说我来了,他忙披衣而出,见到我这个凄惨样子,吃惊地问:"舅兄怎么狼狈到这种地步了?"我说:"你暂且别多问,有银子求借二两来,我要答谢送我的这个老爹。"姐夫范惠来拿出两枚银圆给我,我送给了曹老爹。可是他拒不接受,最后只拿了一枚而去。随后我将途中遭遇以及此次的来意告诉了他。姐夫说:"舅兄是最亲近的亲属,即使没有过去欠下的债务,我也应当竭尽全力资助你,无奈近来航海盐船刚被盗,现在正在盘点清账,我不能挪用公款多赠送你。先勉强凑上番银二十圆,以偿还我欠下的旧债,怎么样?"我本来就没有过高的要求,就答应了。

后来我留下来住了两天,天气已转晴变暖,便打算回家去。

廿五日,仍回华宅。芸曰:"君遇雪乎?"余告以所苦。因惨然曰:"雪时,妾以为君抵靖,乃尚逗留江口。幸遇曹老,绝处逢生,亦可谓吉人天相矣。"

越数日,得青君信,知逢森已为揖山荐引入店。葸臣请命于吾父,择正月二十四日将伊接去。儿女之事,粗能了了,但分离至此,令人终觉惨伤①耳。

——•【字词注解】

①惨伤:悲伤。

——•【精彩解说】

二十五日,我仍回到华氏家中。芸急忙问:"你在途中遇到大雪了吗?"我便将一路上的苦楚告诉了她。芸惨然说:"下雪时,我还以为你已到达靖江了呢,没想到你还逗留在江口。幸亏遇到曹老爹相助,绝处逢生,这也可谓吉人自有天相啊。"

过了几天,收到女儿青君来信,知道儿子逢森已由夏揖山推荐到店里去做事了。王葸臣也请示了我父亲,选定正月二十四日接青君过门。儿女们的事情就这样草草地解决了,但是眼看着骨肉分离到这种地步,终究令人悲伤。

二月初,日暖风和。以靖江之项,薄备行装,访故人胡肯堂于邗江盐署①。有贡局众司事公延②入局,代司笔墨,身心稍定。

至明年壬戌③八月，接芸书曰："病体全瘳④，惟寄食于非亲非友之家，终觉非久长之策。愿亦来邗，一睹平山⑤之胜。"余乃赁屋于邗江先春门⑥外，临河两椽。自至华氏接芸同行。华夫人赠一小奚奴⑦，曰阿双，帮司炊爨⑧，并订他年结邻之约。

——●【字词注解】

①盐署：古代管理盐务的官署。
②贡局：古代掌管赋税的衙门。公延：公开联合邀请。
③壬戌：1802年。
④瘳（chōu）：病愈，痊愈。
⑤平山：在今扬州邗江区平山乡。
⑥先春门：又名"宁海门""大东门"，今城门已废。
⑦奚奴：奴仆。
⑧炊爨（cuàn）：烧火做饭。

——●【精彩解说】

二月初，日暖风和，我用靖江姐夫偿还的银两，简单准备了行李，随后告别了芸，前去邗江盐署拜访故人胡肯堂。贡局诸位管事者推荐我到局内做事，代管笔墨记录，身心稍微安定下来。

第二年（1802）八月，我接到芸来信说："我的病已经痊愈，唯独觉得寄食于非亲非故的人家，终非长久之计。我也想来邗江，看看平山的名胜景观。"我便在邗江先春门外临河处租赁了两间屋子，又到华家接芸过来。华夫人送给我们一个叫阿双的男奴，让他帮忙烧火做饭，又订下他年结为邻居的约定。

原文

时已十月，平山凄冷，期以春游。满望散心调摄①，徐图骨肉重圆。不满月，而贡局司事忽裁十有五人，余系友中之友，遂亦散闲。芸始犹百计②代余筹画，强颜慰藉，未尝稍涉怨尤。

至癸亥③仲春，血疾大发。余欲再至靖江，作将伯之呼④。芸曰："求亲不如求友。"余曰："此言虽是，奈友虽关切，现皆闲处，自顾不遑⑤。"芸曰："幸天时已暖，前途可无阻雪之虑。愿君速去速回，勿以病人为念。君或体有不安，妾罪更重矣。"

—•【字词注解】

①调摄：调养护理。

②百计：想尽一切办法。百，概数，指许多。

③癸亥：1803年。

④将伯之呼：请求帮助。语出《诗经·小雅·正月》："将伯助予。"毛传："将，请也；伯，长也。"孔颖达疏："请长者助我。"

⑤遑（huáng）：闲暇，空闲。

—•【精彩解说】

当时已经是十月，平山阴冷，只等待春天去游玩。我满心指望芸放松心情，调养得更好一些，慢慢想办法与儿女骨肉重圆。可是不满一个月，管理税务的衙门忽然裁减十五个人员，我是朋友的朋友，便也闲散在家。芸则千方百计地为我筹划，强装笑脸抚慰我，没有一点儿埋怨责怪的意思。

到癸亥年（1803）仲春，芸的咯血病又突发了。我想再到靖江去找姐夫范惠来求救。芸则说："求亲戚不如求朋友。"我说："这话虽有理，但是眼前的朋友再关切也帮不了忙，因为他们现在都闲散着，没什么差事，自顾不暇。"芸便说："那好吧，幸亏天气已暖和，不用担心去靖江途中会遇到风雪，愿你早去早回，不要挂念我的病。如果你身体不安康，我的罪孽就更重了！"

时已薪水不继，余佯为雇骡，以安其心，实则囊饼徒步，且食且行。向东南，两渡叉河，约八九十里，四望无村落。至更许，但见黄沙漠漠，明星闪闪，得一土地祠，高约五尺许，环以短墙，植以双柏。因向神叩首，祝曰："苏州沈某投亲失路①全此，欲假神祠一宿，幸神怜佑。"于是移小石香炉于旁，以身探之，仅容半体。以风帽反戴掩面，坐半身于中，出膝于外，闭目静听，微风萧萧而已。足疲神倦，昏然睡去。

—•【字词注解】

①失路：迷路。

—•【精彩解说】

当时我的薪水已经不发放了，我假装雇乘骡子出行，以使芸安心，实际上我是口袋里装着饼，边走边吃。我向东南方两次渡过叉河，走了八九十里路，四处都没有见到村落。一更天的时候，只见黄沙漠漠，明星闪闪。眼前仅找到一个土地庙，约五尺高，周围有短墙，种了两棵柏树。我便向土地神叩头祈祷说："苏州沈复投亲到此地迷路，想借神庙住一宿，请土地神可怜可怜，保佑我。"于是，我把门前的小石香炉移到旁边，用身体硬挤进去试探一下，里面仅能容下半个身子。我就用风帽反过来盖住脸，将半个身子坐在庙里，再蜷起两膝露在外面。闭目静听，只有萧萧的微风声。由于两脚疲乏，精神困倦，不久便昏沉沉地睡过去了。

原文

及醒，东方已白，短墙外忽有步语声。急出探视，盖土人①赶集经此也。问以途，曰："南行十里，即泰兴②县城。穿城向东南十里一土墩③，过八墩即靖江，皆康庄④也。"余乃反身，移炉于原位，叩首作谢而行。过泰兴，即有小车可附。申刻⑤抵靖。投刺⑥焉，良久，司阍⑦者曰："范爷因公往常州去矣。"察其辞色，似有推托。余诘之曰："何日可归？"曰："不知也。"余曰："虽一年亦将待之。"阍者会余意，私问曰："公与范爷嫡郎舅耶？"余曰："苟非嫡者，不待其归矣。"阍者曰："公姑待之。"越三日，乃以回靖告，共挪二十五金。

—•【字词注解】

①土人：当地人，本地人。

②泰兴：在今江苏泰州。
③土墩：古代的一种墓葬形式，指不挖墓穴，只在平地堆土起坟埋葬。
④康庄：大道，大路。
⑤申刻：申时，即下午三点至五点。
⑥投刺：递上名帖。刺，指名片，东汉以前称"谒"，后来称"刺"。
⑦司阍（hūn）：看门，守门。

——•【精彩解说】

到醒来时，天已经亮了，忽然听见短墙外有脚步声和说话声。我急忙出来一看，原来是当地人赶集路过这里。我便向他们问路，他们说："往南走十里就是泰兴县城。穿过县城向东南，隔十里路一个土墩，走过八个土墩就是靖江，一路都是宽阔平坦的大路。"我就回去将小石香炉移到原处，向土地神叩头作谢之后出发。过了泰兴，就有小车可坐了。申刻时分，到了靖江。我递上名帖要求见我姐夫范惠来，过了很久，守门人出来说："范爷因公到常州去了。"我观察他的说话神色，好像是在故意推托。我便问他："他哪天才能回来？"对方说："不知道。"我说："哪怕他去一年，我也等他。"守门人明白了我的意思，又悄悄问我："你是范爷的嫡亲郎舅吗？"我说："如果不是嫡亲郎舅，我就不会一定要等他回来了。"守门人便说："好吧，你且等着吧。"过了三天，就告诉我姐夫范惠来回到靖江的消息，我从范惠来那儿共筹措了二十五两银子。

雇骡急返。芸正形容惨变，咻咻①涕泣。见余归，卒然②曰："君知昨午阿双卷逃乎？倩人大索，今犹不得。失物小事，人系伊母临行再三交托。今若逃归，中有大江③之阻，已觉堪虞④，倘其父母匿子图诈，将奈之何？且有何颜见我盟姊？"余曰："请勿急，卿虑过深矣。匿子图诈，诈其富有也，我夫妇两肩担一口⑤耳。况携来半载，授衣分食，从未稍加扑责⑥，邻里咸知。此实小奴丧良，乘危窃逃。华家盟姊赠以匪人，彼无颜见卿，卿何反谓无颜见彼耶？今当一面呈县立案，以杜后患可也。"芸闻余言，意似稍释。然自此梦中呓语⑦，时呼"阿双逃矣"，或呼"憨何负我"，病势日以增矣。

【字词注解】

①咻（xiū）咻：形容喘气的声音，也指悲戚的样子。
②卒然：忽然，突然。卒，同"猝"。
③大江：长江。
④虞：忧虑。
⑤两肩担一口：身上只有一张要吃饭的嘴，形容一无所有，极度贫困。
⑥扑责：责打。
⑦呓（yì）语：梦话。

【精彩解说】

我雇乘骡子急忙返家。此刻芸神色凄惨，并且不停地叫嚷和哭泣着。见我回来，她突然说："夫君知道昨天中午小男奴阿双卷了家中财物逃跑了吗？我请人到处搜寻，至今也没找到。丢失了东西是小事，阿双是他母亲临行时再三交代托付给我的。就算他打算逃回家，途中有大江阻挡，已让人觉得很担心，倘若他父母故意藏匿起来图谋敲诈，那该怎么办？而且，哪有脸面再见我姐姐华夫人？"我说："先别急，你想得太多了。他们要是藏起儿子图谋敲诈，应当去找富裕的人家，而我们夫妻俩身无分文，只是肩膀上担着一张嘴。何况带他来了半年，给他衣食，从未指责打骂，邻里也都知道。纯粹是这小奴才丧尽天良，乘人之危偷偷逃跑的。华家姐姐赠送这种行为不轨的仆人，应该是她没脸见你，你怎么反说没有脸再见她呢？如今我们应该赶紧呈报县衙立案，以杜绝后患才是。"芸听了我的话，心中似稍稍释怀。然而从此她常常在梦中呓语呼叫"阿双逃跑了"或是"憨园为什么辜负我"，病情也渐渐加重了。

原文

余欲延医诊治。芸阻曰:"妾病始因弟亡母丧,悲痛过甚,继为情感,后由忿激,而平素①又多过虑。满望努力做一好媳妇而不能得,以至头眩、怔忡②诸症毕备。所谓病入膏肓,良医束手,请勿为无益之费。忆妾唱随二十三年,蒙君错爱,百凡③体恤,不以顽劣见弃。知己如君,得婿如此,妾已此生无憾。若布衣暖,菜饭饱,一室雍雍④,优游泉石,如沧浪亭、萧爽楼之处境,真成烟火神仙矣。神仙几世才能修到,我辈何人,敢望神仙耶?强而求之,致干造物之忌,即有情魔之扰。总因君太多情,妾生薄命耳!"

因又呜咽而言曰:"人生百年,终归一死。今中道⑤相离,忽焉长别,不能终奉箕帚⑥,目睹逢森娶妇,此心实觉耿耿⑦。"言已,泪落如豆。余勉强慰之曰:"卿病八年,恹恹⑧欲绝者屡矣,今何忽作断肠语耶?"芸曰:"连日梦我父母放舟来接,闭目即飘然上下,如行云雾中,殆魂离而躯壳存乎?"余曰:"此神不收舍⑨,服以补剂,静心调养,自能安痊。"

【字词注解】

①平素:平日。
②怔忡:中医学病名。一种具有心跳剧烈加快症状的疾病。
③百凡:泛指一切。凡,表概括,总共。
④雍雍:和谐、融洽的样子。
⑤中道:中途,半路。
⑥奉箕帚:操持家务,是女人自称作为妻室的谦辞。
⑦耿耿:牵挂、挂怀的样子。
⑧恹(yān)恹:形容气息微弱。
⑨神不收舍:形容心神不宁。

【精彩解说】

我想去找医生为她诊治。芸阻止我说:"我的病起初因我弟弟出走不归和母亲去世，悲伤过度才造成的，后来因为憨园的欺骗而气愤难平，平时又思虑过多。满心希望努力做个好媳妇，可是终不能实现，以致头晕心悸，多种疾病一起发作起来。所谓病入膏肓，哪怕再好的医生也没办法医治，请不要再花无益的钱了。回想我跟了你二十三年，承蒙你的错爱和百般体恤关照，不因我笨拙错漏而嫌弃我。夫君于我，不仅是丈夫，更是知己。能够嫁给你，这辈子我已经没有什么可遗憾了。像穿着暖和的布衣，菜饭吃饱，一家人和睦相处，到泉石间游玩，如沧浪亭、萧爽楼等景观风光，简直成了食人间烟火的神仙。而真正的神仙，几辈子才能修成呢？我们是什么人，怎么敢指望着去当神仙呢？强行求取导致触犯上天的忌讳，这才会被情魔扰乱身心，造成恶果。总之，都是因为你对我太多情了，也怪自己此生太薄命。"

说话间，芸的声音已经呜咽："人生百年，终归一死。如今我俩不能相伴终身，中道永别，我不能再服侍你，也看不到儿子逢森娶亲了，心里着实觉得难以释怀。"说完，泪落如豆。我强打精神安慰她说："你患病八年，虚弱欲绝已经多次了，今天怎么忽然说起这些伤心断肠的话来了？"芸说："连日来，我梦见我父母派船来接我，闭上眼睛便感觉忽上忽下，好像在云雾中游荡，大概是魂魄已经离开，而只剩下躯壳了吧？"我说："这是神不守舍，服用些滋补药剂，静心加以调养，自然能痊愈的。"

原文

芸又唏嘘曰："妾若稍有生机一线，断不敢惊君听闻。今冥路已近，苟再不言，言无日矣。君之不得亲心，流离颠沛，皆由妾故。妾死则亲心自可挽回，君亦可免牵挂。堂上春秋①高矣，妾死，君宜早归。如无力携妾骸骨归，不妨暂厝②于此，待君将来可耳。愿君另续德容兼备者，以奉双亲，抚我遗子，妾亦瞑目矣！"言至此，痛肠欲裂，不觉惨然大恸。余曰："卿果中道相舍，断无再续之理，况'曾经沧海难为水，除却巫山不是云'③耳。"

——●【字词注解】

①春秋：年龄。

② 厝（cuò）：停灵，停枢。

③ "曾经沧海难为水，除却巫山不是云"：语出唐元稹《离思》诗。

●【精彩解说】

芸又叹息道："我要是稍有一线生机，也绝对不敢用这样的话来惊扰你。如今，通往阴间的路已经临近了，如果现在还不说，恐怕没有时间再对你说了。你得不到父母的垂爱而颠沛流离，都是因为我的缘故。我死后，你自然能重得父母的爱怜，你也可以免除牵挂。父母岁数大了，我死后，你应该早些回家去。如果没有能力把我的遗骨带回去，不妨暂时在此停枢，等待将来再做安排。希望你另外续配一个德容兼备的女子，以侍奉父母和抚养我们的儿子，这样我也可以瞑目了。"说到这里，芸肝肠欲裂，不禁惨然悲痛地大哭起来。我说："如果你真的中途舍下我，我绝没有再续弦的道理，何况'曾经沧海难为水，除却巫山不是云'。"

原文

芸乃执余手而更欲有言，仅断续叠言"来世"二字。忽发喘，口噤①，两目瞪视，千呼万唤，已不能言，痛泪两行，涔涔②流溢。既而喘渐微，泪渐干，一灵缥缈，竟尔长逝。时嘉庆癸亥③三月三十日也。当是时，孤灯一盏，举目无亲，两手空拳，寸心欲碎。绵绵此恨，曷其有极④！

●【字词注解】

① 口噤（jìn）：嘴巴紧闭。

② 涔（cén）涔：泪流不止的样子。

③ 嘉庆癸亥：1803年。

④ 曷（hé）其有极：什么时候才是尽头。曷，同"何"。

●【精彩解说】

芸拉着我的手还想说话，可是仅断断续续重复着"来世"二字。突然，她急促地喘息起来，紧闭着嘴，瞪起两眼看着我，任凭我千呼万唤，她也不能出声了。两行清泪，从她的眼角不断地流出来。接着，喘息声渐渐微弱，泪水渐渐流干，魂灵离去，至此竟成永别了。这天是嘉庆癸亥年（1803）三月三十日。此时，我身边孤灯一盏，举目无亲，两手空拳，寸心欲碎。绵绵此恨，何时才是个尽头啊！

【原文】

承吾友胡肯堂以十金为助，余尽室中所有，变卖一空，亲为成殓①。呜呼！芸一女流，具男子之襟怀才识。归吾门后，余日奔走衣食，中馈缺乏，芸能纤悉②不介意。及余家居，惟以文字相辩析而已。卒之疾病颠连③，赍④恨以没，谁致之耶？余有负闺中良友，又何可胜道哉？奉劝世间夫妇，固不可彼此相仇，亦不可过于情笃。语云"恩爱夫妻不到头"，如余者，可作前车之鉴也！

——【字词注解】

①成殓：入殓。

②纤悉：细致而详尽。

③颠连：困顿。

④赍（jī）：怀着，带着。

——【精彩解说】

承蒙朋友胡肯堂资助了十两银子，我将室中所有的东西变卖一空，亲手为芸入殓。啊！芸虽然是个女流，可她具有男子的襟怀才识。自从她嫁到我家后，我每天为衣食东奔西走，生活困顿，可她能精打细算而毫不介意。我在家居住时，两人只以谈论文字为乐。生命结束于疾病和颠沛流离中，含恨而死，到底是谁导致她落得如此结果的呢？我有负闺中良友的地方，又哪能说得完呢？奉劝世间夫妇，彼此固然不可反目为仇，但也不可过于恩爱情笃。古话说"恩爱夫妻不到头"，像我这种情况，可以作为前车之鉴啊！

回煞①之期，俗传是日魂必随煞而归，故房中铺设一如生前，且须铺生前旧衣于床上，置旧鞋于床下，以待魂归瞻顾。吴下相传谓之"收眼光"。延羽士②作法，先召于床而后遣之，谓之"接眚③"。邗江俗例，设酒肴于死者之室。一家尽出，谓之"避眚"。以故有因避被窃者。

芸娘眚期，房东因同居而出避，邻家嘱余亦设肴远避。余冀魂归一见，姑漫应之。同乡张禹门谏余曰："因邪入邪，宜信其有，勿尝试也。"余曰："所以不避而待之者，正信其有也。"张曰："回煞犯煞④，不利生人，夫人即或魂归，业已阴阳有间，窃恐欲见者无形可接，应避者反犯其锋耳。"时余痴心不昧⑤，强对曰："死生有命。君果关切，伴我何如？"张曰："我当于门外守之，君有异见，一呼即入可也。"

——•【字词注解】

①回煞：旧时人们认为人死后若干天内，魂魄会回到原来的家里。
②羽士：这里专指道士。
③眚（shěng）：眼球上所生的遮蔽视线的膜，引申为灾祸。
④犯煞：旧时说法，冲撞或冒犯凶神邪气，不吉利。
⑤不昧：不改，不忘。

——•【精彩解说】

到了回煞之日，相传此日死者的灵魂必然随煞返家，因此房中的铺设都要如生前一样，而且要把生前穿的旧衣服铺在床上，旧鞋子放在床下，以等待死者灵魂归来瞻顾。吴地人将这叫作"收眼光"。还要请道士作法，先把魂招到床上，然后遣送走，这叫作"接眚"。按邗江的风俗习惯，要在死者的室内摆设酒肴，一家人都避出去，叫作"避眚"。正因为全家人都避出去了，还有因此被盗的事情发生。到了芸的眚期，房东因为和我们共同居住而出去回避了，邻居嘱咐我也要摆设酒肴而远避。我期望着芸的魂灵回来能见一面，姑且随口答应着。同乡张禹门规劝我："这种鬼神之事，宁可信其有，可不要待在家里尝试啊。"我说："我之所以不回避而等待她，正是相信有这回事啊。"张禹门说："回煞时触犯凶煞，不利于活着的人，你夫人即使灵魂回来，也已有阴间和阳间的区别，恐怕你想见，也不会真有形体能够见到，该回避的反而没有办法回避。"那时我痴心不改，勉强对他说："死生有命。你要是真的关心我，过来陪伴我怎么样？"张禹门说："我在门外守候，你要是发现异常情况，叫我一声就行了。"

原文

　　余乃张灯入室。见铺设宛然，而音容已杳，不禁心伤泪涌。又恐泪眼模糊，失所欲见，忍泪睁目，坐床而待。抚其所遗旧服，香泽犹存，不觉柔肠寸断，冥然昏去。转念待魂而来，何遽①睡耶？开目四视，见席上双烛，青焰荧荧②，缩光如豆，毛骨悚然，通体寒栗。因摩两手擦额，细瞩之，双焰渐起，高至尺许，纸裱顶格③，几被所焚。

　　余正得藉光四顾间，光忽又缩如前，此时心舂股栗。欲呼守者进观，而转念柔魂弱魄，恐为盛阳所逼，悄呼芸名而祝之。满室寂然，一无所见。既而烛焰复明，不复腾起矣。出告禹门，服余胆壮，不知余实一时情痴耳。

● 【字词注解】

①遽（jù）：急忙，匆忙。
②荧荧：烛光闪烁的样子。
③顶格：天花板。

● 【精彩解说】

　　我便点灯进入室内。只见铺设还如芸生前一样，而她的声音和容貌却永远见不到了，不禁伤心流泪起来。又担心泪眼模糊，失去与芸相见的机会，只好忍泪睁眼，坐在床上等待。抚摩着她留下来的旧衣服，香味犹存，不禁柔肠寸断，迷迷糊糊昏睡过去。转念一想，本来是在等待她灵魂回来，怎么竟睡着了？睁开眼向四处观看，只见桌子上双烛的青色焰火荧荧闪亮，光亮缩小得如同豆子一样，我突然毛骨悚然，浑身发抖起来。我用双手擦了擦额头，细细观看着，双烛火焰渐渐高起来，约有一尺高，用纸裱糊的天花板几乎被火点燃了。

　　我正借着亮光四处观望时，光亮忽然又缩小到原来的样子，此时我的心怦怦直跳，双腿战栗着。本想呼叫张禹门进来观看，但是又担心芸的柔弱魂魄被阳气逼迫，只好悄悄呼叫着芸的名字，并默默为她祈祷。此刻满屋寂静无声，一无所见。接着烛光又亮起来，火焰却不像刚才那样高了。我这才走出来告诉张禹门，他佩服我的胆子大，却不知我其实只是一时情痴罢了。

原文

芸没后，忆和靖"妻梅子鹤"①语，自号"梅逸"。权葬芸于扬州西门外之金桂山②，俗呼"郝家宝塔"。买一棺之地，从遗言寄于此。携木主③还乡，吾母亦为悲悼，青君、逢森归来，痛哭成服④。启堂进言曰："严君⑤怒犹未息，兄宜仍往扬州，俟严君归里，婉言劝解，再当专札相招。"

余遂拜母，别子女，痛哭一场，复至扬州，卖画度日。因得常哭于芸娘之墓。影单形只，备极凄凉。且偶经故居，伤心惨目。重阳日，邻冢⑥皆黄，芸墓独青。守坟者曰："此好穴场，故地气旺也。"余暗祝曰："秋风已紧，身尚衣单，卿若有灵，佑我图得一馆，度此残年，以待家乡信息。"

【字词注解】

①和靖"妻梅子鹤"：林逋（967—1028），字君复，卒谥"和靖先生"。钱塘（今浙江杭州）人。曾隐居西湖孤山，种梅养鹤，终生不仕不娶，自称"以梅为妻，以鹤为子"。
②金桂山：又称"金匮山""金柜山"，扬州城外土山，今已不存。
③木主：木制的牌位，上写死者姓名，以供祭祀。古人用来象征死者。
④成服：穿上丧服。
⑤严君：对父母的称呼，这里指父亲。
⑥冢（zhǒng）：坟墓。

【精彩解说】

芸病故后，我想到林和靖有"梅妻鹤子"之语，于是自号"梅逸"。权且将芸葬在扬州西门外的金桂山，俗称"郝家宝塔"。买了一棺之地，按她的遗言寄放在这里。然后带着她的牌位回到家乡，我母亲也为此悲伤。女儿青君和儿子逢森归来，都穿着丧服痛哭起来。而弟弟启堂却进言说："父亲的怒气还没平息，哥哥应该仍回到扬州去，等父亲回来后，我婉言劝解，然后再去信招呼你回来。"

我只好拜别母亲,告别子女,痛哭一场,再次来到扬州,靠卖画度日。因此能常在芸的墓前哭泣。形单影只,极其凄凉。偶尔经过故居,也不禁悲伤流泪。到了重阳节,附近的墓都是黄色的,唯独芸的墓是绿色的。守坟人说:"这是块风水好的坟地,所以地气旺盛。"我暗自祝祷:"秋风已紧,可我身上衣服单薄,芸你若是有灵,请保佑我能找到个教书的差事,度过残年,以等待家乡的音信。"

【原文】

未几,江都幕客章驭庵先生欲回浙江葬亲,倩余代庖①三月,得备御寒之具。封篆②出署,张禹门招寓其家。张亦失馆,度岁艰难。商于余,即以余资二十金倾囊借之,且告曰:"此本留为亡荆扶柩③之费,一俟得有乡音,偿我可也。"是年即寓张度岁。晨占夕卜,乡音殊杳。

【字词注解】

①代庖(páo):原指代替厨师办理酒席,此处引申为代理他人事务。
②封篆:停止办公。
③亡荆:自称去世的妻子。扶柩:护送灵柩。

【精彩解说】

不久后,江都幕客章驭庵先生要回浙江葬亲,请我去代他班三个月,因此我才得以置办御寒的冬衣。代理三个月已经到期,张禹门又邀请我到他家里住。当时他也失业无职,度日艰难,与我商量解决办法;我就把攒下的二十两银子拿给他,并且告诉他说:"这本来是我留下来护送亡妻灵柩回乡的费用,等到家里来信让我回去,你再还给我吧。"这一年我在张禹门家过年。早晚掐算、盼望着消息,可是家里一直杳无音信。

【原文】

至甲子①三月,接青君信,知吾父有病。即欲归苏,又恐触旧忿。正趑趑②观望间，复接青君信，始痛悉吾父业已辞世。刺骨痛心，呼天莫及。无暇他计，即星夜驰归，触首灵前，哀号流血。

呜呼！吾父一生辛苦，奔走于外。生余不肖，既少承欢③膝下，又未侍药床前，不孝之罪，何可逭④哉！吾母见余哭，曰："汝何此日始归耶？"余曰："儿之归，幸得青君孙女信也。"吾母目余弟妇，遂嘿然⑤。

──●【字词注解】

①甲子：1804年。
②趑趄（zī jū）：本指腿脚不稳，此指犹豫不决，拿不定主意。
③承欢：侍奉父母，让父母开心。
④逭（huàn）：逃避。
⑤嘿（mò）然：沉默、默不作声的样子。嘿，同"默"。

──●【精彩解说】

到了甲子年（1804）三月，我接到女儿青君的来信，得知我父亲患病。本想马上回苏州去，但是又怕触及旧怨，所以没有立即动身。正在犹豫不决之时，又接到女儿的来信，才悲痛地获悉父亲已经辞世。刺骨痛心，呼唤青天也来不及了。没空做其他打算，连夜赶回，回家后在父亲灵前叩头，直至额头出血，痛哭失声。啊！父亲一生辛苦，奔波在外。生下我这个不肖之子，既没有在他身边承欢，也没有为他端汤送药，我的不孝之罪何以能逃过啊！我母亲见我在哭泣，问道："你怎么到此时才回来？"我说："幸亏得到青君的来信哪。"我母亲看了看弟媳妇，就默不作声了。

原文

余入幕守灵至七，终无一人以家事告，以丧事商者。余自问人子之道已缺，故亦无颜询问。

──●【精彩解说】

我在家里守灵到"七七"结束，无一人把家事相告，或是为丧事找我商量。我自愧做儿子缺少侍奉父母之道，所以也没脸去询问情况。

原文

一日，忽有向余索逋者登门饶舌。余出应曰："欠债不还，固应催索。然吾父骨肉未寒，乘凶追呼，未免太甚！"中有一人私谓余曰："我等皆有人招之使来，公且避出。当向招我者索偿也。"余曰："我欠我偿，公等速退！"皆唯唯而去。

余因呼启堂谕之曰："兄虽不肖，并未作恶不端。若言出嗣降服①，从未得过纤毫嗣产。此次奔丧归来，本人子之道，岂为争产故耶？大丈夫贵乎自立，我既一身归，仍以一身去耳。"言已，返身入幕，不觉大恸。叩辞吾母，走告青君，行将出走深山，求赤松子②于世外矣。

【字词注解】

①出嗣降服：出嗣，过继给他人为子。旧制，丧服降低一等为降服。子为父母应服三年之丧，而出继者如为亲生父母服丧，则降三年为一年之服。

②赤松子：传说中的神仙，据说是神农时的雨师。

【精彩解说】

有一天，忽然有几个向我讨债的人登门来吵闹。我出去应付说："欠债不还，固然应当催要。可是我父亲尸骨未寒，你们趁人办丧事就凶狠地来追讨，未免太过分了！"他们其中一人悄悄对我说："我们都是您家有人招呼才过来的，要不先生暂且躲避出去。我们就向招呼我们来的人讨还欠债。"我说："我欠的债，定然由我来偿还，请你们赶快回去吧。"他们唯唯诺诺地走了。

因此，我叫弟弟启堂出来，对他说："哥哥虽然不肖，可也并没有作恶多端。如果说因为我过继给堂伯为后嗣，现在为父亲服丧应降低为一年，可是我从来没有因过继而拿人家一点儿财产。这次回来奔丧，本想尽人子之道，哪里是为了来争夺遗产呢？大丈夫以自立自强为贵，我既然是一个人回来的，仍旧一个人离开。"说完，我返身回灵棚，不禁痛哭起来。随后，我向母亲叩头辞别，又去告诉女儿青君，说我要到深山里去找赤松子修仙学道，过一种超然世外的生活。

原文

青君正劝阻间，友人夏南薰（字淡安）、夏逢泰（字揖山）两昆季寻踪而至。抗声①谏余曰："家庭若此，固堪动忿。但足下父死而母尚存，妻丧而子未立，乃竟飘然出世，于心安乎？"余曰："然则如之何？"淡安曰："奉屈②暂居寒舍，闻石琢堂殿撰③有告假回籍之信，盍俟其归而往谒之？其必有以位置君也。"余曰："凶丧未满百日，兄等有老亲在堂，恐多未便。"揖山曰："愚兄弟之相邀，亦家君④意也。足下如执以为不便，四邻有禅寺，方丈僧与余交最善，足下设榻于寺中，何如？"余诺之。

青君曰："祖父所遗房产，不下三四千金，既已分毫不取，岂自己行囊亦舍去耶？我往取之，径送禅寺父亲处可也。"因是于行囊之外，转得吾父所遗图书、砚台、笔筒数件。

——•【字词注解】

①抗声：大声，高声。
②奉屈：屈驾。
③殿撰：宋代有集贤殿修撰等官名，明、清进士甲第一名例授翰林院修撰，故沿称状元为殿撰。
④家君：家父。

——•【精彩解说】

女儿青君正在劝阻间，朋友夏南薰（字淡安）、夏逢泰（字揖山）两兄弟寻着我的踪迹赶来了。他们听闻此事，大声规劝我说："家庭到了这种地步，固然值得发怒，但是足下的父亲死了而留下母亲，妻子死了而儿子还没成年，你竟然这样飘然出世，能安下心？"我问："那又该怎么办呢？"夏淡安说："我劝你暂时屈身居住在我家，听说石琢堂状元近期要请假回乡探亲，你何不等他回来后去拜见他，向他求助？他必然会给你安排个职位。"

我说："我给父亲服丧还不满一百天，你们有父母在家，恐怕多有不便。"夏揖山说："我们兄弟二人特意来邀请你，也是父亲的意思啊。你如果执意认为不方便，我家附近有个寺庙，方丈与我关系很好，你到寺中设榻先住下来，怎么样？"我答应了。

女儿青君说："祖父遗留的房产，不少于三四千两银子，既然您分毫不取，难道连自己留在家里的东西也舍弃了？您先跟夏伯父去寺庙，我去拿来，直接送到寺里您的住处就是了。"因此，我除了带上行李之外，又得到父亲遗留下来的图书、砚台、笔筒等数件物品。

原文

寺僧安置予于大悲阁。阁南向，向东设神像。隔西首一间，设月窗①，紧对佛龛。本为作佛事者斋食之地，余即设榻其中。临门有关圣②提刀立像，极威武。院中有银杏一株，大三抱，荫覆满阁，夜静风声如吼。

揖山常携酒果来对酌，曰："足下一人独处，夜深不寐，得无畏怖耶？"余曰："仆一生坦直，胸无秽念，何怖之有？"

【字词注解】

①月窗：用以透光的窗户。
②关圣：关羽。关羽于明清时期被皇帝封为关圣帝君、关圣大帝，故称。

【精彩解说】

寺中僧人将我安置在大悲阁里。此阁面向南，东面设一个神像。西面隔一间屋子，开了一个窗户，紧对着佛龛。本来这是供做佛事的人用斋的地方，我就把床放在里面。临门有个关帝提刀站立的塑像，极其庄严威武。院中有一棵银杏树，有三人合抱之粗，树荫覆盖整个阁院，夜间风吹如怒吼。

夏揖山常常带些酒果过来与我对酌，他对我说："你一个人住在这里，深夜睡不着时，不会觉得害怕吧？"我说："本人一生坦荡正直，胸无私心杂念，有什么可害怕的？"

原文

居未几①，大雨倾盆，连宵达旦三十余天。时虑银杏折枝，压梁倾屋，赖神默佑，竟得无恙。而外之墙坍屋倒者，不可胜计，近处田禾俱被漂没②。余则日与僧人作画，不见不闻。

七月初，天始霁。揖山尊人号莼芗，有交易赴崇明③，偕余往，代笔书券，得二十金。归，值吾父将安葬，启堂命逢森向余曰："叔因葬事乏用④，欲助一二十金。"余拟倾囊与之，揖山不允，分帮其半。余即携青君先至墓所。葬既毕，仍返大悲阁。

九月杪⑤，揖山有田在东海永泰沙⑥，又偕余往收其息。盘桓两月，归已残冬，移寓其家雪鸿草堂度岁。真异姓骨肉也！

【字词注解】

①未几：不久，很快。

②漂没：冲没，淹没。

③崇明：今上海崇明区。

④乏用：缺欠，手头紧。

⑤杪（miǎo）：树枝的末梢，引申为年月季节的末尾。

⑥东海：今江苏启东东海镇。永泰沙：在今江苏启东久隆镇一带，乾隆四十六年（1781）新涨出。

【精彩解说】

住了没多久，突然下起倾盆大雨，通宵达旦下了三十余天。当时我担心银杏树枝折断会压塌房梁，幸亏神灵保佑，竟然安然无恙。而外边倒塌的房子却不计其数，近处田地的庄稼都被冲走了。我则天天与僧人画画，不见不闻。

七月初，天开始转晴了。夏揖山的父亲号莼芗，要去崇明岛做生意，带我一起去，我靠帮他做一些文书工作，挣了二十两银子。回来之后，正值我父亲要安葬，弟弟启堂便让我儿子逢森来对我说："叔叔因为安葬费用不足，想让您掏出一二十两银子来。"我打算把口袋里的银子全部交给他，而夏揖山不答应，帮我出了一半银两。我便带着女儿先到了墓地。安葬后仍回到大悲阁。

九月底，夏揖山有片田地在东海永泰沙，又让我陪同去收田租。结果逗留了两个月，归来时已是残冬了，我又移居他家的雪鸿草堂过年。夏氏兄弟真是我的异姓骨肉啊！

原文

乙丑①七月，琢堂始自都门②回籍。琢堂名韫玉，字执如，琢堂其号也。与余为总角③交，乾隆庚戌殿元④，出为四川重庆守。白莲教之乱，三年戎马，极著劳绩。及归，相见甚欢。旋于重九日挈眷重赴四川重庆之任，邀余同往。

余即叩别吾母于九妹倩⑤陆尚吾家，盖先君故居已属他人矣。吾母嘱曰："汝弟不足恃⑥，汝行须努力。重振家声，全望汝也。"逢森送余至半途，忽泪落不已。因嘱勿送而返。

【字词注解】

①乙丑：1805年。

②都门：这里引申为京都，都城。

③总角：幼年，儿时。

④乾隆庚戌：1790年。殿元：状元的别称。

⑤妹倩（qìng）：妹夫，妹婿。

⑥恃：依赖，依靠。

【精彩解说】

乙丑年（1805）七月，石琢堂才从京城回到老家。他名韫玉，字执如，号琢堂。与我是幼年的朋友，乾隆庚戌年（1790）的状元，到重庆做了太守。在镇压白莲教动乱期间，戎马三年，建立了丰功伟绩。等他回来，双方见面后非常高兴。转眼间到了重阳节，他带着眷属又要去重庆赴任，并且邀请我一起去。我便去叩别母亲，她住在我九妹婿陆尚吾家里，因为我父亲的故居已属于他人了。母亲嘱咐我说："你弟弟启堂靠不住，此行你一定要努力。重振家声，全指望你了。"儿子逢森将我送到半路上，忽然泪流不止。我便嘱咐他不要送了，让他赶快回去。

原文

舟出京口①，琢堂有旧交王惕夫孝廉②在淮扬盐署，绕道往晤。余与偕往，又得一顾芸娘之墓。返舟，由长江溯流而上，一路游览名胜。至湖北之荆州，得升潼关观察③之信，遂留余与其嗣君④敦夫、眷属等暂寓荆州，琢堂轻骑减从，至重庆度岁，遂由成都历栈道之任。

【字词注解】

①京口：今江苏镇江。
②孝廉：明清时期对举人的称呼。
③潼关：今陕西潼关。观察：道员，官职名，是省、府之间的地方最高长官。
④嗣君：儿子。

【精彩解说】

船出了京口，石琢堂有个旧交王惕夫举人在淮扬盐署任职，就绕道前去与他会面。我也一起跟去，顺路又得以探望芸的坟墓。回来坐船从长江逆流而上，一路游览了山水名胜。到了湖北荆州，石琢堂半路上接到升任潼关观察的命令，于是他将我和他的儿子敦夫及其他眷属暂留在荆州，他一人轻车简从去了重庆，过年后，再从成都过栈道去上任。

原文

丙寅①二月，川眷始由水路往，至樊城②登陆。途长费巨，车重人多，毙马折轮，备尝辛苦。抵潼关甫三月，琢堂又升山左廉访③。清风两袖，眷属不能偕行，暂借潼川书院作寓。十月杪，始支山左廉俸④，专人接眷。附有青君之书，骇悉逢森于四月间夭亡。始忆前之送余堕泪者，盖父子永诀也。

● 【字词注解】

①丙寅：1806年。

②樊城：在今湖北襄阳樊城区。

③山左：这里指山东，因为山东位于太行山的左侧。廉访：按察使的别称，正三品，主管一省刑法。

④支：领取。廉俸：清代的官吏除了正俸，还可领养廉银，合称"廉俸"，也叫作"俸廉"。

● 【精彩解说】

丙寅年（1806）二月，石琢堂的眷属才开始由水路赶去，到了樊城后登岸改走陆路。路途遥远花费大，车重人多，累死马匹、折断车轮之事时有发生，一路实在备尝艰辛。到了潼关才三个月，石琢堂又升任山东按察使。他两袖清风，眷属不能陪同而去，只好暂住在潼川书院。到了十月底，他才领取了山东按察使的俸银，派人来接家属，还捎来了我女儿青君的信，打开信件一看，骇然获悉我儿子逢森已于四月间夭亡。这才想起先前他送我时为什么流泪，这是我们父子的永别啊。

原文

呜呼！芸仅一子，不得延其嗣续耶！琢堂闻之，亦为之浩叹①。赠余一妾，重入春梦。从此扰扰攘攘，又不知梦醒何时耳。

● 【字词注解】

①浩叹：叹息，叹气。

● 【精彩解说】

呜呼！芸只生了这么一个儿子，不能延续子嗣了！石琢堂听了，也为此感慨长叹。他送给我一个小妾，于我仿佛重入梦中。从此世事纷纷乱乱，又不知梦醒何时了。

卷四　浪游记快

〔概论〕

本卷主要叙述了沈复三十年的游幕生涯，以及其足迹所到之处的山水胜景。沈复其人，颇具古代名士的情结，素来以游览山水和狎妓风流为人生的两大快事，所以他以"浪游记快"为题，专门列出一卷来记叙自己多年的浪游经历，表现自己的快乐之情与独特的审美享受，一反上一卷的悲怆，是作者欣赏生活、享受生活的另一个重要侧面。

在本卷中，作者对山水的沉迷与描写贯穿全篇，如写邓尉山："山之左有古柏四树，名之曰'清''奇''古''怪'。清者，一株挺直，茂如翠盖；奇者，卧地三曲，形同'之'字；古者，秃顶扁阔，半朽如掌；怪者，体似旋螺，枝干皆然。"写与好友登无隐庵飞云阁所见之景："四山抱列如城，缺西南一角，遥见一水浸天，风帆隐隐，即太湖也。倚窗俯视，风动竹梢，如翻麦浪。"语言简洁明快、清新雅倩，那种自然万物的美透过文字扑面而来，浪游之快，全都集于笔端。除此之外，作者胸中有丘壑，对山水名胜有自己独特的见解。他不喜欢人工穿凿之景，追求天然的旨趣，自云："凡事喜独出己见，不屑随人是非，即论诗品画，莫不存'人珍我弃、人弃我取'之意。故名胜所在，贵乎心得，有名胜而不觉其佳者，有非名胜而自以为妙者。"由此可知，他在山水的描写中也投射出本人的性情，两者契合，有物我合一之妙，所以寥寥几笔便能道出山水的精髓与不足，形神兼备，摇曳生姿，形成幽峭空灵、峻洁层深的风格。

> 原文

　　余游幕①三十年来，天下所未到者，蜀中、黔中与滇南②耳。惜乎轮蹄征逐③，处处随人，山水怡情，云烟过眼，不过领略其大概，不能探僻寻幽也。余凡事喜独出己见，不屑随人是非，即论诗品画，莫不存"人珍我弃、人弃我取"之意。故名胜所在，贵乎心得，有名胜而不觉其佳者，有非名胜而自以为妙者。聊以平生所历者记之。

【字词注解】

①游幕：离开家乡去外地做幕僚。
②蜀中、黔中、滇南：泛指四川、贵州、云南三地。
③轮蹄征逐：车马往来。

【精彩解说】

　　我游幕三十年来，天下没有到过的地方，只有四川、贵州与云南。可惜车马远行奔波间，行色匆匆，处处跟随别人，山水怡情悦目，都如过眼云烟，只不过领略了一个大概，不能探寻到幽僻的妙境。我凡事喜欢独出己见，不屑于人云亦云，即使是论诗品画，都是持一种"别人珍视的东西我抛弃、别人遗弃的东西我珍视"的态度。所以，所谓名胜的标准，重要的是要有自己的心得，有的名胜我并不觉得它有多么美好，有的并非名胜我却以为它十分美妙。这里且以我平生游历，记载如下。

> 原文

　　余年十五时，吾父稼夫公馆于山阴赵明府①幕中。有赵省斋先生名传者，杭之宿儒②也。赵明府延教其子，吾父命余亦拜投门下。
　　暇日出游，得至吼山③。离城约十余里，不通陆路。近山见一石洞，上有片石，横裂欲堕，即从其下荡舟入。豁然空其中，四面皆峭壁，俗名之曰"水园"。临流建石阁五椽，对面石壁有"观鱼跃"三字。水深不测，相传有巨鳞④潜伏，余投饵试之，仅见不盈尺者出而唼⑤食焉。阁后有道通旱园，拳石⑥乱矗，有横阔如掌者，有柱石平其顶而上加大石者，凿痕犹在，一无可取。游览既毕，宴于水阁，命从者放爆竹，轰然一响，万山齐应，如闻霹雳声。此幼时快游之始。惜乎兰亭、禹陵⑦未能一到，至今以为憾。

---•【字词注解】

①山阴：今浙江绍兴，因在会稽山北而得名。明府：汉代对郡守或太守的尊称，但唐代以后多用来称呼县令。

②宿儒：也称"夙儒"，指素来有声望的博学之士。宿，年老的。

③吼山：在今浙江绍兴越城区。

④巨鳞：大鱼。

⑤唼（shà）：鱼吃食物的声音。

⑥拳石：园林中的假山。

⑦兰亭：在今浙江绍兴西南兰渚山下，东晋著名书法家王羲之曾在此写下"千古第一行书"——《兰亭序》。禹陵：大禹陵，在今浙江绍兴越城区。

---•【精彩解说】

我十五岁那年，父亲沈稼夫在山阴赵县令的衙门任幕僚。当时有一位赵省斋先生，名传，是杭州的宿儒，赵县令请来教他的儿子读书，父亲就让我也拜投在先生门下。

闲暇之时，跟随大人们出外游玩，来到了吼山。吼山离城十余里，不通陆路。靠近吼山时，见有一石洞，洞上面有一块石头横裂，摇摇欲坠，我们就从断石下面乘着船穿洞而入。洞里面豁然开朗，四面都是峭壁，俗称"水园"。临水建有五间石阁，阁对面的石壁上刻着"观鱼跃"三个大字。此处河水深不可测，相传有巨大的鱼潜伏其中，我投下鱼饵去试探，只见到不满一尺的鱼跃出水面来吃食。石阁的后面有小路通往旱园，园中如拳头大小的石头丛生矗立，有的横阔如手掌，有的呈石柱状，顶部平坦，垒加大石块，人工雕琢的痕迹清晰可见，没有一点儿可取之处。游览结束以后，我们在水阁设宴饮酒，并让随从燃放爆竹，轰然一响，万山齐声应和，听起来就好像霹雳声。这是我幼年时畅游的最初记忆。可惜附近的兰亭、禹陵这些名胜，我一次也没有去过，至今仍然感到非常遗憾。

原文

至山阴之明年，先生以亲老不远游，设帐①于家，余遂从至杭，西湖之胜因得畅游。结构之妙，予以龙井②为最，小有天园③次之。石取天竺之飞来峰④，城隍山之瑞石古洞⑤。水取玉泉⑥，以水清多鱼，有活泼趣也。大约至不堪者，葛岭之玛瑙寺⑦。其余湖心亭、六一泉⑧诸景，各有妙处，不能尽述，然皆不脱脂粉气，反不如小静室之幽僻，雅近天然。

【字词注解】

①设帐：东汉时期经学家马融设绛帐讲学，后世便以"设帐"指设馆授徒。

②龙井：在今浙江杭州西湖西南凤篁岭。此地以产茶出名。

③小有天园：在今浙江杭州南屏山，"小有天园"之名为乾隆皇帝南巡杭州时所赐。

④天竺：天竺山，在今浙江杭州，有上天竺寺、中天竺寺、下天竺寺，合称"天竺三寺"，皆杭州名刹。飞来峰：又名"灵鹫峰"，在今浙江杭州灵隐寺前。

⑤城隍山：又名"吴山"，在今浙江杭州钱塘江北岸，西湖东南。瑞石古洞：又名"紫阳洞""雪风洞"，在今浙江杭州紫阳山。

⑥玉泉：在今浙江杭州西湖西北的杭州植物园内。玉泉与虎跑泉、龙井泉并称"西湖三大名泉"。

⑦葛岭：在今浙江杭州西湖之北的宝石山西面，海拔166米。相传东晋时道士葛洪曾在此修道，故名。玛瑙寺：原名玛瑙宝胜院，因位于孤山玛瑙坡而得名，始建于五代，历代屡有兴废，现存建筑为清同治年间重建。

⑧湖心亭：又名"振鹭亭"，在今浙江杭州西湖中央。六一泉：在今浙江杭州孤山南，苏轼命名，以纪念欧阳修，欧阳修自号"六一居士"。

―●【精彩解说】

　　到山阴的第二年，省斋先生因为双亲年老而自己不想远游在外，便在家里开设了学堂，我于是跟着来到杭州，因此得以畅游西湖的胜景。西湖各处风景，论结构的精妙，我认为龙井最佳，小有天园应居于第二位。而石头的奇妙则首取天竺的飞来峰、城隍山的瑞石古洞。水最美的则是玉泉，因为那里水清鱼多，有活泼的趣味。说到很不好的，是葛岭之上的玛瑙寺。其余如湖心亭、六一泉等景点，各有美妙之处，不能一一道来，但都不能脱去脂粉气息，反倒不如小静室那样幽雅僻静，雅致而更近天然。

原文

　　苏小墓在西泠桥①侧。土人指示，初仅半丘黄土而已。乾隆庚子②，圣驾南巡，曾一询及。甲辰③春，复举南巡盛典，则苏小墓已石筑其坟，作八角形，上立一碑，大书曰："钱塘苏小小之墓"。从此吊古骚人不须徘徊探访矣。余思古来烈魄忠魂堙没④不传者，固不可胜数，即传而不久者，亦不为少；小小一名妓耳，自南齐至今，尽人而知之，此殆灵气所钟，为湖山点缀耶？

―●【字词注解】

　　①苏小：苏小小，南齐时钱塘名妓。西泠桥：又名"西林桥"，在今杭州西湖孤山西段。与长桥、断桥并称"西湖三大情人桥"。

　　②乾隆庚子：1780年。

　　③甲辰：1784年。

　　④堙（yīn）没：埋没。

―●【精彩解说】

　　苏小小的墓在西泠桥的旁边。当地人指着苏小小的墓告诉我们，当初这里只是半个黄土堆而已。乾隆庚子年（1780），皇帝南巡时曾经偶然问到过苏小小墓。到甲辰年（1784）春天，皇帝再次南巡举行盛典时，苏小小墓就已经用石块重修了坟头，做成八角的形状，上面立了一块碑，碑上大字写着："钱塘苏小小之墓"。从此,凭吊古迹的文人骚客,不需要再左右徘徊四处寻访了。我想,古来刚烈贞洁的魂魄,被埋没于世间不能流传的,本就不可胜数,即使流传却流传不久的,也不在少数。苏小小只是一个有名的妓女,自南齐到今天,却尽人皆知,这大概是灵气聚集,专为湖光山色做点缀的吧?

　　桥北数武①,有崇文书院②,余曾与同学赵缉之投考其中。时值长夏,起极早,出钱塘门③,过昭庆寺④,上断桥⑤,坐石栏上。旭日将升,朝霞映于柳外,尽态极妍;白莲香里,清风徐来,令人心骨皆清。步至书院,题犹未出也。

　　午后缴卷,偕缉之纳凉于紫云洞⑥。大可容数十人,石窍⑦上透日光。有人设短几矮凳,卖酒于此。解衣小酌,尝鹿脯⑧,甚妙。佐以鲜菱、雪藕⑨,微酣出洞。缉之曰:"上有朝阳台,颇高旷,盍往一游?"余亦兴发,奋勇登其巅,觉西湖如镜,杭城如丸,钱塘江⑩如带,极目可数百里。此生平第一大观也。

─•【字词注解】

①武:古代以六尺为"步",半步为"武"。

②崇文书院:在今浙江杭州西湖跨虹桥西,为明万历二十七年(1599)所建。清朝时,康熙帝南巡题为"崇文",于是更名为"崇文书院"。

③钱塘门:杭州古城门之一,建于南宋。

④昭庆寺:在今杭州宝石山东,南临西湖,建于五代时,今已废。

⑤断桥:在今杭州西湖白堤东端。"断桥残雪"是"西湖十景"之一。

⑥紫云洞:一个溶洞,位于杭州西湖西北栖霞岭上。

⑦石窍:石洞。

⑧鹿脯:鹿肉干。

⑨雪藕:嫩藕。

⑩钱塘江:古称"浙江",即今天浙江省名称的来源,意为折江,流入杭州(古称钱塘县)这一段,才改名为"钱塘江",之后汇入东海。

——•【精彩解说】

  西泠桥北边几步远的地方，有崇文书院，我曾经与同学赵缉之一起报考这座书院。当时正是盛夏，我们起得很早，出钱塘门，过昭庆寺，然后来到断桥，坐在石栏杆上。旭日即将升起，朝霞从柳树外照映过来，枝条的形态充分展现，美丽娇艳到极点；白莲花的幽香里，阵阵清风徐徐吹来，令人身心都觉得清爽。步行来到崇文书院，考试题还没有公布。

  午后交了卷，与赵缉之一起到紫云洞纳凉。紫云洞很大，可以容纳好几十人，从石孔中可以射进阳光。有人摆设了短几矮凳，在这里卖酒。我们解开衣服，买酒来喝，品尝一种鹿肉脯，味道甚好。用鲜嫩的菱角和雪白的莲藕下酒，直到喝得有轻微的醉意，才离开了紫云洞。赵缉之说："这上面有朝阳台，十分高旷，我们为什么不去游览一番呢？"我也游兴大发，奋勇登上顶峰，环顾四方，觉得西湖像一面明镜，杭州城就像一颗弹丸，钱塘江像一条玉带，放眼望去，极目可达数百里远。这是我有生以来见到的第一大景观。

原文

  坐良久，阳乌将落，相携下山，南屏①晚钟动矣。韬光、云栖②，路远未到，其红门局③之梅花，姑姑庙之铁树，不过尔尔。紫阳洞予以为必可观，而访寻得之，洞口仅容一指，涓涓流水而已。相传中有洞天④，恨不能抉门⑤而入。

——•【字词注解】

  ①南屏：南屏山，在今浙江杭州西湖南岸。南屏晚钟为"西湖十景"之一。

  ②韬光：在今浙江杭州灵隐寺西北巢枸坞，有韬光寺等建筑。云栖：在今浙江杭州西湖西南五云山麓，"云栖竹径"为杭州著名景点。

  ③红门局：在今浙江杭州定安路附近。

  ④洞天：神仙居住的地方，后借指引人入胜的风景地。

  ⑤抉门：开门。

【精彩解说】

坐了很长时间，太阳即将落下，我们才互相挽扶着下了山，远远听见南屏山的晚钟已经敲响了。韬光、云栖二处因为路远而未曾参观，其他的如红门局的梅花，姑姑庙的铁树，不过如此。紫阳洞我以为一定值得一看，但是，经过访寻终于到了那里，见到的只是仅能容纳一个指头大小的洞口，一股涓涓流水而已。相传其中有神仙住的洞府，可惜不能打开门进去看看。

清明日，先生春祭扫墓，挈余同游。墓在东岳①，是乡多竹，坟丁②掘未出土之毛笋，形如梨而尖，作羹供客。余甘之，尽其两碗。先生曰："噫！是虽味美而克心血③，宜多食肉以解之。"余素不贪屠门之嚼④，至是饭量且因笋而减，归途觉烦躁，唇舌几裂。过石屋洞⑤，不甚可观。水乐洞峭壁多藤萝，入洞如斗室，有泉流甚急，其声琅琅。池广仅三尺，深五寸许，不溢亦不竭。余俯流就饮，烦躁顿解。洞外二小亭，坐其中可听泉声。衲子请观万年缸⑥。缸在香积厨⑦，形甚巨，以竹引泉灌其内，听其满溢，年久结苔厚尺许，冬日不冰，故不损也。

【字词注解】

①东岳：在今浙江杭州北高峰，因建有东岳庙而得名。

②坟丁：看坟的人，即守墓人。

③克心血：古人认为食用竹笋会败血，现代医学认为这种观点缺乏科学依据。

④屠门之嚼：对着肉脯大嚼，比喻内心羡慕，而凭想象自我安慰。

⑤石屋洞：在今浙江杭州的烟霞岭上，与水乐洞、烟霞洞并称"烟霞三洞"。

⑥衲子：僧人。僧服多用碎布连缀而成，故僧人亦被称为"衲子"。万年缸：水乐洞旁原有一座点石庵，今已不存。庵内的一个巨缸嵌于石中，因日久天长，与石融为一体。

⑦香积厨：寺里的厨房。

—•【精彩解说】

清明节当天,我的老师省斋先生去祭扫祖墓,带我同行。先生的祖墓在东岳,那个地方竹子很多,守坟人挖出还没有出土的毛竹的笋芽,形状像梨但比梨尖一些,可用它做汤待客。我觉得汤的味道十分甜美,满满喝了两碗。先生说:"噫!这东西虽然味道很美,但克心血,应该多吃肉食来化解它的副作用。"我素来不喜欢吃肉食,这时候饭量又因为吃笋过多而减少,更吃不下肉,返回的途中便觉得浑身烦躁,嘴唇舌头干得几乎要裂开了。经过石屋洞,没有什么值得观看的东西。水乐洞的峭壁上挂着许多藤萝,进入洞中,只是一间小房子那么大,泉水流速很急,水声琅琅。水池仅有三尺见方,深浅约五寸,水不满溢也不干涸。我俯下身就着水流畅饮一通,心中烦躁顿时得以解除。洞外有两个小亭,坐在其中可听到泉水的声音。僧人请我们去观看万年缸。万年缸在斋堂内,形体巨大,用竹筒引来泉水注入缸中,听任水流满后溢到缸外,年代久了,缸中长了一尺多厚的苔藓,冬天不结冰,所以缸没有损坏。

原文

辛丑[1]秋八月,吾父病疟返里,寒索火,热索冰,余谏不听,竟转伤寒[2],病势日重。余侍奉汤药,昼夜不交睫[3]者几一月。吾妇芸娘亦大病,恹恹在床。心境恶劣,莫可名状。吾父呼余嘱之曰:"我病恐不起,汝守数本书,终非糊口计。我托汝于盟弟蒋思斋,仍继吾业可耳。"越日,思斋来,即于榻前命拜为师。未几,得名医徐观莲先生诊治,父病渐痊,芸亦得徐力起床,而余则从此习幕[4]矣。此非快事,何记于此?曰:此抛书浪游之始,故记之。

—•【字词注解】

①辛丑:1781年。

②伤寒:因风寒侵入体内而引发的一种疾病。

③交睫:上下睫毛合在一起,代指睡觉。

④习幕:学习做幕僚、师爷。

【精彩解说】

辛丑年（1781）秋八月，我父亲患了疟疾返回老家，觉得冷时要火取暖，觉得热时要冰降温。我劝父亲不能如此，但父亲不听我的劝告，结果转成了伤寒，病情一天比一天重。我端汤喂药侍奉父亲，几乎一个月没有合眼。我的夫人芸娘也得了大病，身体虚弱卧床不起。当时我的心境极其恶劣，简直无法用语言来形容。我父亲把我叫到床前，嘱咐道："我的病恐怕好不了了，你守着几本书，终究不是养家糊口的长远之计。我把你托付给我的结拜兄弟蒋思斋，你就仍然继承我的事业吧。"第二天，蒋思斋来到我家，父亲就让我在病榻前拜蒋思斋为师。不久，经过名医徐观莲先生的诊治，父亲的病渐渐痊愈了，芸娘也慢慢恢复体力能够起床，我则从此开始了习幕生涯。这并非什么愉快的事，为什么也记在这里呢？可以说：这是我抛开书本开始浪游的起点，所以把它记下来。

思斋先生名襄。是年冬，即相随习幕于奉贤①官舍。有同习幕者，顾姓名金鉴，字鸿干②，号紫霞，亦苏州人也。为人慷慨刚毅，直谅不阿③。长余一岁，呼之为兄。鸿干即毅然呼余为弟，倾心④相交。此余第一知己交也。惜以二十二岁卒。余即落落⑤寡交。今年且四十有六矣，茫茫沧海，不知此生再遇知己如鸿干者否？

忆与鸿干订交，襟怀高旷，时兴山居之想。重九日，余与鸿干俱在苏，有前辈王小侠与吾父稼夫公唤女伶演剧，宴客吾家。余患其扰，先一日约鸿干赴寒山⑥登高，借访他日结庐⑦之地，芸为整理小酒榼⑧。

【字词注解】

①奉贤：在今上海奉贤区。
②鸿干：传抄本误作"鸿干"。顾鸿干是石韫玉（号琢堂）的表弟。
③直谅不阿：正直坦诚，不阿谀奉承。
④倾心：尽心，诚心。
⑤落落：孤独、不合群的样子。

⑥寒山：此处指寒山岭，在苏州城西天平山西北。另有寒山寺在今江苏苏州城西阊门外的枫桥镇附近，始建于南朝。

⑦结庐：建房，盖房，引申为隐居。

⑧榼（kē）：古代盛酒或贮水的器皿，可手提。

——●【精彩解说】

蒋思斋先生名襄。这年冬天，我即跟随他在奉贤官舍习幕。当时有一个和我一起习幕的，姓顾，名金鉴，字鸿千，号紫霞，也是苏州人。顾鸿千为人慷慨刚毅，正直爽朗，不卑不亢。鸿千比我大一岁，我称他为兄。鸿千也毫不犹豫地称我为弟，我们二人倾心相交。这是我的第一个知己。可惜他二十二岁就过世了。我从此变得孤独且少与人交往。今年我已四十六岁了，沧海茫茫，不知此生还能遇到鸿千那样的知己吗？

回想当年与鸿千相交时，胸怀高远旷达，时常产生隐居深山的想法。重阳日，我与鸿千都在苏州，这一天，前辈王小俠与我父亲稼夫公叫来女伶演戏，在我家大宴宾客。我嫌这种场面喧嚣烦扰，提前一天就约鸿千到寒山去登高，借机寻找将来的隐居之地，芸为我们准备好了盛酒的盒子。

原文

越日，天将晓，鸿千已登门相邀。遂携榼出胥门①，入面肆，各饱食。渡胥江，步至横塘枣市桥②，雇一叶扁舟，到山，日犹未午。舟子颇循良，令其粲③米煮饭。余两人上岸，先至中峰寺④。寺在支硎⑤古刹之南，循道而上。寺藏深树，山门⑥寂静，地僻僧闲，见余两人不衫不履⑦，不甚接待，余等志不在此，未深入。归舟，饭已熟。饭毕，舟子携榼相随，嘱其子守船，由寒山至高义园之白云精舍⑧。轩临峭壁，下凿小池，围以石栏，一泓秋水，崖悬薜荔⑨，墙积莓苔⑩。坐轩下，惟闻落叶萧萧，悄无人迹。

——●【字词注解】

①胥门：在今江苏苏州城西万年桥南。

②横塘：在今江苏苏州西南。枣市桥：跨胥江，已废，今重建，更名为"蟠龙桥"。

③籴（dí）：买。

④中峰寺：在今江苏苏州观音山上。

⑤支硎（xíng）：支硎山，又名"报恩山""观音山"，在今江苏苏州西。

⑥山门：因为佛寺一般建在山上，故佛寺的外门也称"山门"。

⑦不衫不履：不穿长衫和鞋子，形容不修边幅的样子。

⑧高义园：在今江苏苏州天平山南麓，始建于唐代，为宋范仲淹祠堂。白云精舍：白云古刹，在高义园西，始建于唐代。

⑨薜（bì）荔：一种攀爬于墙面、树干或岩壁上的常绿灌木藤本植物。

⑩莓苔：青苔。

──•【精彩解说】

第二天天快亮的时候，鸿干就登门叫我出发。我们立即携带酒盒出了胥门，来到一家面馆，各自吃饱。然后渡过胥江，步行至横塘的枣市桥，雇了一只小船到寒山，这时还不到中午。船夫为人很善良，就拜托他买米煮饭。我们俩一起上岸，先来到中峰寺。中峰寺在支硎古刹的南边，我们沿着山路而上。中峰寺藏在深树之中，山门冷清寂静，由于地处偏僻，寺中的僧人悠闲无事，见我们两人衣衫不整，接待时不大热情，我们的兴趣不在这里，也就没有往里走。回到船上，饭已经煮熟了。吃完饭，船夫提着酒盒随我们上岸，嘱咐他的儿子守船，我们则由寒山到了高义园的白云精舍。精舍的窗户紧临峭壁，下面开凿出一个小水池，用石头、树木围住，蓄有一泓秋水，悬崖上挂满薜荔，墙壁上布满了青苔。坐在窗下，只听见萧萧的落叶声，静悄悄的，人迹罕至。

【原文】

出门有一亭，嘱舟子坐此相候。余两人从石罅①中入，名"一线天"。循级盘旋，直造其巅，曰"上白云"。有庵已坍颓，存一危楼，仅可远眺。

──•【字词注解】

①罅（xià）：裂缝，缝隙。

──•【精彩解说】

出门有一个亭子，我吩咐船夫坐在此处等候。我们两人从石缝中进去，此处名叫"一线天"。沿着台阶盘旋而上，直至山巅，此处名叫"上白云"。山上有庵堂已经倒塌颓败，只剩一座危楼，我们不敢靠近，只在远处眺望了一下。

小憩片刻，即相扶而下。舟子曰："登高忘携酒榼矣。"鸿干曰："我等之游，欲觅偕隐地耳，非专为登高也。"舟子曰："离此南行二三里，有上沙村，多人家，有隙地①。我有表戚范姓居是村，盍往一游？"余喜曰："此明末徐俟斋②先生隐居处也。有园，闻极幽雅，从未一游。"于是舟子导往。

──•【字词注解】

①隙地：空地。
②徐俟斋：徐枋（1622—1694），字昭法，号俟斋。吴县（今江苏苏州）人。工诗善画。

──•【精彩解说】

稍微休息了一会儿，我们就互相搀扶着下了山。船夫说："二位登高时忘记带酒盒了。"鸿干说："我们游山，是想寻觅可以一起隐居的地方，并非专门为了登高。"船夫说："离这里向南走二三里，有一个上沙村，住了许多人家，还有空地。我有个姓范的表亲就住在这个村里，何不前往一游呢？"我高兴地说："那是明末徐俟斋先生隐居的地方，听说有个园子，极其幽静雅致，可惜从未游过。"于是，船夫带领我们前往上沙村。

【原文】

村在两山夹道中。园依山而无石，老树多极纡回盘郁之势，亭榭窗栏尽从朴素，竹篱茆舍①，不愧隐者之居。中有皂荚亭，树大可两抱。余所历园亭，此为第一。

园左有山，俗呼"鸡笼山②"，山峰直竖，上加大石，如杭城之瑞石古洞，而不及其玲珑。旁一青石如榻，鸿干卧其上曰："此处仰观峰岭，俯视园亭，既旷且幽，可以开樽③矣。"因拉舟子同饮，或歌或啸，大畅胸怀。

【字词注解】

①茆（máo）舍：茅草屋。茆，同"茅"。
②鸡笼山：在今江苏苏州西北灵岩山和天平山之间。
③开樽：开始饮酒。

【精彩解说】

上沙村在两山的夹道中。徐俟斋先生的故园依山而建，却没有石头，园中老树的枝干大部分都迂回盘结，亭阁台榭的窗户、栏杆都极其朴素，竹篱笆，茅草屋，不愧为隐士的居所。园中有皂荚亭，树干大约有两人合抱那么粗。我所游历过的园亭，此处为第一。

园子的左边有座山，俗称"鸡笼山"，山峰笔直矗立，上边垒加了大石块，就像杭州城的瑞石古洞，但比不上它的玲珑精致。旁边有一块形状像床的青石，鸿干躺在上面说："这里可以仰观峰岭，俯视园亭，既空旷开阔，又幽静雅致，可以开怀畅饮了。"于是拉船夫一起饮酒，我们一会儿放声歌唱，一会儿呐喊呼啸，敞开胸怀尽情玩乐。

【原文】

土人知余等觅地而来，误以为堪舆①，以某处有好风水相告。鸿千曰："但期合意，不论风水。"（岂意竟成谶语②！）酒瓶既罄，各采野菊插满两鬓。

──•【字词注解】

①堪舆：风水的旧称，这里指看风水。
②谶（chèn）语：预言，预兆。

──•【精彩解说】

当地人知道我们来寻找地方，误以为是来找坟地的，告诉我们什么地方有好风水。鸿千说："但求合意，不论风水。"哪里想到此话竟在事后得到了应验。酒已喝干了，各人采了野菊花插满了两鬓。

原文

> 归舟，日已将没。更许抵家，客犹未散。芸私告余曰："女伶中有兰官者，端庄可取。"余假传母命，呼之入内，握其腕而睨之，果丰颐①白腻。余顾芸曰："美则美矣，终嫌名不称实。"芸曰："肥者有福相。"余曰："马嵬之祸，玉环之福安在？"②芸以他辞遣之出，谓余曰："今日君又大醉耶？"余乃历述所游，芸亦神往者久之。

──•【字词注解】

①丰颐：丰满，富态。
②"马嵬（wéi）"二句：玉环，即杨贵妃，深受唐玄宗宠爱。"安史之乱"间，在四川马嵬坡被迫缢死以安军心。

──•【精彩解说】

回到船上，太阳就要落山。一更时分回到家中，这时家中的客人还未散去。芸悄悄告诉我说："女伶中有叫兰官的，端庄可人。"我假传母亲的命令，叫她进入内室，握着她的手腕仔细观看，果然丰满白腻。我看着芸说："美倒确实美，终究觉得名不副实。"芸说："胖人有福相。"我说："马嵬坡的灾祸，杨玉环的福分又在哪里呢？"芸就用别的理由把她打发走了，然后对我说："今日你又喝得大醉了？"我于是详细叙述了游历的经过，芸也神往了很长时间。

原文

癸卯①春，余从思斋先生就维扬②之聘，始见金、焦③面目。金山宜远观，焦山宜近视。惜余往来其间，未尝登眺。

【字词注解】

①癸卯：1783年。

②维扬：今江苏扬州。语出《尚书·禹贡》："淮海维扬州。"

③金：金山，在今江苏镇江西北，长江南岸。焦：焦山，在今江苏镇江东长江中，因东汉末年焦光曾隐居于此，故名。

【精彩解说】

癸卯年（1783）春，我跟随思斋先生到扬州任职，这才见到金山、焦山的本来面目。金山适合远处观看，焦山则适合近处细看。可惜的是我多次来扬州，却从来没能登上山顶看看。

原文

渡江而北，渔洋所谓"绿杨城郭是扬州"①一语，已活现矣。

平山堂②离城约三四里，行其途有八九里，虽全是人工，而奇思幻想，点缀天然，即阆苑瑶池③、琼楼玉宇，谅不过此。其妙处在十余家之园亭合而为一，联络至山，气势俱贯。其最难位置处，出城入景，有一里许紧沿城郭。夫城缀于旷远重山间，方可入画，园林有此，蠢笨绝伦。而观其或亭或台，或墙或石，或竹或树，半隐半露间，使游人不觉其触目。此非胸有丘壑者断难下手。

【字词注解】

①渔洋：王士禛（1634—1711），号渔洋山人。新城（今山东桓台）人。"绿杨城郭是扬州"：语出王士禛《浣溪沙·红桥》词。

②平山堂:在今江苏扬州西北大明寺内,始建于北宋。
③阆苑瑶池:传说中神仙居住的地方。

【精彩解说】

渡过长江向北,王士祯所说的"绿杨城郭是扬州"已然生动地展现在眼前了。

平山堂离城三四里,走完全程有八九里,虽然全是人工开凿的,但构思奇妙绝伦,景色点缀得如天然生成的一样,即使是阆苑瑶池、琼楼玉宇,我看也比不上。绝妙的地方,就在于十余家的园林亭台,联合成为一个整体,并且与山脉相呼应,气势一脉贯通。其中最难布置的地方,在于出城镇便已置身平山堂的风光之中,这些园亭,有一里多长紧靠着城市。城市只有点缀在开阔旷远、群山重叠的背景上,才能构成优美的画面,而如果园林旁边就是城镇,那真是蠢笨到了极点。但是仔细观看这个地方,或亭或台,或墙或石,或竹或树,都在半隐半露之间,让游人不觉得太过触目直白。这种格局,不是胸有丘壑的人,是断然难以营造的。

城尽,以虹园为首,折而向北,有石梁曰"虹桥①",不知园以桥名乎?桥以园名乎?荡舟过,曰"长堤春柳②",此景不缀城脚而缀于此,更见布置之妙。再折而西,垒土立庙,曰"小金山③"。有此一挡,便觉气势紧凑,亦非俗笔。闻此地本沙土,屡筑不成,用木排若干,层叠加土,费数万金乃成。若非商家,乌能如是。

过此有胜概楼④,年年观竞渡于此。河面较宽,南北跨一莲花桥⑤。桥门通八面,桥面设五亭,扬人呼为"四盘一暖锅"。此思穷力竭之为,不甚可取。桥南有莲心寺。寺中突起喇嘛白塔,金顶缨络⑥,高矗云霄,殿角红墙,松柏掩映,钟磬时闻,此天下园亭所未有者。过桥见三层高阁,画栋飞檐,五采绚烂,叠以太湖石,围以白石栏,名曰"五云多处⑦",如作文中间之大结构也。过此名"蜀冈朝旭⑧",平坦无奇,且属附会。将及山,河面渐束,堆土植竹树,作四五曲,似已山穷水尽,而忽豁然开朗,平山之万松林已列于前矣。

  "平山堂"为欧阳文忠公所书。所谓淮东第五泉，真者在假山石洞中，不过一井耳，味与天泉同。其荷亭中之六孔铁井栏者，乃系假设，水不堪饮。九峰园⑨另在南门幽静处，别饶天趣，余以为诸园之冠。康山⑩未到，不识如何。此皆言其大概，其工巧处、精美处，不能尽述，大约宜以艳妆美人目之，不可作浣纱溪上观也。余适恭逢南巡盛典，各工告竣，敬演接驾点缀，因得畅其大观，亦人生难遇者也。

【字词注解】

  ①虹桥：在今江苏扬州瘦西湖上。因桥栏杆为红色而得名"红桥"，重建后因似虹卧于波上，更名为"虹桥"。

  ②长堤春柳：虹桥至徐园前，有一长堤。东为湖水，西为花圃，路边三步一桃，五步一柳。此景人称"长堤春柳"。

  ③小金山：原名"长春岭"，本为江苏扬州瘦西湖中的一个小岛。清朝中期为打通瘦西湖至大明寺水上通道，在瘦西湖西北开挖莲花埂新河，挖河之土堆成小山，就是今天的小金山。

  ④胜概楼：在今江苏扬州瘦西湖五亭桥西。

  ⑤莲花桥：又称"五亭桥"，在今江苏扬州瘦西湖上。

  ⑥缨络：一作"同'璎珞'"，即由珠玉串成的装饰品，多为颈饰。一作"泛指穗状饰物"。此处应为后者。

  ⑦五云多处：曾经是熙春台的匾额题字，五云指的是五色瑞云，是吉祥的征兆，也代指皇帝的所在地。熙春台位于今江苏扬州瘦西湖西，是给皇帝祝寿的地方。

  ⑧蜀冈朝旭：又名"蜀冈晚照"，是清代扬州"瘦西湖二十四景"之一。蜀冈，在今江苏扬州西北。

  ⑨九峰园：在今江苏扬州荷花池公园，园内有太湖九峰，乾隆巡游扬州时，御书"九峰园"额匾。

  ⑩康山：康山草堂，为江苏扬州盐商江春的府第。

【精彩解说】

  城的尽头，景色以虹园为开端，转弯向北，有一道石梁叫作"虹桥"，不知是园因为桥而得名呢，还是桥因为园而得名？荡舟穿过虹桥，就是"长堤春柳"，此景不设置在城脚而点缀在这里，更可见设计者布置的妙处。再折转向西，在垒起的土台上建有小庙，叫作"小金山"。有了这一布置，便觉得气势紧凑，也不是俗笔。听说此地原本全是沙土，多次修筑都不能成功，后来用若干木排，一层木一层土，花费数万两银子才终于修成。如果不是富商之家，谁能有这么大的手笔。

过了小金山有胜概楼，人们年年都在这里观看龙舟竞渡。这里河面较宽，南北架着一座莲花桥。桥门通向八面，桥面上建有五个亭子，扬州人称为"四盘一暖锅"。这是才思用尽的做法，没有多少可取之处。桥南有莲心寺。寺中一座喇嘛白塔拔地而起，金色的顶端有缨络装饰，直入云霄，殿角红墙与松柏掩映成趣，钟磬之声不时传来，这是天下园亭所未曾有的景致。过莲花桥可见三层高阁，画栋飞檐，五彩绚烂，上面有太湖石垒成的假山，围着白石栏杆，取名为"五云多处"，这布置恰像文章中间的大结构，起着起承转合的作用。过了此处有一景点叫"蜀冈朝旭"，平坦无奇，完全是牵强附会。即将到达山脚，河面逐渐变窄，岸边堆起土栽上竹木，将河道布置成四五个弯，似乎已经到了山穷水尽的地步，却忽然间豁然开朗，平山的万松林已赫然陈列在眼前。

"平山堂"的匾额是欧阳修书写的。所谓的淮东第五泉，真正的泉眼藏在假山的石洞中，不过是一口井罢了，水味与雨水完全相同。在荷亭中的六孔围着铁栏杆的水井，纯粹是假托的，水都很难喝。九峰园另处于南门外偏僻幽静的地方，别有一番天然的趣味，我认为是诸多园林中最好的。康山未曾到过，不知到底如何。这里说的都是扬州园林的大致轮廓，它的工巧处、精美处，不能详尽叙述，大概应该把它看作浓妆艳抹的美人，而不能看成浣纱溪上不施粉黛的西施。我正好有幸遇上了天子南巡的盛大庆典，各项工程竣工后，操演迎接圣驾的仪式，因此得以敞开胸怀大饱眼福，也是人生难遇的机会。

原文

甲辰①之春，余随侍吾父于吴江何明府幕中，与山阴章蘋江、武林章映牧、苕溪顾霭泉诸公同事，恭办南斗圩行宫，得第二次瞻仰天颜②。一日，天将晚矣，忽动归兴。有办差小快船，双橹两桨，于太湖飞棹疾驰，吴俗呼为"出水辔头③"，转瞬已至吴门桥④。即跨鹤腾空，无此神爽。抵家，晚餐未熟也。吾乡素尚繁华，至此日之争奇夺胜，较昔尤奢。灯彩眩眸，笙歌⑤聒耳，古人所谓"画栋雕甍⑥""珠帘绣幕""玉栏干""锦步障"，不啻⑦过之。余为友人东拉西扯，助其插花结彩，闲则呼朋引类⑧，剧饮狂歌⑨，畅怀游览。少年豪兴，不倦不疲。苟生于盛世而仍居僻壤⑩，安得此游观哉？

【字词注解】

①甲辰：1784年。

②天颜：皇帝的容貌。

③辔（pèi）头：驾驭牲口的嚼子的缰绳，这里借指牲口。

④吴门桥：在今江苏苏州城南，始建于宋朝。

⑤笙歌：泛指奏乐、歌唱及舞蹈。

⑥甍（méng）：通"蒙"，覆蒙屋上，即屋脊，也指飞檐、栋梁。

⑦啻（chì）：但，只，仅。

⑧呼朋引类：招引志趣相投之人。

⑨剧饮狂歌：欢快畅饮，纵情高歌。

⑩僻壤：偏僻边远的地方，穷乡僻壤。

【精彩解说】

甲辰年（1784）的春天，我跟随父亲在吴江何县令衙门任幕僚，与山阴章蘋江、武林章映牧、苕溪顾霭泉诸位同事，承办南斗圩行宫的接驾事宜，得以第二次瞻仰龙颜。有一天，天快要黑了，我忽然动了回家的念头。正好有衙门办理公务的小快船，双橹双桨，在太湖上飞速疾驶，吴地俗称"出水辔头"，几乎转眼间已到了吴门桥。即使是骑着仙鹤腾空飞翔，也没有这么快。回到家，晚餐还没有做熟。我的家乡历来崇尚繁华，到皇帝南巡这一天，更是处处争奇斗胜，比以往更加奢华。花灯璀璨炫目，笙歌鼎沸喧天，比古人所说的"画栋雕甍""珠帘绣幕""玉栏干""锦步障"，有过之而无不及。我时常被朋友们拉扯着去帮他们插花结彩,闲暇之时就呼朋引伴,聚在一起豪饮狂歌,尽兴游览。少年豪兴冲天,竟然不知疲倦。如果生于盛世却居住在穷乡僻壤,哪能看到这些呢?

原文

是年,何明府因事被议,吾父即就海宁①王明府之聘。嘉兴有刘蕙阶者,长斋佞佛②,来拜吾父。其家在烟雨楼③侧,一阁临河,曰"水月居",其诵经处也,洁静如僧舍。烟雨楼在镜湖④之中,四岸皆绿杨,惜无多竹。有平台可远眺,渔舟星列,漠漠平波,似宜月夜。衲子备素斋甚佳。

【字词注解】

①海宁:在今浙江海宁。
②佞佛:信奉佛教。
③烟雨楼:在今浙江嘉兴南湖湖心岛上。始建于五代,楼名由诗人杜牧《江南春》中"南朝四百八十寺,多少楼台烟雨中"一句而来。
④镜湖:今浙江嘉兴南湖。

【精彩解说】

这一年,何县令因事被查处,我父亲于是接受了海宁王县令的聘请。嘉兴有一个叫刘蕙阶的人,长期吃斋信佛,专程来拜访我父亲。他的家住在烟雨楼旁边,有一间阁楼正对河流,名叫"水月居",是刘蕙阶念经拜佛的地方,整洁干净得就像寺庙僧人的住处。烟雨楼在镜湖之中,四边岸上都是绿杨,可惜没有多种竹子点缀映衬。楼上有平台可以向远处眺望,放眼望去,渔舟星罗棋布,平静的水面上笼罩着一层薄雾,似乎更适宜于月夜观赏。楼旁有寺院,僧人准备的素斋味道很不错。

至海宁,与白门①史心月、山阴俞午桥同事。心月一子名烛衡,澄静②

缄默，彬彬儒雅，与余莫逆。此生平第二知心交也。惜萍水相逢，聚首无多日耳。

游陈氏安澜园③。地占百亩，重楼复阁，夹道回廊。池甚广，桥作六曲形。石满藤萝，凿痕全掩。古木千章，皆有参天之势；鸟啼花落，如入深山。此人工而归于天然者。余所历平地之假石园亭，此为第一。曾于桂花楼中张宴，诸味尽为花气所夺，惟酱姜味不变。姜桂之性，老而愈辣，以喻忠节之臣，洵④不虚也。

出南门，即大海，一日两潮，如万丈银堤破海而过。船有迎潮者，潮至，反棹相向。于船头设一木招，状如长柄大刀。招一捺⑤，潮即分破，船即随招而入，俄顷始浮起，拨转船头，随潮而去，顷刻百里。塘上有塔院，中秋夜曾随吾父观潮于此。循塘东约三十里，名"尖山"⑥，一峰突起，扑入海中。山顶有阁，匾曰"海阔天空"。一望无际，但见怒涛接天而已。

【字词注解】

①白门：今江苏南京。

②澄静：文静，平静。

③安澜园：原名"遂初园""陈园"，在今浙江海宁盐官镇西北。乾隆南巡时，曾以此处为行馆，并赐名"安澜园"。

④洵：确实，诚然。

⑤招：古时装在船头用来掌握方向的工具。捺：按。

⑥尖山：在今浙江海宁黄湾镇西南，是观潮胜地。

【精彩解说】

到了海宁以后，与白门的史心月和山阴的俞午桥共事。史心月有一个儿子叫史烛衡，文静缄默，彬彬有礼，颇为儒雅，与我成为莫逆之交。这是我生平结交的第二个知己。遗憾的是萍水相逢，聚首相处的时间不多。

在海宁时，游览了陈氏的安澜园，园子占地有一百亩，有重重楼阁，夹道回廊相连。水池特别宽大，浮桥蜿蜒六曲。石上布满藤萝，人工雕凿的痕迹被掩盖得严严实实。园里有很多古树，都有参天的气势；鸟啼花落，就像进入了深山。这座园林是人工营造而归于天然的典范。我所游历过的平地上的假石园亭，安澜园实为第一。曾经在桂花楼中设宴，各种菜肴的味道全被桂花的香气掩盖了，只有酱姜的味道没有改变。姜桂的品性是越老越辣，以其比喻忠节之臣，确实不虚此名。

出安澜园南门，就是入海口，一天两次涌潮，如万丈银色的长堤破海而过。有一种迎着潮头行驶的船，潮水到来时，就调过船头迎着潮水而行。在船头设置一个木招，形状像长柄的大刀。木招一按，潮水就被劈开，船于是随着木招驶入潮水中，一会儿才漂起来，然后拨转船头随着潮水而去，瞬间即可驶出百里。堤塘上建有塔院，我曾在中秋夜跟随父亲在此处观潮。沿着堤岸往东大约三十里的地方，有一座山名叫"尖山"，孤峰一座拔地突起，如同扑到海中。山顶建有阁楼，匾额上书"海阔天空"。登阁远望，无边无际的海水，只见波涛汹涌，与天连成一体。

原文

余年二十有五，应徽州绩溪①克明府之召，由武林下江山船②，过富春山③，登子陵钓台④。台在山腰，一峰突起，离水十余丈。岂汉时之水竟与峰齐耶？月夜泊界口，有巡检署⑤，"山高月小，水落石出"⑥，此景宛然。黄山仅见其脚，惜未一瞻面目。

【字词注解】

①徽州：清代在安徽设徽州府，辖区为南部数县。绩溪：今安徽绩溪。

②江山船：又名"江山九姓船"。浙东游船的通称，一说为明清时期的妓船。

③富春山：又名"严陵山"。在今浙江桐庐西，相传东汉隐士严子陵曾耕钓于此。

④子陵钓台：在今浙江桐庐城南富春山麓，为富春江主要景点，据说东汉隐士严子陵隐居垂钓于此。

⑤巡检署：地方负责治安的机构。

⑥"山高"二句：语出苏轼《后赤壁赋》，感叹江山面貌的变迁。

【精彩解说】

二十五岁那年,我接受了安徽绩溪县克县令的招聘去做他的幕僚。由武林登上江山船,经过富春山,登上了子陵钓台。钓台在半山腰,山峰突起,距离水面有十余丈。难道汉代时江水竟然与山峰是齐平的?一个有月亮的夜晚,我乘坐的船停泊在浙江、安徽交界的界口,界口设有负责治安的巡检署,苏轼《后赤壁赋》里的"山高月小,水落石出"之景,宛然可见。可惜仅能见到黄山的山脚,没能一睹它的全貌。

绩溪城处于万山之中,弹丸小邑,民情淳朴。近城有石镜山①,由山弯中,曲折一里许,悬崖急湍,湿翠欲滴。渐高,至山腰,有一方石亭,四面皆陡壁。亭左石削如屏,青色光润,可鉴人形,俗传能照前生。黄巢②至此,照为猿猴形,纵火焚之,故不复现。

【字词注解】

①石镜山:又称"石照山",在今安徽绩溪华阳镇东。
②黄巢(?—884):唐末农民起义军首领。

【精彩解说】

绩溪城地处万山之中,弹丸小镇,民风淳朴。临近绩溪城有石镜山,顺着山往里拐,曲折向前走一里左右,有悬崖飞瀑,湿翠欲滴。渐渐往高处走,到山腰有一个方形的石亭,四面都是陡峭的石壁。亭子左边的石壁,平整得像屏风一样,颜色青亮,光滑得可以照出人的模样。传说这面石壁能照出人前世的模样。黄巢到了这里,照出自己前世是猿猴,一气之下放火焚烧石壁,所以再也不能照出人的前世形象了。

离城十里有火云洞天。石纹盘结,凹凸巉岩,如黄鹤山樵①笔意,而杂乱无章。洞石皆深绿色。旁有一庵,甚幽静,盐商程虚谷曾招游,设宴于此。席中有肉馒头②，小沙弥眈眈旁视，授以四枚。临行以番银二圆为酬，山僧不识，推不受。告以一枚可易青钱③七百余文，僧以近无易处，仍不受。乃攒凑青蚨六百文付之，始欣然作谢。

他日，余邀同人携榼再往，老僧嘱曰："曩者④小徒不知食何物而腹泻，今勿再与。"可知藜藿⑤之腹不受肉味，良可叹也。余谓同人曰："作和尚者，必居此等僻地，终身不见不闻，或可修真养静。若吾乡之虎丘山，终日目所见者妖童⑥艳妓，耳所听者弦索笙歌，鼻所闻者佳肴美酒，安得身如枯木，心如死灰哉？"

——•【字词注解】

①黄鹤山樵：王蒙（1308—1385），元代画家，字叔明，自号黄鹤山樵，吴兴（今浙江湖州）人。善画山水。

②肉馒头：一种肉馅的包子。

③青钱：青铜钱。

④曩者：先前，过去。

⑤藜藿（lí huò）：两种野菜——藜草和豆叶，这里指粗劣的饭菜。

⑥妖童：美貌少年，这里指男色。

——•【精彩解说】

离绩溪城十里有一处火云洞天。那里的石头纹路盘绕错结，山岩高低起伏、陡峭险峻，颇有王蒙山水画的笔意，但杂乱没有章法。洞里的石头都呈深红色。旁边有一座佛寺相当幽静，盐商程虚谷曾经邀请朋友同游，并在这里设宴款待众人。宴席上有肉馅馒头，小和尚在旁边专注地看着，就给他吃了四个。临行时，给和尚两块番银作为酬劳，但山里的和尚认不得，坚决不接受。告诉他一块番银可换铜钱七百余文，和尚以近处没有兑换的地方为由，仍然不接受。于是，大家凑了六百枚铜钱交给他，这才欣然接受，道谢而去。

后来，我邀请同事带着酒盒再去佛寺游玩时，老和尚嘱咐我："前一次我的小徒弟不知吃了什么东西而腹泻，今天不要再给他吃了。"可知吃惯了野菜的肚子，受不了肉味刺激，实在可叹啊。我对同事说："做和尚，必须在这种偏僻的地方，终身不见不闻，或许真的可以修炼真性，培养静气，得成大道。像我们家乡的虎丘山，终日里眼睛看到的都是妖艳的俊俏小厮，美貌妓女，耳朵听到的都是吹拉弹唱、声色犬马，鼻子闻到的都是佳肴美酒，怎么可能达到身如枯木、心如死灰的境界呢？"

原文

又去城三十里，名曰"仁里①"，有花果会。十二年一举，每举各出盆花为赛。余在绩溪，适逢其会，欣然欲往，苦无轿马，乃教以断竹为杠，缚椅为轿，雇人肩之而去。同游者惟同事许策廷，见者无不讶笑。至其地，有庙，不知供何神。庙前旷处高搭戏台，画梁方柱，极其巍焕②，近视则纸扎彩画，抹以油漆者。锣声忽至，四人抬对烛，大如断柱；八人抬一猪，大若牸牛③，盖公养十二年，始宰以献神。策廷笑曰："猪固寿长，神亦齿利。我若为神，乌能享此。"余曰："亦足见其愚诚也。"入庙，殿廊轩院所设花果盆玩，并不剪枝拗节，尽以苍老古怪为佳，大半皆黄山松。既而开场演剧，人如潮涌而至，余与策廷遂避去。未两载，余与同事不合，拂衣④归里。

【字词注解】

①仁里：在今安徽绩溪瀛洲镇西南，是徽杭古道上的千年古村落。
②巍焕：高大，光明。
③牸（gǔ）牛：公牛。
④拂衣：挥动衣服，表示情绪激动或愤激。

【精彩解说】

离城三十里，有个地方叫"仁里"，那里有花果会。每十二年举办一次，每一次举办时都要各家捧出盆花来比赛。我在绩溪的时候正赶上举办花果会，很高兴地打算前往观看，但苦于没有轿坐没有马骑，于是让人锯断竹竿当杠子，绑上椅子当轿子，雇了人抬着前往。一同去游玩的只有同事许策廷，见我们这般模样，人们没有不诧异讥笑的。到了仁里，有一座庙，但不知供着什么神灵。庙前空旷处高高搭起戏台，雕梁画栋，极其壮观，到近旁细看，却是纸扎彩画，抹上油漆做成的。忽然，锣声喧天，只见四个人抬着一对蜡烛走了过来，蜡烛像截断的柱子那样大；又有八个人抬着一头猪走了过来，猪大得像牡牛，猪原来是大家一起养了十二年，才宰了来献给神的，许策廷笑着说："猪固然是很长寿了，但神仙也需有锋利的牙齿才能咬得动啊。如果我是神仙，哪里能享受得了这东西。"我说："这也足以看出他们的诚心。"进入庙中，在大殿、走廊、房间、院子里摆设的花果盆景，全都不剪枝，不拗节，都以苍老古怪为佳，其中大部分是黄山松。不一会儿就开场演戏，游人如潮水般涌了进来，我与许策廷便赶紧避开。不到两年，我因为与同事不和，愤然拂袖而去，回到家乡。

原文

余自绩溪之游，见热闹场①中卑鄙之状不堪入目，因易儒为贾。余有姑丈袁万九，在盘溪②之仙人塘作酿酒生涯，余与施心耕附资合伙。袁酒本海贩，不一载，值台湾林爽文③之乱，海道阻隔，货积本折，不得已，仍为冯妇④。

馆江北四年，一无快游可记。迨居萧爽楼，正作烟火神仙，有表妹倩徐秀峰自粤东归，见余闲居，慨然曰："足下待露而爨⑤，笔耕而炊，终非久计。盍偕我作岭南游？当不仅获蝇头利⑥也。"芸亦劝余曰："乘此老亲尚健，子尚壮年，与其商柴计米而寻欢，不如一劳而永逸。"余乃商诸交游者，集资作本。芸亦自办绣货及岭南所无之苏酒、醉蟹⑦等物。禀知堂上，于小春⑧十日，偕秀峰由东坝出芜湖⑨口。

——•【字词注解】

①热闹场：热闹场所，借指官场。

②盘溪：今浙江缙云舒洪镇。

③林爽文（1757—1788）：福建平和人。乾隆五十一年（1786）在台湾率众起义，后失败就义。

④冯妇：春秋晋人，善搏虎，后来成为读书人，见到虎，又情不自禁地搏起虎来。后用来比喻重操旧业。

⑤待露而爨：比喻靠天吃饭。

⑥蝇头利：微利，小利。

⑦苏酒：酥酒，一种古代名酒，产于江苏泗县一带。醉蟹：一种用活蟹及米酒等佐料制作的风味小吃。

⑧小春：又称"小阳春"，即农历十月。秦朝曾以农历十月为岁首。

⑨东坝：在今江苏高淳东坝。芜湖：今安徽芜湖。

【精彩解说】

我自从绩溪游幕以来，目睹了官场中种种不堪入目的现象，因此，决定不再做儒生而改去经商。我有个姑父叫袁万九，在盘溪的仙人塘做酿酒生意，我和施心耕投了股份，与他合伙做起了酿酒生意。袁万九酿的酒，原本从海路贩运，不到一年，偏偏遇上台湾林爽文叛乱，海上道路不通，货物大量积压，本钱差不多赔完了，不得已，我仍然重操旧业，去做幕僚。

在江北做幕僚四年，毫无痛快的云游可记。等到借住萧爽楼，正过着人间神仙般的日子，这时，我的表妹夫徐秀峰从广东回到家乡，见我闲居在家，很感慨地说："你这样每日等着露水来煮饭，靠笔墨养家，终究不是长久之计。不如跟我一起到岭南去闯荡？你能得到的肯定不只是些蝇头小利。"芸也劝我说："趁着现在父母身体都还健康，孩子也渐渐长大了，与其向他人借柴赊米而苦中作乐，不如外出闯荡一番，说不定能发家致富，一劳永逸。"我于是向一起交游的朋友借债，集资作为本钱。芸也亲自置办了绣品，以及岭南所没有的苏酒、醉蟹等物品。我禀告了父母，于十月十日，与徐秀峰结伴从东坝登船，出芜湖口而去。

原文

长江初历，大畅襟怀。每晚舟泊后，必小酌船头。见捕鱼者罾幂①不满三尺，孔大约有四寸，铁箍四角，似取易沉。余笑曰："圣人之教，虽曰'罟不用数'②，而如此之大孔小罾，焉能有获？"秀峰曰："此专为网鳊鱼③设也。"见其系以长绠④，忽起忽落，似探鱼之有无。未几，急挽出水，已有鳊鱼枷罾孔而起矣。余始喟然曰："可知一己之见，未可测其奥妙。"

——●【字词注解】

①罾（zēng）幂：此渔网覆盖的面积大小。罾：一种由两根竹竿或木棍做"十"字形支撑的方形渔网。

②罟（gǔ）不用数（cù）：典出《孟子·梁惠王上》："数罟不入洿池，鱼鳖不可胜食也。"罟，渔网。数，密集，细密。

③鳊（biān）鱼：鲂鱼，一种淡水鱼。鳊，同"鯿"。

④绠（gěng）：汲水用的绳子。

——●【精彩解说】

第一次游历长江，胸怀顿时开阔，心情极为畅快。每天晚上船停泊后，我必定在船头小酌一番。见捕鱼人用竹子编成的渔网大不足三尺，网孔大小却约有四寸，用铁箍箍住四角，似乎是为了易于沉入水中。我笑着说："虽然圣人的教导说'渔网不用细密的网孔'，但是像这样的孔大网小，怎么能有所收获呢？"徐秀峰说："这是专为捕鳊鱼而制的网。"见网上系着长绳，在水中忽起忽落，好像在探测有没有鱼。过了不久，网被迅速拉出水面，已有鳊鱼卡在网孔里被捞了起来。我这才感慨地说："果然只凭自己的经历见识，终不能了解其中的奥妙啊。"

原文

一日，见江心中一峰突起，四无依倚。秀峰曰："此小孤山①也。"霜林中，殿阁参差。乘风径过，惜未一游。

至滕王阁②，犹吾苏府学之尊经阁移于胥门之大马头③，王子安序④中所云不足信也。即于阁下换高尾昂首船，名"三板子"，由赣关至南安⑤登陆。值余三十诞辰，秀峰备面为寿。越日，过大庾岭⑥，山巅一亭，匾曰"举头日近"，言其高也。山头分为二，两边峭壁，中留一道如石巷。口列两碑，一曰"急流勇退"，一曰"得意不可再往"。山顶有梅将军祠⑦，未考为何朝人。所谓岭上梅花，并无一树，意者以梅将军得名梅岭耶。余所带送礼盆梅，至此将交腊月，已花落而叶黄矣。

【字词注解】

①小孤山：又名"髻山"，在今安徽宿松东南长江中。

②滕王阁：在今江西南昌西北赣江东岸，与湖北黄鹤楼、湖南岳阳楼并称"江南三大名楼"。

③府学：古代官府所办的教育机构。尊经阁：始建于北宋，为府学藏书之所。今已废。大马头：苏州大运河线上的货运码头。

④王子安序：王勃《滕王阁序》。王子安，即王勃（650—676），字子安，绛州龙门（今山西河津）人，唐代诗人。

⑤赣关：在今江西赣州赣县区，明清时期当地征收关税的机构。南安：今江西大余南安镇。

⑥大庾岭：又称"庾岭""台岭""梅岭""东峤山"，位于江西、广东交界处，"岭南五岭"之一。

⑦梅将军祠：梅将军指秦汉时期名将梅鋗，本为越王勾践后裔，其族人南迁后改梅姓，因助刘邦歼灭项羽有功，封十万户侯并赏台岭以南诸邑。汉高祖六年奉命征讨南越国而亡，为了纪念梅鋗，越民在台岭建造梅将军祠，并把台岭改名为"梅岭"。

【精彩解说】

一日，见江心中有一座山峰突兀而起，四面全无依靠。徐秀峰说："这是小孤山。"远远看见，经霜染过的树林中，殿堂楼阁参差排列。可惜小船乘风一晃而过，未能登上山去仔细游览。

到了滕王阁，就像是把苏州府学的"尊经阁"，移到了胥门外的大码头，王勃《滕王阁序》中所说的都不足为信。我们在阁下换乘了高尾昂首的船，叫作"三板子"，由赣关到达南安登岸。这天，正是我三十岁的生日，秀峰置备了面食为我贺寿。第二天过大庾岭，山顶有一座亭，匾额上写"举头日近"，这是在说亭之高。山头分为两个，两边峭壁悬崖，中间留出一条像石巷一样的小道。路口立着两块石碑,一块写着"急流勇退",另一块写着"得意不可再往"。山顶有梅将军祠,没有考证出梅将军是哪个朝代的人。人们所说的岭上梅花,但那儿没有一棵梅树,我猜想,难道是因为梅将军而取名梅岭的吗?我携带的送礼用的梅花盆景,到这里时将要进入腊月,花已经落了,叶子也黄了。

原文

过岭出口,山川风物便觉顿殊。岭西一山,石窍玲珑,已忘其名,舆夫①曰:"中有仙人床榻。"匆匆竟过,以未得游为怅。至南雄②,雇老龙船③。过佛山④镇,见人家墙顶多列盆花,叶如冬青,花如牡丹,有大红、粉白、粉红三种,盖山茶花也。

【字词注解】

①舆夫:车夫,轿夫。

②南雄:今广东南雄。

③老龙船:过大庾岭进入广东内陆的水路要经过老龙津,于是当地的船户便被称为"老龙船户"或"老龙舡户",蒲松龄所著《聊斋志异》中有《老龙舡户》篇,老龙船即由此得名。

④佛山:今广东佛山。

【精彩解说】

翻过梅岭出了山口,便觉得山水景色与之前明显不同。梅岭西边的一座山上,有玲珑剔透的石洞,已经忘了它的名称,轿夫说:"洞中有仙人的床榻。"我们匆匆而过,至今遗憾未能一游。到了南雄,我们雇了老龙船再走水路。经过佛山镇,看见人家墙头大多陈列着很多盆花,叶子像冬青,花朵像牡丹,有大红、粉白、粉红三种颜色,原来是山茶花。

原文

腊月望，始抵省城，寓靖海门①内，赁王姓临街楼屋三椽。秀峰货物皆销与当道②，余亦随其开单拜客。即有配礼者，络绎取货，不旬日而余物已尽。除夕，蚊声如雷。岁朝贺节，有棉袍、纱套者。不惟气候迥别，即土著人物，同一五官而神情迥异。

【字词注解】

①靖海门：在今广东广州越秀，为旧城城门，今已废。
②当道：执政者，掌权者。

【精彩解说】

腊月十五，我们才抵达省城广州，寓居靖海门内，租赁王姓人家临街的楼屋三间。徐秀峰将货物全部卖给了官府的人，我也随着徐秀峰开单拜客，很快就有拜访过的人络绎不绝来选货，不到十日，我们的货物就卖完了。除夕那天，蚊子的叫声依然像打雷一样响。新年清晨，祝贺佳节，有的人在棉袍外边套着纱衣。不只是气候与我家乡大不相同，就连当地人的面貌虽五官和我们相同，神情却迥然不同。

原文

正月既望，有署中同乡三友拉余游河观妓，名曰"打水围"，妓名"老举"。于是同出靖海门，下小艇①，（如剖分之半蛋而加篷焉）。先至沙面②。妓船名"花艇"，皆对头分排，中留水巷，以通小艇往来。每帮约一二十号，横木绑定，以防海风。两船之间，钉以木桩，套以藤圈，以便随潮长落。鸨儿呼为"梳头婆"，头用银丝为架，高约四寸许，空其中而蟠③发于外，以长耳挖④插一朵花于鬓，身披元青⑤短袄，著元青长裤，管拖脚背，腰束汗巾，或红或绿，赤足撒鞋，式如梨园旦脚。

登其艇，即躬身笑迎，搴⑥帏入舱。旁列椅杌，中设大炕，一门通艄后。妇呼有客，即闻履声杂沓而出，有挽髻者，有盘辫者，傅粉如粉墙，搽脂如榴火，或红袄绿裤，或绿袄红裤，有著短袜而撮绣花蝴蝶履者，有赤足而套银脚镯者，或蹲于炕，或倚于门，双瞳闪闪，一言不发。

余顾秀峰曰："此何为者也？"秀峰曰："目成之后，招之始相就耳。"余试招之，果即欢容至前，袖出槟榔为敬。入口大嚼，涩不可耐，急吐之，以纸擦唇，其吐如血。合艇皆大笑。

——•【字词注解】

①艇：一种轻便的小船。

②沙面：在今广东广州。

③蟠：盘曲，盘结。

④长耳挖：长耳挖簪，为女性头饰，兼能挖耳。清林苏门《邗江三百吟·新奇服饰·长耳挖》："此即俗名一丈青也。金银不一，妇女头上斜插之。"

⑤元青：带有青红的深黑色。

⑥搴（qiān）：撩起，掀起。

——•【精彩解说】

正月十六日，公署中三个同乡好友拉着我去游河观妓，他们把这种事情叫作"打水围"，妓女被叫作"老举"。于是我们一同出了靖海门，下了小艇（那小艇的样子像剖开的半个鸡蛋，上面加了帆篷）。首先来到了沙面。妓女乘坐的船叫"花艇"，都是头对头分排在河道两边，中间留出水巷以便小艇往来通行。每帮花艇有一二十只，用横木绑定，以防海风将它们吹散。两船之间钉着木桩，用藤圈把船套在桩上，以便随着潮水涨落上下起伏。老鸨称作"梳头婆"，头上戴着用银丝做成的架子，高约四寸，中间空着而头发盘在外面，还用长耳挖簪插一朵花在发鬟，身披青黑色短袄，穿青黑色长裤，裤管拖到脚背，腰上系着汗巾，或红或绿，赤足穿着拖鞋，样子就像戏班里的旦角。

有客人登上花艇，老鸨便躬身笑脸迎接，撩起帏帐领进舱中。舱中两旁排列着椅凳，中间设有大炕，开一扇门通往后面的船艄。老鸨呼叫有客人，就听到杂乱的脚步声，妓女便出来了，有绾着发髻的，有盘着辫子的，粉抹得如粉墙，胭脂擦得如红石榴，衣服或者红袄绿裤，或者绿袄红裤，有的穿着短袜和绣花蝴蝶鞋，有的赤脚套着银脚镯，或者蹲在炕上，或者倚在门边，目光灼灼，一言不发。

我看着徐秀峰说："这是干什么呢？"徐秀峰说："看中了，你朝她打招呼，她就会过来跟着你了。"我试着招了一个，她果然立即面带笑容上前来，从袖内取出槟榔给我以作敬意。我张口大嚼，只觉得味道苦涩不可忍受，急忙吐了出来，用纸擦嘴唇，只见吐出的残渣的颜色就像血一样，全船的人都大笑起来。

原文

又到军工厂，妆束亦相等，惟长幼皆能琵琶而已。与之言，对曰"咪"。"咪"者，"何"也。余曰："少不入广者，以其销魂耳，若此野妆蛮语，谁为动心哉？"一友曰："潮帮妆束如仙，可往一游。"至其帮，排舟亦如沙面。有著名鸨儿素娘者，妆束如花鼓妇。其粉头①衣皆长领，颈套项锁，前发齐眉，后发垂肩，中挽一鬏似丫髻②，裹足者著裙，不裹足者短袜，亦著蝴蝶履，长拖裤管，语音可辨。而余终嫌为异服，兴趣索然。

秀峰曰："靖海门对渡有扬帮，皆吴妆。君往，必有合意者。"一友曰："所谓扬帮者，仅一鸨儿，呼曰'邵寡妇'，携一媳曰大姑，系来自扬州，余皆湖广、江西人也。"

因至扬帮。对面两排仅十余艇。其中人物皆云鬟雾鬓，脂粉薄施，阔袖长裙，语音了了③。所谓邵寡妇者，殷勤相接。遂有一友另唤酒船，大者曰"恒艐"④，小者曰"沙姑艇"，作东道⑤相邀，请余择妓。余择一雏年者，身材状貌，有类余妇芸娘，而足极尖细，名喜儿。秀峰唤一妓名翠姑。余皆各有旧交。放艇中流，开怀畅饮。至更许，余恐不能自持，坚欲回寓，而城已下钥⑥久矣。盖海疆之城，日落即闭，余不知也。

【字词注解】

①粉头：妓女。

②髻（jiū）：女性头发盘成的结。丫鬟：古代未嫁女子梳在头两边的发髻。

③了了：清楚，明白。

④艛（lóu）：一种有楼的大船。

⑤东道：接待或宴客的主人，即东道主。

⑥下钥：下锁，关门。

【精彩解说】

我们又来到军工厂的河面，妓女的装束与沙面相同，不同的只是无论年龄大小都会弹琵琶而已。与她们说话，回答"咪"。"咪"的意思是"什么"。我说："年少不宜去广东，是因为广东能使人意迷魂销，像这样的野蛮装束、言语，有谁会动心呢？"一位朋友说："潮帮的妓女打扮得像仙女一样，值得前往一游。"到了潮帮，船的排列方式完全与沙面一样。这里有著名的老鸨，叫素娘，装束像唱花鼓的妇女。这里妓女的衣服都是长领，脖颈戴着项圈、长命锁，额前留着齐眉的刘海儿，后面披发垂肩，中间绾一个小髻，好似丫字形的发髻，缠脚的穿着裙子，不缠脚的穿着短袜，也穿着蝴蝶履，拖着长长的裤管，说话的口音勉强能明白。但我始终嫌她们穿着异服，一点儿兴趣也没有。

徐秀峰说："靖海门对面的渡口有扬帮，妓女们都是吴地装扮。你去那儿看看，一定有合意的。"另一位朋友说："所谓扬帮，就是一个叫'邵寡妇'的老鸨，带了一个叫大姑的媳妇，是从扬州来的，其余的妓女都是湖广、江西人。"

于是，我们又来到了扬帮。扬帮对面两排仅有十多只花艇。帮中的妓女都是云鬟雾鬓，薄施脂粉，阔袖长裙，语音听得清清楚楚。叫作邵寡妇的老鸨，十分殷勤地接待我们。于是一个朋友便唤了另一条酒船，大的叫作"恒艛"，小的叫作"沙姑艇"，作为东道主邀请我们，让我挑选妓女。我选了一个雏妓，身材相貌有些像我的夫人芸娘，不过脚更尖细，名叫喜儿。秀峰选了一个妓女名叫翠姑。其余的人都各有老相识。把船开到河流中间，开怀畅饮。至一更左右，我担心不能把持自己，坚决要回寓所，但这时城门已关闭很久了。原来海边城市，日落即关闭城门，我却不知道这规矩。

原文

及终席,有卧而吃鸦片烟者,有拥妓而调笑者。伻头①各送衾枕至,行将连床开铺②。余暗询喜儿:"汝本艇可卧否?"对曰:"有寮可居,未知有客否也。"(寮者,船顶之楼。)余曰:"姑往探之。"招小艇渡至邵船,但见合帮灯火,相对如长廊,寮适无客。鸨儿笑迎曰:"我知今日贵客来,故留寮以相待也。"余笑曰:"姥真荷叶下仙人哉。"

遂有伻头移烛相引,由舱后梯而登。宛如斗室,旁一长榻,几案俱备。揭帘再进,即在头舱之顶,床亦旁设,中间方窗,嵌以玻璃,不火而光满一室,盖对船之灯光也。衾帐镜奁,颇极华美。

【字词注解】

①伻(bēng)头:仆人,侍者。
②连床开铺:安置、收拾床铺。

【精彩解说】

等到酒席结束,朋友们有躺着抽鸦片烟的,有拥着妓女调笑的。侍者为各人送来了被子、枕头,将要铺床。我偷偷问喜儿:"你们的船上能睡觉吗?"喜儿回答说:"有寮可居住,但不知道是否有了客人。"(寮即船顶上的阁楼)我说:"姑且前去看看。"我俩叫来小艇,来到邵寡妇的船上,只见全帮两排灯火相对,仿佛一条长廊,阁楼恰好没有客人居住。老鸨笑着迎接说:"我知道今日有贵客来,所以留着寮等待着。"我笑着说:"您老人家真是荷叶下的仙人啊!"

就有侍者端着蜡烛引路,经由舱后的梯子登上了阁楼。阁楼宛如一间小屋,旁边放一张长条床榻,几案俱全。揭起帘子再往里走,就到了头舱的顶上,床也设在旁边,中间的方窗嵌着玻璃,不用点灯室内也十分明亮,原来是对面船上的灯光从玻璃窗映了进来。被褥、帏帐、梳妆镜奁,都极其华美。

原文

喜儿曰："从台可以望月。"即在梯门之上，叠开一窗，蛇行而出，即后梢之顶也。三面皆设短栏，一轮明月，水阔天空。纵横如乱叶浮水者，酒船也；闪烁如繁星列天者，酒船之灯也。更有小艇梭织往来，笙歌弦索之声，杂以长潮之沸哄然，令人情为之移。余曰："少不入广，当在斯矣。"惜余妇芸娘不能偕游至此。回顾喜儿，月下依稀相似，因挽之下台，息烛而卧。天将晓，秀峰等已哄然①至，余披衣起迎，皆责以昨晚之逃。余曰："无他，恐公等掀衾揭帐耳。"遂同归寓。

【字词注解】

①哄然：嘈杂喧闹的样子。

【精彩解说】

喜儿说："从台上可以望月。"我们随即在梯门的上面推开一扇窗户，轻巧地爬了出去，就到了后船艄的顶上。看见三面都设有短栏杆，一轮明月挂在天上，照着开阔的水面。纵横交错好似杂乱的叶子浮在水面的，是酒船；闪烁如繁星罗列在天空的，是酒船的灯光。更有无数小艇往来穿梭，笙歌弦索的声音夹杂着涨潮的沸腾，令人情迷意乱。我说："所谓'少不入广'，所指应是此情此景。"遗憾的是我的夫人芸娘不能与我一同游历到此。回头看看喜儿，月光下依稀与芸相似，因此挽着她走下台来，熄灭灯烛睡了。天将要亮的时候，秀峰等人就哄然而至，我急忙披衣起来迎接，大家都责怪我昨晚逃跑了。我说："没有别的意思，只是害怕诸位掀我被子揭我帏帐呀。"随后，我们一同回到了寓所。

越数日，偕秀峰游海珠寺①。寺在水中，围墙若城，四周离水五尺许。有洞，设大炮以防海寇。潮长潮落，随水浮沉，不觉炮门之或高或下，亦物理②之不可测者。十三洋行在幽兰门③之西，结构与洋画同。对渡名"花地④",花木甚繁,广州卖花处也。余自以为无花不识,至此仅识十之六七,询其名,有《群芳谱》⑤所未载者,或土音之不同欤?

海幢寺规模极大,山门内植榕树,大可十余抱,阴浓如盖,秋冬不凋。柱槛窗栏,皆以铁梨木为之。有菩提树⑥,其叶似柿,浸水去皮肉,筋细如蝉翼纱,可裱小册写经。

【字词注解】

①海珠寺:又名"慈度寺",在今广东广州。原在海珠岛上,后岛与陆地相连,今已废。

②物理:事物的道理、规律。

③十三洋行:清代官方特许在广州设立的对外贸易区。幽兰门:应为"油栏门",在今广东广州海珠路。旧时批发销售日用货物商品的地方被称为"栏"。

④花地:在今广东广州芳村花地湾。

⑤《群芳谱》:全名《二如亭群芳谱》,明王象晋著,记载各类植物四百多种。

⑥菩提树:一种常绿乔木,叶呈三角卵形,果实扁圆。原产印度,具有观赏性。

【精彩解说】

过了几日,与徐秀峰一同游海珠寺。海珠寺建在水中,寺院的围墙修得像城墙一样,离水面五尺左右。开有洞口,架设着大炮用来防御海寇。潮涨潮落,洞口随着水位上下浮沉,不觉间炮门便也时高时低了,这现象按事物的常理是很难解释的。十三洋行位于幽兰门的西侧,建筑结构与西洋画里画的一样。对面的渡口名叫"花地",花木十分繁茂,是广州卖花的地方。我自以为没有不认识的花,到了这里却只认得十分之六七,询问它们的名称,有许多是《群芳谱》所没有记载的,难道是当地土话发音不同造成的?

海幢寺规模极大,寺院里种植着榕树,树干大的有十余抱那么粗,树荫浓密如盖,树叶秋冬都不凋落。柱子、门槛、窗户、栏杆,都用铁梨木做成。寺内还有菩提树，叶子的形状与柿子树相似，用水浸泡除去皮肉，叶的筋络细密得像蝉翼羽纱，可以裱成小册子抄写经文。

　　归途访喜儿于花艇，适翠、喜二妓俱无客。茶罢欲行，挽留再三。余所属意在寮，而其媳大姑已有酒客在上。因谓邵鸨儿曰："若可同往寓中，则不妨一叙。"邵曰："可。"秀峰先归，嘱从者整理酒肴。余携翠、喜至寓。正谈笑间，适郡署王懋老不期①来，挽之同饮。

　　酒将沾唇，忽闻楼下人声嘈杂，似有上楼之势。盖房东一侄素无赖，知余召妓，故引人图诈耳。秀峰怨曰："此皆三白一时高兴，不合我亦从之。"余曰："事已至此，应速思退兵之计，非斗口时也。"懋老曰："我当先下说之。"

【字词注解】

①郡署：广州官署。不期：没有约定。

【精彩解说】

　　回来途中顺路到花艇探访喜儿，正巧翠姑、喜儿都没有客人。喝过茶准备动身，她们再三挽留。我还是想去寮房，但邵寡妇的媳妇大姑已经在上面接待酒客。因此，我对邵寡妇说："如果可以让喜儿同去我的寓所，那么不妨一叙。"邵寡妇说："可以。"徐秀峰先回去，吩咐随从预备酒菜。我带着翠姑、喜儿随后到了寓所。正在谈笑的时候，恰好郡署的王懋老不请自到，我们便拉着他一起饮酒。

　　酒还没有沾到嘴唇，忽然听见楼下人声嘈杂，好像有要上楼来的架势。原来房东有一个侄儿，平时就是个无赖，得知我召妓，故意引人来企图讹诈。徐秀峰埋怨道："这都是三白一时高兴，我不该也顺从了他。"我说："事已至此，应尽快考虑退兵的办法，现在不是斗嘴的时候。"王懋老说："我先下去劝说劝说。"

原文

余即唤仆速雇两轿，先脱两妓，再图出城之策。闻戆老说之不退，亦不上楼。两轿已备，余仆手足颇捷，令其向前开路，秀峰挽翠姑继之，余挽喜儿于后，一哄而下。秀峰、翠姑得仆力，已出门去。喜儿为横手所拿，余急起腿，中其臂，手一松而喜儿脱去。余亦乘势脱身出。余仆犹守于门，以防追抢。急问之曰："见喜儿否？"仆曰："翠姑已乘轿去，喜娘但见其出，未见其乘轿也。"余急燃炬，见空轿犹在路旁。

【精彩解说】

我立即唤来仆人，让他迅速雇两顶轿子，先送两个妓女逃脱，再考虑出城的办法。听到戆老说服不了他们，但也不见他们上楼来。两顶轿子已经齐备，我的仆人手脚颇为敏捷，让他在前边开路，徐秀峰拉着翠姑紧跟其后，我拉着喜儿走在最后，一哄而下。徐秀峰、翠姑得到仆人的帮助已出门去。喜儿却被伸出的手抓住，我急忙抬脚踢中那人手臂，那人手一松，喜儿便逃脱了。我也乘势脱身逃出。我的仆人仍守在门口，以防那伙人追来抢人。我着急地问他："见到喜儿没有？"仆人说："翠姑已经乘轿离去，喜娘却只看见她出来，没看见她乘轿。"我急忙点燃火把，见空轿仍然停在路旁。

原文

急追至靖海门，见秀峰侍翠轿而立。又问之，对曰："或应投东，而反奔西矣。"急反身，过寓十余家，闻暗处有唤余者，烛之，喜儿也。遂纳之轿，肩而行。秀峰亦奔至，曰："幽兰门有水窦①可出，已托人贿之启钥。翠姑去矣，喜儿速往。"余曰："君速回寓退兵，翠、喜交我。"

【字词注解】

①窦（dòu）：孔，洞。

【精彩解说】

急忙追至靖海门,见徐秀峰扶着翠姑的轿站在路边。我又问他,他回答说:"或许是应该向东走,喜儿却奔西边去了。"我急忙返身去找,过了寓所十余家,忽然听见暗处有人叫我,用火光一照,正是喜儿。于是把她带进轿子,我们并肩而坐。这时,徐秀峰也跑了过来,说:"幽兰门有水道可以出城,已经托人贿赂看守人开锁。翠姑已经去了,喜儿也快去。"我说:"你速回寓所设法打发了那帮人,翠姑、喜儿交给我。"

原文

至水窦边,果已启钥,翠先在。余遂左掖喜,右挽翠,折腰①鹤步,踉跄出窦。天适微雨,路滑如油。至河干②沙面,笙歌正盛。小艇有识翠姑者,招呼登舟。始见喜儿,首如飞蓬③,钗环俱无有。余曰:"被抢去耶?"喜儿笑曰:"闻此皆赤金④,阿母物也。妾于下楼时已除去,藏于囊中。若被抢去,累君赔偿耶。"余闻言,心甚德之,令其重整钗环,勿告阿母,托言寓所人杂,故仍归舟耳。翠姑如言告母,并曰:"酒菜已饱,备粥可也。"

【字词注解】

①折腰:弯着腰。
②河干:河岸。
③飞蓬:乱草。
④赤金:纯金。

【精彩解说】

来到水洞边,锁果然已经打开,翠姑也早已等在了那里。于是我左臂扶着喜儿,右臂挽着翠姑,弯腰蹑足,踉踉跄跄出了水道。天正下着小雨,路滑如油,到达沙面河畔,花艇上笙歌正盛。小艇上有认识翠姑的,招呼我们上了船。这时,我才看见喜儿头发像乱草一样,钗簪耳环都没有了。我说:"被抢去了吗?"喜儿笑着说:"听说这些东西都是纯金的,是鸨母的东西。我在下楼的时候就已经取下，藏在口袋里了。如果被坏人抢去，会连累你赔偿的。"我听了喜儿的话，心里十分感激，让她重新戴好钗环，叮嘱她不要告诉鸨母实情，假说寓所人杂，因此仍回到船上来。翠姑按照我说的告诉了鸨母，并且说："酒菜已经吃过了，准备些粥就行了。"

原文

时寮上酒客已去，邵鸨儿命翠亦陪余登寮。见两对绣鞋，泥污已透。三人共粥，聊以充饥。剪烛絮谈①，始悉翠籍湖南，喜亦豫产，本姓欧阳，父亡母醮②，为恶叔所卖。翠姑告以迎新送旧之苦：心不欢必强笑，酒不胜必强饮，身不快必强陪，喉不爽必强歌。更有乖张③其性者，稍不合意，即掷酒翻案，大声辱骂，假母④不察，反言接待不周，又有恶客彻夜蹂躏，不堪其扰。喜儿年轻初到，母犹惜之。不觉泪随言落，喜亦嘿然涕泣。余乃挽喜入怀，抚慰之。嘱翠姑卧于外榻，盖因秀峰交也。

【字词注解】

① 絮谈：闲聊，闲谈。
② 醮（jiào）：旧时指女子出嫁。
③ 乖张：性情怪僻，执拗。
④ 假母：继母、义母。这里指鸨母。

【精彩解说】

这时，寮上的酒客已经离去，邵鸨儿让翠姑也一同上阁楼去陪我。只见两对绣鞋已被污泥浸透。三人共享粥饭，聊以充饥。随后我们剪烛闲谈，才得知翠姑原籍湖南，喜儿生于河南，本姓欧阳，父亲去世，母亲改嫁，被恶棍叔叔卖到了妓院。翠姑诉说了迎新送旧的悲苦：心中不欢喜但必须强颜欢笑，不胜酒力但必须勉强饮酒，身体不爽快但必须强忍着陪客，嗓子不舒服但必须勉强唱歌。更有那些性情乖张的客人，稍有不如意，就摔酒杯，掀桌子，大声辱骂，鸨母不明察，反而说是妓女接待不周，还有一类可恨的嫖客，彻夜蹂躏，真不能忍受那种折磨。喜儿年轻，又是初到，鸨母对她还算怜惜。不知不觉中，翠姑边说边落下泪来。喜儿也黯然神伤，涕泣不止。于是，我将喜儿揽入怀中，温情抚慰她。吩咐翠姑睡在外间床上，因为她是徐秀峰的相好。

原文

自此，或十日，或五日，必遣人来招。喜或自放小艇，亲至河干迎接。余每去，必偕秀峰，不邀他客，不另放艇。一夕之欢，番银四圆而已。秀峰今翠明红，俗谓之"跳槽"，甚至一招两妓。余则惟喜儿一人。偶独往，或小酌于平台，或清谈于寮内，不令唱歌，不强多饮，温存体恤，一艇怡然，邻妓皆羡之。有空闲无客者，知余在寮，必来相访。合帮之妓，无一不识，每上其艇，呼余声不绝。余亦左顾右盼，应接不暇，此虽挥霍万金所不能致者。

余四月在彼处，共费百余金，得尝荔枝鲜果，亦生平快事。后鸨儿欲索五百金强余纳喜，余患其扰，遂图归计。秀峰迷恋于此，因劝其购一妾，仍由原路返吴。

【精彩解说】

自从此次遭遇以后，多则十日，少则五日，扬帮必定派人来叫我。有时，喜儿自己坐着小艇到河边来迎接。我每次去，总是和徐秀峰一起，从不邀请别的客人，也不到别的花艇上去。一晚上的欢会，不过花费番银四圆而已。徐秀峰今日招翠，明日选红，俗称"跳槽"，甚至一次招两个妓女。而我只与喜儿一人交往，偶尔我一人单独前往，与喜儿或者在平台上饮酒，或者在寮内清谈，不让她唱歌，不强迫她多饮酒，一味温存体恤，整个花艇上的气氛都很轻松愉悦，邻艇的妓女都羡慕喜儿。没有接客而空闲的妓女，一旦知道我在寮中，必定过来拜访。全扬帮的妓女没有不认识我的，每次到了艇上，跟我打招呼的声音不绝于耳，我也左顾右盼，应接不暇。据说这种情分，即使是挥霍万金也未必能得到。

我在喜儿处待了四个月，共花费了一百多两银子，品尝了荔枝等新鲜水果，也是平生的快事。后来，老鸨想索要五百两银子强迫我纳喜儿为妾，我受不了老鸨的骚扰，于是计划着回家。徐秀峰对此地十分迷恋，我就劝他买了一个小妾，我们仍从原路返回家乡。

【原文】

明年，秀峰再往，吾父不准偕游，遂就青浦①杨明府之聘。及秀峰归，述及喜儿因余不往，几寻短见。噫！"半年一觉扬帮梦，赢得花船薄幸名"②矣。

【字词注解】

①青浦：今上海青浦区。

②"半年"二句：此处化用杜牧《遗怀》诗句"十年一觉扬州梦，赢得青楼薄幸名"。

【精彩解说】

第二年，徐秀峰再去广州，我父亲不准我跟着一起去，于是我接受了青浦杨知县的聘请。等到徐秀峰归来，告诉我喜儿因为我不再前往，差一点儿寻了短见。噫！真是"半年一觉扬帮梦，赢得花船薄幸名"啊。

【原文】

余自粤东归来，馆青浦两载，无快游可述。未几，芸、憨相遇，物议①沸腾，芸以激愤致病。余与程墨安设一书画铺于家门之侧，聊佐汤药之需。

【字词注解】

①物议：人们的议论，非议。

【精彩解说】

我从粤东归来之后，在青浦做了两年幕僚，这期间没有什么快心之游可以叙述。过了不久，芸与憨园相遇，引起沸沸扬扬的非议，芸因过于激愤而生病。我与程墨安在家门旁边开设了一个书画铺，挣点儿小钱填补芸吃药治病的花费。

原文

中秋后二日，有吴云客偕毛忆香、王星烂①邀余游西山②小静室，余适腕底无闲，嘱其先往。吴曰："子能出城，明午当在山前水踏桥之来鹤庵相候。"余诺之。

——●【字词注解】

①毛忆香：毛怀，字意香，传抄本作"忆香"。苏州人，工诗文，以书名世。晚年号更生，又称南园菜佣。王星烂：当为前文所说王星澜。

②西山：在今江苏苏州，为太湖中第一大岛。

——●【精彩解说】

中秋节后两天，有吴云客与毛忆香、王星烂等几位朋友，一起来邀请我去游西山小静室，我正巧手中有活儿不得空闲，就让他们先行一步。吴云客说："你如果能抽空出城来，我们明天中午一定在山前水踏桥旁边的来鹤庵等候。"我答应了。

原文

越日，留程守铺，余独步出阊门①，至山前，过水踏桥，循田塍②而西，见一庵南向，门带清流。剥啄③问之，应曰："客何来？"余告之。笑曰："此'得云'也，客不见匾额乎？'来鹤'已过矣。"余曰："自桥至此，未见有庵。"其人回指曰："客不见土墙中森森④多竹者，即是也。"

——●【字词注解】

①阊（chāng）门：古苏州城的西门。

②塍（chéng）：田间土埂。

③剥啄：敲门。

④森森：茂密的样子。

【精彩解说】

第二天，留下程墨安照顾铺子，我独自一人步行出了阊门，来到山前，过了水踏桥，顺着田埂向西走去，见到一座庵坐北向南，门前有一条清澈的小河。上前敲门询问，里边有人应答："客人从哪里来？"我告诉他到来鹤庵赴约。那人笑着说："这是得云庵，客人没看见匾额吗？来鹤庵已经过了。"我说："从水踏桥走到这里的，一路上没有看见庵堂啊。"那人指着我来时的方向说："客人看见土墙没有？里面修竹森森，就是来鹤庵。"

原文

余乃返至墙下，小门深闭。门隙窥之，短篱曲径，绿竹猗猗[1]，寂不闻人语声。叩之，亦无应者。一人过，曰："墙穴有石，敲门具也。"余试连击，果有小沙弥出应。余即循径入，过小石桥，向西一折，始见山门。悬黑漆额，粉书"来鹤"二字，后有长跋，不暇细观。入门经韦驮[2]殿，上下光洁[3]，纤尘不染，知为小静室。

【字词注解】

①猗（yī）猗：茂盛、茂密的样子。
②韦驮：又名"韦驮天"，佛教护法神。
③光洁：明亮洁净。

【精彩解说】

我于是返回，来到墙下，见有一扇小门紧闭。从门缝中窥看，只见里面短篱曲径，绿竹浓茂，寂静得很，听不到人说话的声音。敲门，也没有人答应。有一个人路过，对我说："墙上洞中有石块，是敲门的工具。"我试着用石块连击几下，果然有小和尚出来应门。我随即沿着小路往里面走，过小石桥，向西一转，才看见寺门。门上悬挂黑漆匾额，写着"来鹤"两字，后有长跋，我没空细看。进入寺门，经过韦驮殿，只见四周光亮整洁，纤尘不染，知道这就是小静室了。

原文

忽见左廊又一小沙弥奉壶出,余大声呼问,即闻室内星烂笑曰:"何如?我谓三白决不失信也。"旋见云客出迎,曰:"候君早膳,何来之迟?"一僧继其后,向余稽首①,问知为竹逸和尚。入其室,仅小屋三椽,额曰"桂轩",庭中双桂盛开。星烂、忆香群起嚷曰:"来迟罚三杯。"席上荤素精洁,酒则黄白俱备。余问曰:"公等游几处矣?"云客曰:"昨来已晚,今晨仅到得云、河亭耳。"欢饮良久。饭毕,仍自得云、河亭共游八九处,至华山②而止。各有佳处,不能尽述。华山之顶有莲花峰,以时欲暮,期以后游。桂花之盛,至此为最。就花下饮清茗一瓯,即乘山舆③,径回来鹤。

【字词注解】

①稽(qǐ)首:出家人见面时所行之礼。先把一只手竖举到胸前,再俯首到指尖。

②华山:在今江苏苏州支硎山西,为天池山的后山。

③山舆:山中行时乘坐的轿子。

【精彩解说】

忽然见左边走廊有一个小和尚端着壶出来,我便大声询问,就听得室内王星烂笑着说:"怎么样?我早就说过三白决不会失信的。"随即就见吴云客出来迎接,埋怨说:"等候你吃早饭,为什么来得这么迟呢?"一僧人跟在他后面,向我稽首,经询问得知是竹逸和尚。进入室内,小屋仅有三间,匾额上写着"桂轩"二字,庭院中有两棵桂树,花正盛开着。星烂、忆香等人群起向我喊道:"来迟了,罚酒三杯。"席上荤素菜肴精致干净,酒则是黄酒、白酒都准备了。我问道:"诸位已经游了几处了?"吴云客说:"昨日来时天色已晚,今晨仅仅到过得云庵、河亭而已。"大家开怀畅饮了很久。吃过饭,仍然从得云庵、河亭开始,一共游了八九处,直至华山为止。

各景自有佳妙的地方，不能一一详细叙述。华山之顶有莲花峰，因为当时天快黑了，我们便约定以后再游。桂花盛开，以这里的最为旺盛。于是我们在桂花树下喝了一壶清茶后，便乘着山轿，直接回到来鹤庵。

桂轩之东，另有临洁小阁，已杯盘罗列。竹逸寡言静坐而好客善饮。始则折桂催花①，继则每人一令，二鼓始罢。余曰："今夜月色甚佳，即此酣卧，未免有负清光②，何处得高旷地，一玩月色，庶不虚此良夜也！"竹逸曰："放鹤亭③可登也。"云客曰："星烂抱得琴来，未闻绝调，到彼一弹何如？"乃偕往。但见木犀香里，一路霜林，月下长空，万籁俱寂。星烂弹《梅花三弄》④，飘飘欲仙。忆香亦兴发，袖出铁笛，呜呜而吹之。云客曰："今夜石湖⑤看月者，谁能如吾辈之乐哉？"盖吾苏八月十八日石湖行春桥⑥下有看串月胜会，游船排挤，彻夜笙歌，名虽看月，实则挟妓哄饮而已。未几，月落霜寒，兴阑归卧。

── •【字词注解】

①折桂催花：古时的一种酒令游戏。酒会上，折桂花一枝，旁边设置一鼓，一边击鼓一边传花，花落在谁的手中，谁罚酒作诗行令。

②清光：皎洁的月光。

③放鹤亭：在今江苏苏州支硎山西南峰寺中。

④《梅花三弄》：又名《梅花引》《玉妃引》，中国古代表现梅花的名曲。全曲主调出现三次，故称"三弄"。

⑤石湖：在今江苏苏州西南。

⑥行春桥：位于苏州西南石湖东面，始建于宋朝，是一座九孔连拱长桥，俗称"九环洞桥"。

── •【精彩解说】

桂轩的东边，另有名为"临洁"的小阁，这时已经是杯盘罗列，佳肴满目。竹逸和尚很少说话，只是静静地坐着，却特别好客，也特别能喝酒。起初，我们折了枝桂花玩击鼓传花，后来则每人出一个酒令，直喝到二更时分才结束。我意犹未尽地说:"今夜月色特别好,我们就在这里酣睡,不免辜负了这皎洁的月光,哪里能找到高旷开阔的地方,让我们好好观赏月色,或许这样才不虚度这美好的夜晚!"竹逸和尚说:"不如登上放鹤亭赏月。"吴云客说:"星烂抱着琴来,还没有听到他绝妙的琴声,到那里弹一曲怎么样?"于是大家一起前往放鹤亭。我们走在桂花的香味里,一路上尽是霜染层林,月下长空,万籁俱寂。星烂弹奏《梅花三弄》,琴声令人飘飘欲仙。忆香也兴致大发,从袖中掏出铁笛,呜呜地吹了起来。吴云客说:"今夜在石湖看月亮的人,有谁能像我们这样快乐呢?"原来,八月十八日的苏州,在石湖行春桥下有看串月胜会,游船排挤拥挤,彻夜笙歌,虽然名义上是看月,其实是狎妓哄饮而已。不久,月亮落下,霜气寒冷,众人尽兴归来,一夜安睡。

明晨,云客谓众曰:"此地有无隐庵①,极幽僻,君等有到过者否?"咸对曰:"无论未到,并未尝闻也。"竹逸曰:"无隐四面皆山,其地甚僻,僧不能久居。向年曾一至,已坍废。自尺木彭居士②重修后,未尝往焉,今犹依稀识之。如欲往游,请为前导。"忆香曰:"枵腹去耶?"竹逸笑曰:"已备素面矣,再令道人携酒盒相从也。"面毕,步行而往。过高义园,云客欲往白云精舍。入门就坐,一僧徐步出,向云客拱手曰:"违教两月,城中有何新闻?抚军在辕③否?"忆香忽起曰:"秃。"拂袖径出。余与星烂忍笑随之,云客、竹逸酬答数语,亦辞出。

——•【字词注解】

①无隐庵:又名"无隐禅院",在今江苏苏州天平山中。

②尺木彭居士:彭绍升(1740—1796),字允初,号尺木,法名际清。苏州人。

③抚军:巡抚,一种官职名。辕:官署,衙署。

——•【精彩解说】

次日早晨,吴云客对众人说:"这地方有一座无隐庵,极其幽静偏僻,诸位有到过的没有?"都回答说:"不要说到过,连听也没听说过。"竹逸和尚说:"无隐庵四面都是山,地理位置极其偏僻,连僧人都不能在那里长久居住。我前些年去过一次,庵已坍塌成废墟。自从尺木彭居士重修后,还没去过,现在还依稀能认识道路。如果你们想去游玩,我在前面带路。"毛忆香说:"空着肚子去吗?"竹逸和尚笑着说:"早已备好素面了,再让小僧携带酒盒随我们一起去。"吃过面,我们步行前往。经过高义园时,吴云客想去白云精舍,进门就坐下了。有一个僧人慢步走出来,向吴云客拱手说:"两个月不见,不知城中有什么新闻?抚军还在不在衙门?"毛忆香忽地站起来说:"秃。"便拂袖径自走出。我与星烂忍着笑紧随毛忆香而出,吴云客和竹逸和尚应酬了几句,也告辞而出。

原文

高义园即范文正公①墓,白云精舍在其旁。一轩面壁,上悬藤萝,下凿一潭,广丈许,一泓清碧,有金鳞②游泳其中,名曰"钵盂泉"③。竹炉茶灶,位置极幽。轩后于万绿丛中,可瞰范园之概。惜衲子俗,不堪久坐耳。是时由上沙村过鸡笼山,即余与鸿干登高处也。风物依然,鸿干已死,不胜今昔之感。

【字词注解】

①范文正公:范仲淹(989—1052),字希文,谥"文正"。江苏吴县(今江苏苏州)人。

②金鳞:代指鱼。

③钵盂泉:又名"白云泉"。清泉与怪石、红枫并称"天平山三绝"。

【精彩解说】

高义园就是范仲淹的墓地,白云精舍在它的旁边。有一轩房面对峭壁,上面挂满了藤萝,下面开凿了一个水潭,宽一丈多,一泓池水清澈碧透,有小鱼在其中游来游去,名叫"钵盂泉"。竹炉茶灶,地理位置极其幽静偏僻。站在轩后的万绿丛中,可以鸟瞰整个范园的轮廓。遗憾的是这里的僧人太俗气，不值得久坐。这时，由上沙村经过鸡笼山，就是我与鸿干登高的地方。风物依旧，鸿干已死，让人忍不住生发今昔两茫茫的感怀。

原文

正惆怅间，忽流泉阻路，不得进。有三五村童掘菌子①于乱草中，探头而笑，似讶多人之至此者。询以无隐路，对曰："前途水大不可行，请返数武，南有小径，度岭可达。"从其言，度岭南行里许，渐觉竹树丛杂，四山环绕，径满绿茵，已无人迹。竹逸徘徊四顾曰："似在斯，而径不可辨，奈何？"余乃蹲身细瞩，于千竿竹中隐隐见乱石墙舍，径拨丛竹间，横穿入觅之，始得一门，曰"无隐禅院，某年月日南园老人彭某重修"，众喜，曰："非君则武陵源②矣。"

【字词注解】

①菌子：可以作为蔬菜食用的菌类植物，如蘑菇。
②武陵源：典出陶渊明的《桃花源记》，指避世隐居的地方。

【精彩解说】

正在我惆怅之时，忽然遇到湍急的流水挡住了去路，前进不得。有三五个村童在乱草中捡蘑菇，探出头来笑，似乎对这么多人来到这里感到惊讶。向他们询问去无隐庵的路，回答说："前面的路因水大不能走，请你们往回走几步，南边有一条小路，翻过山岭就能到达。"我们按照小孩指的路，翻过山岭向南走一里多，渐渐觉得竹树丛杂，四山环绕，路上长满了绿草，已看不见人的踪迹。竹逸和尚四下徘徊观望，说："好像就在这个地方，但路径已不可辨认，怎么办呢？"我便蹲下身子仔细查看，在千竿竹林中隐隐看见有乱石墙舍，拨开丛竹，横穿进去寻觅，终于找到一个门，上面写着"无隐禅院，某年月日南园老人彭某重修"，众人大喜，说："没有你，这里就成了难以问津的武陵源了。"

原文

山门紧闭，敲良久，无应者。忽旁开一门，呀然有声，一鹑衣①少年出，面有菜色②，足无完履。问曰："客何为者？"竹逸稽首曰："慕此幽静，特来瞻仰。"少年曰："如此穷山，僧散无人接待，请觅他游。"言已，闭门欲进。云客急止之，许以启门放游，必当酬谢。少年笑曰："茶叶俱无，恐慢客耳，岂望酬耶？"

【字词注解】

①鹑（chún）衣：破旧的衣服。
②菜色：营养不良的样子。

【精彩解说】

山门紧闭，敲了很久，还是无人应答。忽然旁边开了一扇门，随着吱呀的开门声，一个衣衫破旧的少年走了出来，他面黄肌瘦，脚上的鞋也破破烂烂的。他问道："客人是来做什么的？"竹逸和尚稽首说："仰慕这个幽静的地方，特地前来拜访。"少年说："如此穷山，僧人都已四散而去，没人接待你们，请找别的地方游玩吧。"说罢，闭门就要进去。吴云客急忙拦住他，许诺如果开门放我们进去游览，一定给以酬金。少年笑着说："一点儿茶叶都没有，恐怕慢待了客人，哪里还敢奢望得到酬金呢？"

原文

山门一启，即见佛面，金光与绿阴相映。庭阶石础①，苔积如绣，殿后台级如墙，石栏绕之。循台而西，有石形如馒头，高二丈许，细竹环其趾。再西折北，由斜廊蹑级而登，客堂三楹②，紧对大石。石下凿一小月池，清泉一派，荇藻③交横。堂东即正殿，殿左西向为僧房厨灶，殿后临峭壁，树杂阴浓，仰不见天。星烂力疲，就池边小憩，余从之。

———●【字词注解】

①石础：房柱下的基石。
②楹：古代房屋计量单位，一列或一间屋子为楹。
③荇（xìng）藻：一种水草。

———●【精彩解说】

山门一开，就见到了佛像，金光与绿荫相辉映。庭院石基上，苔藓堆积，宛如织绣，殿后的台阶很陡，像一堵墙，有石栏环绕着。沿着台阶向西，有形状像馒头的大石头，高有两丈左右，细竹环绕在石头底部。向西再折向北，经过斜廊拾级而上，有客堂三间，正对着大石。石下凿有一个小小的月池，一脉清泉，水草纵横交错其间。客堂东边就是正殿，正殿左边朝西是僧人的住房和灶房，殿后临峭壁，树木杂乱，树荫浓密，仰望不可见天。王星烂已筋疲力尽，坐在水池边休息，我也跟着他坐下。

将启盒小酌，忽闻忆香音在树杪①，呼曰："三白速来，此间有妙境！"仰而视之，不见其人，因与星烂循声觅之。由东厢出一小门，折北，有石磴如梯，约数十级，于竹坞中瞥见一楼。又梯而上，八窗洞然②，额曰"飞云阁"。四山抱列如城，缺西南一角，遥见一水浸天，风帆隐隐，即太湖也。倚窗俯视，风动竹梢，如翻麦浪。忆香曰："何如？"余曰："此妙境也。"忽又闻云客于楼西呼曰："忆香速来，此地更有妙境！"因又下楼，折而西，十余级，忽豁然开朗，平坦如台。度其地，已在殿后峭壁之上，残砖缺础尚存，盖亦昔日之殿基也。周望环山，较阁更畅。忆香对太湖长啸一声，则群山齐应。

———●【字词注解】

①树杪：树梢。
②洞然：明亮。

【精彩解说】

我们正准备打开酒盒喝上几杯，忽然听见毛忆香的声音从树梢上传来，他大声喊道："三白快来，这里有绝妙佳境啊。"抬头仰视，却看不见毛忆香的人影，我就与星烂顺着声音去寻找。由东厢房出了一个小门，折转向北，有石台阶像梯子一样，有数十级，在竹坞中瞥见一座楼。继续登梯而上，见八扇窗户洞开，匾额上写着"飞云阁"。四面山峦如城墙一样环抱，唯有西南方向缺了一角，从这里远远望去，水天相连，隐隐约约看到一些小船，那便是太湖。我们倚窗俯视，微风吹动竹梢，如麦浪翻滚。毛忆香说："怎么样？"我说："真是妙境啊。"忽然，又听见吴云客在楼的西边高声喊道："忆香快来，这里有更美妙的风景。"于是又下得楼来，折向西边，登上十余级台阶，忽然眼前豁然开朗，地势平坦如台。估计这里的位置，已在正殿后的峭壁之上，地上还存留着一些残缺的砖石、房基，应该是昔日大殿的地基。四周山峦环绕，较飞云阁更为壮阔。毛忆香对着太湖长啸一声，则群山齐声回应。

原文

乃席地开樽①，忽愁枵腹。少年欲烹焦饭②代茶，随令改茶为粥，邀与同啖。询其何以冷落至此，曰："四无居邻，夜多暴客③，积粮时来强窃，即植蔬果，亦半为樵子所有。此为崇宁寺下院④，长厨中月送饭干一石⑤、盐菜一坛而已。某为彭姓裔，暂居看守，行将归去，不久当无人迹矣。"云客谢以番银一圆。

返至来鹤，买舟而归。余绘《无隐图》一幅，以赠竹逸，志⑥快游也。

【字词注解】

①樽（zūn）：古代一种酒器。

②焦饭：锅巴。

③暴客：强盗，盗贼。

④崇宁寺：在今江苏昆山巴城镇北，阳澄湖东岸，始建于南朝梁武帝

时，经明朝扩建，恢宏雄伟，香火鼎盛，号称"十朝古刹"。下院：僧寺的分院。

⑤饭干一石：干粮一石。饭干，锅巴。

⑥志：记。古代史传记事之文，称为"志"。

——•【精彩解说】

于是我们在这里席地而坐，开樽饮酒，却为空着肚子而发愁。那少年想要煮焦饭来代替茶水来招待我们，我们随即让他不要准备茶点改而煮粥，并邀请他与我们一起吃。我们问他这里为什么冷落到如此地步，少年说："四周没有邻居，夜里又经常有强盗出没，存粮时常被抢劫一空，即使是种植些蔬菜瓜果，也多半被打柴人弄走。这里是崇宁寺下属的寺院，寺里的厨房每月中旬只给这里送一石饭干（即锅巴）、一坛咸菜而已。我是彭姓人家的后代，暂时住在这里看守，正打算回去，不久这里就荒无人迹了。"吴云客给了他一块番银作为酬谢。

返回来鹤庵，雇了船回家。我画了一幅《无隐图》，赠给竹逸和尚，以纪念这次畅快的游历。

原文

是年冬，余为友人作中保所累，家庭失欢，寄居锡山华氏。明年春，将之维扬而短于资，有故人韩春泉在上洋①幕府，因往访焉。衣敝履穿②，不堪入署，投札约晤于郡庙园亭中。及出见，知余愁苦，慨助十金。园为洋商捐施而成，极为阔大，惜点缀各景，杂乱无章，后叠山石亦无起伏照应。

归途忽思虞山之胜，适有便舟附之。时当春仲，桃李争妍，逆旅③行踪，苦无伴侣，乃怀青铜④三百，信步至虞山书院⑤。墙外仰瞩，见丛树交花，娇红稚绿，傍水依山，极饶幽趣。惜不得其门而入，问途以往，遇设篷潇⑥茗者，就之。烹碧罗春⑦，饮之极佳。询虞山何处最胜，一游者曰："从此出西关，近剑门⑧，亦虞山最佳处也。君欲往，请为前导。"余欣然从之。

●【字词注解】

①上洋：上海。

②衣敝履穿：衣服破烂，鞋子穿孔。形容贫寒穷酸的样子。

③逆旅：客舍，旅馆。逆，迎。

④青铜：铜钱。

⑤虞山书院：又名"文学书院""学道书院"。在今江苏常熟城西北，虞山之麓。始建于元代。

⑥瀹（yuè）：煮。

⑦碧罗春：碧螺春，产于苏州太湖的洞庭山。清朝时曾是向皇帝进贡的贡茶。

⑧剑门：在今江苏常熟虞山中部最高处，海拔261米。

●【精彩解说】

　　这年冬天，我为朋友做担保受到连累，致使家里人不高兴，被迫寄居在锡山华氏家中。次年春天，我准备去扬州谋生，但盘缠短缺，我的老朋友韩春泉在上洋做幕僚，我因此专程前往拜访。到了上洋，由于我衣服破烂、鞋底开洞，不能去官署，只能递上信约韩春泉到郡庙园亭会面。他出来相见，得知我的愁苦，便慷慨资助了我十两银子。郡庙的园子是由外国商人捐资建成的，极其开阔宏大，可惜各种景物的点缀杂乱无章，后园叠造的假山石也没有起伏照应。归途中，我忽然冒出了游览虞山胜景的念头，碰巧有顺路的船，就随船前往。时令正当仲春，桃李争艳，一趟逆旅行踪，苦于没有伴侣，于是，怀揣着三百枚铜钱，信步来到虞山书院。在墙外仰望，只见树丛与鲜花交相辉映，娇红嫩绿，依山傍水，极富幽雅情趣。可惜找不到进入其中的门，打听着道路往前走，遇到有人设了茶篷煮茶卖，便到那里让他煮了一杯碧螺春，喝着味道特别好。我询问虞山哪里的景色最好，一位游客说："从这里出了西关，靠近剑门，就是虞山景色最好的地方。您如果想去，我可以为您带路。"我愉快地接受了。

出西门，循山脚，高低约数里，渐见山峰屹立，石作横纹。至则一山中分，两壁凹凸，高数十仞，近而仰视，势将倾堕。其人曰："相传上有洞府，多仙景，惜无径可登。"余兴发，挽袖卷衣，猿攀而上，直造其巅。所谓洞府者，深仅丈许，上有石罅，洞然见天。俯首下视，腿软欲堕。乃以腹面壁，依藤附蔓而下。

　　其人叹曰："壮哉，游兴之豪，未见有如君者。"余口渴思饮，邀其人就野店沽饮三杯。阳乌将落，未得遍游，拾赭石①十余块，怀之归寓，负笈②搭夜航至苏，仍返锡山。此余愁苦中之快游也。

●【字词注解】

①赭（zhě）石：红褐色石头，常用作颜料。

②负笈（jí）：背着行李。笈，多用竹、藤编织，用来放书卷、衣服等物。古人到外地求学常背着书卷，后世便用"负笈"代指出外求学。这里指出外远游。

●【精彩解说】

　　出了西门，沿着山脚向前，上上下下走了几里路，渐渐看见山峰屹立，岩石上都是横向的纹路。到了近前，见一座山从中间分开，两面石壁凹凸不平，高数十丈，靠近后仰头向上看，似乎有要倾倒的架势。给我带路的人说："相传上面还有神仙居住的洞府，有很多仙境般的景色，可惜无路可以攀登。"我兴致大起，挽起袖子，卷起衣襟，像猿猴一样攀缘而上，直到山巅。传说的洞府，其实深只有一丈左右，顶上有一条石缝，往上可以清楚地看见天空。低头向下看，两腿发软，感觉像要掉下去一样。于是我面对着峭壁，紧紧抓住藤蔓，慢慢地下来。

　　那人惊叹不已："好胆量啊！还没有见过像您这样豪迈的游客。"我口渴想喝酒，就邀请那人到山中小店买酒，喝了三杯。太阳即将落下，不能遍游各处佳景，就拾了十余块赭色石子，怀揣着回到了旅店，背起行囊搭夜里的船抵达苏州，仍然返回锡山。这是我愁苦中的快游啊。

原文

嘉庆甲子①春，痛遭先君之变，行将弃家远遁，友人夏揖山挽留其家。秋八月，邀余同往东海永泰沙，勘收花息②。沙隶崇明。出刘河口③，航海百余里。新涨初辟，尚无街市。茫茫芦荻，绝少人烟。仅有同业丁氏仓库数十椽，四面掘沟河，筑堤栽柳绕于外。丁字实初，家于崇，为一沙之首户。司会计者姓王，俱豪爽好客，不拘礼节，与余乍见，即同故交。宰猪为饷，倾瓮为饮。令则拇战，不知诗文；歌则号呶④，不讲音律。酒酣，挥工人舞拳相扑为戏。蓄牯牛百余头，皆露宿堤上。养鹅为号，以防海贼。日则驱鹰犬猎于芦丛沙渚间，所获多飞禽。余亦从之驰逐，倦则卧。

引至园田成熟处，每一字号圈筑高堤，以防潮汛。堤中通有水窦，用闸启闭。旱则长潮时启闸灌之，潦⑤则落潮时开闸泄之。佃人皆散处如列星，一呼俱集，称业户曰"产主"，唯唯听命，朴诚可爱，而激之非义⑥，则野横过于狼虎。幸一言公平，率然拜服。风雨晦明，恍同太古⑦。卧床外瞩，即睹洪涛，枕畔潮声，如鸣金鼓⑧。一夜，忽见数十里外有红灯大如栲栳⑨，浮于海中，又见红光烛天，势同失火，实初曰："此处起现神灯神火，不久又将涨出沙田矣。"揖山兴致素豪，至此益放。余更肆无忌惮，牛背狂歌，沙头醉舞，随其兴之所至，真生平无拘之快游也。事竣，十月始归。

—— 【字词注解】

①嘉庆甲子：1804年。

②花息：利息。

③刘河口：浏河口，在今江苏太仓。

④号呶（náo）：叫嚷。呶，喧闹。

⑤潦：通"涝"，积水。

⑥非义：不合乎道义的事。

⑦太古：远古。

⑧金鼓：古代行军和战斗的信号。古代行军作战时，用金钲和战鼓指挥士兵，击鼓表示进军，鸣金表示收兵。

⑨栲栳（kǎo lǎo）：用竹篾或柳条编成的筐，形状像斗，也称"笆斗"。

●【精彩解说】

嘉庆甲子年（1804）的春天，我痛遭父亲去世的变故，准备离家远遁时，被友人夏揖山挽留，住到了他的府上。那年秋季八月，他让我陪他一起去东海永泰沙收田租。永泰沙隶属崇明县。出了刘河口，还需航行一百多里。这是一处因涨潮积沙而成的新岛屿，还没有形成街市。一眼望去，但见芦荻茫茫，人烟稀少。仅有夏揖山的同行丁氏的仓库数十间，四周挖掘了河沟，筑起河堤，遍植柳树，环绕于外。丁氏字实初，家住崇明，是永泰沙的第一大户。担任会计的人姓王，他们都豪爽好客，不拘泥于礼节，与我初次见面就如同故交。他们宰猪款待我们，拿出所有的酒给我们喝。行酒令只会划拳，不知道吟诗对句；唱歌只是用足力气乱叫，不讲究音律。喝到高兴处，便指挥工人们舞拳、摔跤作为游戏。蓄养的百余头公牛，晚上都在堤上露宿。养鹅发警报，用来防御海盗。白天就带着鹰犬，在芦苇丛中、沙滩小岛之间打猎，捕获的猎物大多是些飞禽。我也跟随他们奔驰追逐，疲倦了就睡在沙滩上。

他们还带我到田园成熟的地方，见每一个字号都修筑了高高的堤坝圈起来，以防备潮水的冲击。堤坝上开通了水门，用闸门来进行开关。天旱了，就在涨潮时开启闸门灌溉；水涝了，就在落潮时开闸排水。佃户们都四散居住，像星辰散落在长空，一招呼便都聚集而来，称地主为"产主"，毕恭毕敬地听从指挥，朴实诚恳，显得很可爱，然而，如果有不义之举激怒了他们，其狂野横蛮犹胜虎狼。假如恰好说了一句公平话，他们就会真心佩服你。日出而作，日落而息，恍惚如同远古时代。睡在床上向外细看，就见滚滚波涛，那如战场鸣金擂鼓一般的潮声仿佛就在枕边。有一夜，我忽然看见数十里外有像柳条编成的笆斗那么大的红灯，漂浮在海面上，又看见红光满天，好像失火了一样，丁实初说："这里浮现出神灯神火，说明不久又将会淤出新的沙田了。"揖山素来豪爽，到了这里更加放纵。我更是肆无忌惮，在牛背上狂歌,在沙田头醉舞,随兴所至,真是一生中无拘无束、痛快淋漓的游乐啊。处理完事务,我们到十月才返回。

原文

吾苏虎丘之胜,余取后山之千顷云①一处,次则剑池②而已。余皆半藉人工,且为脂粉所污,已失山林本相。即新起之白公祠、塔影桥③,不过留名雅耳。其冶坊滨,余戏改为"野芳滨",更不过脂乡粉队,徒形其妖冶而已。其在城中最著名之狮子林④,虽曰云林手笔,且石质玲珑,中多古木,然以大势观之,竟同乱堆煤渣,积以苔藓,穿以蚁穴,全无山林气势。以余管窥所及,不知其妙。灵岩山为吴王馆娃宫⑤故址,上有西施洞、响屧廊⑥、采香径诸胜,而其势散漫,旷无收束,不及天平、支硎之别饶幽趣。

【字词注解】

①千顷云:在今江苏苏州虎丘后山。

②剑池:又名"剑泉",在今江苏苏州虎丘千人石北。相传吴王阖闾葬于此处,他生前喜欢的三千把宝剑也成为殉葬品,故称"剑池"。

③白公祠:在今江苏苏州山塘街,清嘉庆二年(1797)于塔影园址改建,纪念曾任苏州刺史的白居易。塔影桥:在今江苏苏州虎丘附近环山河上,建于清嘉庆年间。

④狮子林:在今江苏苏州城东北园林路,为苏州四大名园之一,始建于元代。

⑤灵岩山:在今江苏苏州西南木渎镇。馆娃宫:相传吴王夫差为西施在灵岩上建造的宫殿。娃,吴语中指美女。

⑥西施洞:位于灵岩山落红亭西。响屧(xiè)廊:相传吴王为西施修建此廊,因底部中空,西施穿着木屧行走,有声而命名。屧,木底鞋。

【精彩解说】

说到我家乡苏州虎丘的胜景,我首推位于后山的千顷云,其次是剑池,其余多是借助人力建构的，且被脂粉气所粉饰，早已失去了山水本来的面貌。新建的白公祠、塔影桥，不过徒有雅名而已。至于冶坊浜，我戏称其为"野芳浜"，也不过是像涂脂抹粉的女子一样，徒有妖冶的外形罢了。狮子林是城中最著名的景点，虽说出自倪云林的手笔，而且山石玲珑，古木众多，但从整体的格局来看，竟然好像是乱堆的煤渣，上面积着苔藓，又穿凿了些蚁穴，没有一点儿山水园林应有的气势。以我管见所及，确实不知道它有什么美妙之处。灵岩山是吴王夫差修建的馆娃宫故址，山上有西施洞、响屧廊、采香径等几处名胜古迹，而那气势也很散漫，过于空旷，没有收束，比不上天平、支硎别有幽雅的情趣。

原文

邓尉山①一名"元墓"，西背太湖，东对锦峰，丹崖翠阁，望如图画。居人种梅为业，花开数十里，一望如积雪，故名"香雪海"。山之左有古柏四树，名之曰"清""奇""古""怪"。清者，一株挺直，茂如翠盖；奇者，卧地三曲，形同"之"字；古者，秃顶扁阔，半朽如掌；怪者，体似旋螺，枝干皆然。相传汉以前物也。

乙丑孟春，揖山尊人②莼芗先生偕其弟介石，率子侄四人，往幞山③家祠春祭，兼扫祖墓，招余同往。顺道先至灵岩山，出虎山桥④，由费家河进香雪海观梅。幞山祠宇即藏于香雪海中，时花正盛，咳吐⑤俱香。余曾为介石画《幞山风木图》十二册。

——•【字词注解】

①邓尉山：俗称"光福山"，在今江苏苏州西南，为赏梅胜地。因东汉太尉邓禹辅佐刘秀建立帝业后隐居于此而得名。

②尊人：父亲。

③幞（fú）山：在今江苏苏州。

④虎山桥：在今江苏苏州光福镇西北。

⑤咳吐：言论，谈吐。

【精彩解说】

邓尉山又名"元墓",西面背靠太湖,东面与锦峰相对,红色的山崖,青翠的楼阁,远远望去,如同一幅图画。住在这里的人以种梅为业,花开时连绵数十里,一望无际,如满地积雪,故名"香雪海"。有四棵古柏位于山的左侧,名为"清""奇""古""怪"。叫"清"的这棵,躯干挺直,枝叶繁茂得如绿色的华盖;叫"奇"的这棵,倒卧在地上,有三个弯,形状如同"之"字;叫"古"的这棵,树顶光秃秃的,树形扁平,有半边已经腐朽了,形如手掌;叫"怪"的这棵,形似旋转的陀螺,枝干也长成这样。相传它们都是汉代以前所种植的。

乙丑年(1805)孟春,夏揖山的父亲莼芗先生与夏揖山的弟弟夏介石,领着子侄四人,前往幞山夏家祠堂去祭奠,同时祭扫祖先的陵墓,叫我随同前往。我们顺道先到了灵岩山,出虎山桥,由费家河进入"香雪海"观赏梅花。幞山夏家的祠堂就隐藏在"香雪海"之中,那时正值梅花盛开,呼吸之间都带有梅花的香味。我为夏介石画过《幞山风木图》十二册。

是年九月,余从石琢堂殿撰赴四川重庆府之任,溯长江而上,舟抵皖城①。皖山②之麓,有元季忠臣余公③之墓,墓侧有堂三楹,名曰"大观亭",面临南湖④,背倚潜山。亭在山脊,眺远颇畅。旁有深廊,北窗洞开,时值霜叶初红,烂如桃李。同游者为蒋寿朋、蔡子琴。

南城外又有王氏园。其地长于东西,短于南北,盖北紧背城、南则临湖故也。既限于地,颇难位置,而观其结构,作重台叠馆之法。重台者,屋上作月台为庭院,叠石栽花于上,使游人不知脚下有屋。盖上叠石者则下实,上庭院者则下虚,故花木仍得地气而生也。叠馆者,楼上作轩,轩上再作平台。上下盘折,重叠四层,且有小池,水不漏泄,竟莫测其何虚何实。其立脚全用砖石为之,承重处仿照西洋立柱法。幸面对南湖,目无所阻,骋怀⑤游览,胜于平园。真人工之奇绝者也。

———●【字词注解】

①皖城：今安徽安庆市。

②皖山：又名"天柱山""潜山"。在今安徽潜山。

③余公：余阙（1303—1358），庐州（今安徽合肥）人。曾任安庆郡守，元至正十八年（1358），陈友谅破安庆，余阙全家殉难。

④南湖：今石门湖，位于今安徽安庆大观区西北部。

⑤骋怀：开怀。

———●【精彩解说】

这年九月，我跟着石琢堂状元到四川重庆府任职，沿长江逆流而上，船到了皖城。皖山山麓有元朝忠臣余阙的陵墓，陵墓的旁边有三间殿堂，名为"大观亭"，面对着南湖，背靠着潜山。亭子建在山脊上，极目远眺甚是畅快。旁边有一条长廊，北面的窗子大开，时逢霜叶初红，灿烂得如盛开的桃李。同游的人有蒋寿朋、蔡子琴。

南城外还有一座王氏家族的园林。这个地方东西长，南北短，大概是北面紧挨城墙、南面临近湖泊的缘故。限于地理条件，此处本来是很难设计的，仔细观察结构却发现，它采取的是重台叠馆的方法。重台，就是在屋顶上修筑月台作为庭院，并在上面垒起假山，栽上花木，使游人不知道脚下还有房屋。上面叠石的地方，下面就是实的；上面是庭院的地方，下面则是虚的，所以花木仍能得到地气而生长得非常茂盛。叠馆，就是在楼上修盖小屋，小屋上再做成平台。上下盘旋曲折，重重叠叠一共有四层，并修有小水池，水也不会泄漏，竟然无法猜测它何处是虚、何处是实。墙壁、房基全部用砖石做成，承重的地方，仿照了西洋建筑立柱的方法。好在王园面对着南湖，前边没有阻挡视线的障碍物，可尽情游览，美妙之处胜过了平地上的园林。这真是人工造就的奇绝之景啊。

原文

武昌黄鹤楼①在黄鹄矶上，后拖黄鹄山②，俗呼为"蛇山"。楼有三层，画栋飞檐，倚城屹峙③，面临汉江，与汉阳晴川阁④相对。余与琢堂冒雪登焉，仰视长空，琼花飞舞，遥指银山玉树，恍如身在瑶台⑤。江中往来小艇，纵横掀播，如浪卷残叶，名利之心至此一冷。壁间题咏甚多，不能记忆，但记楹对有云："何时黄鹤重来，且共倒金樽，浇洲渚千年芳草；但见白云飞去，更谁吹玉笛，落江城五月梅花。"

黄州⑥赤壁在府城汉川门外，屹立江滨，截然如壁。石皆绛色，故名焉。《水经》谓之"赤鼻山⑦"。东坡游此，作二赋⑧，指为吴魏交兵处，则非也。壁下已成陆地，上有二赋亭。

【字词注解】

①黄鹤楼：在今湖北武汉武昌区蛇山上。

②黄鹄山：蛇山西端突入江中的矶石，相传因常有一种名为"黄鹄"的鸟飞来而得名。

③屹峙（yì zhì）：高耸，直立。

④晴川阁：又名"晴川楼"，在今武汉汉阳区晴川街道，位于长江北岸。

⑤瑶台：传说中神仙的居所。

⑥黄州：今湖北黄冈。

⑦《水经》：我国第一部记述河道水系的著作。北魏郦道元为其作注，有《水经注》传世。赤鼻山：又名"赤鼻矶"，在今湖北黄冈西北，郦道元《水经注》记有"赤鼻山，侧临江川"。

⑧二赋：《前赤壁赋》和《后赤壁赋》。

【精彩解说】

武昌黄鹤楼在黄鹄矶上，其后与黄鹄山相连，俗称"蛇山"。楼有三层，画栋飞檐，倚城耸立，面临汉江，遥遥对着汉阳的晴川阁。我与石琢堂冒雪登临，仰望长空，只见漫天白雪如琼花飞舞，遥指白雪覆盖的银山玉树，好像身处瑶台仙境一般。江中小艇来来往往，风帆纵横鼓荡，如巨浪卷袭片片残叶，名利之心至此也转为淡泊。墙壁上题咏甚多，大多已经忘记，但记得有副楹联是这么写的："何时黄鹤重来，且共倒金樽，浇洲渚千年芳草；但见白云飞去，更谁吹玉笛，落江城五月梅花。"

　　黄州赤壁在府城汉川门之外，屹立在长江之滨，截然壁立如刀劈斧削。岩石都是深红色的，所以取名"赤壁"。《水经》称为"赤鼻山"。苏东坡游览此地，创作有前后两篇《赤壁赋》，把它说成是三国时孙刘与曹魏交战的地方，其实不是这里。赤壁下现已成为陆地，上面建有二赋亭。

　　是年仲冬，抵荆州①。琢堂得升潼关观察之信，留余住荆州，余以未得见蜀中山水为怅。时琢堂入川，而哲嗣②敦夫眷属及蔡子琴、席芝堂俱留于荆州，居刘氏废园，余记其厅额曰"紫藤红树山房"。庭阶围以石栏，凿方池一亩。池中建一亭，有石桥通焉。亭后筑土垒石，杂树丛生。余多旷地，楼阁俱倾颓矣。客中无事，或吟或啸，或出游，或聚谈。岁暮虽资斧③不继，而上下雍雍，典衣沽酒，且置锣鼓敲之。每夜必酌，每酌必令。窘则四两烧刀④，亦必大施觞政。

【字词注解】

①荆州：在今湖北荆州。
②哲嗣：对他人之子的敬称，类似令嗣。
③资斧：旅费，盘缠。
④烧刀：烧酒。

【精彩解说】

　　这一年仲冬，我们抵达荆州。此时石琢堂接到升任潼关观察使的消息，就让我暂时留在荆州，我因没有见识到蜀中的山水而有几分失望。当时石琢堂入川，他的儿子石敦夫和其家眷，以及蔡子琴、席芝堂等人都还待在荆州，住在刘氏的废园里，我记得此园厅堂的匾额上写着"紫藤红树山房"。庭前台阶围着石栏，院内凿了一个一亩见方的水池。池中有一个亭子，并有石桥相通。亭后筑土垒石，杂树丛生。此外大多是空地，楼阁都已倒塌荒废了。客居他乡，无所事事，整日或吟或啸，或结伴出游，或相聚清谈。岁末虽然资金已不够了，但是上上下下和睦亲近，典当了衣物买酒喝，还置办了锣鼓敲打作乐。每天夜里必定饮酒，每次饮酒都要行酒令。穷困之时，即使只有四两烧酒，也要尽兴行令。

遇同乡蔡姓者，蔡子琴与叙宗系，乃其族子也。倩其导游名胜。至府学前之曲江楼①。昔张九龄②为长史时，赋诗其上。朱子亦有诗曰："相思欲回首，但上曲江楼。"③城上又有雄楚楼④，五代时高氏⑤所建。规模雄峻，极目可数百里。绕城傍水，尽植垂杨，小舟荡桨往来，颇有画意。荆州府署即关壮缪⑥帅府。仪门⑦内有青石断马槽，相传即赤兔马食槽也。访罗含⑧宅于城西小湖上，不遇。又访宋玉⑨故宅于城北。昔庾信遇侯景之乱⑩，遁归江陵⑪，居宋玉故宅，继改为酒家，今则不可复识矣。

【字词注解】

①曲江楼：原为荆州南门城楼，后为纪念张九龄而改名。

②张九龄（678—740）：字子寿，曲江（今广东韶关曲江区）人。唐玄宗时大臣。

③"相思"二句：语出朱熹《奉迎荆南幕府·其二》。

④雄楚楼：荆州最大的御敌城楼，在今湖北荆州城北，后毁于战火。

⑤高氏：五代时南平王高季兴。《荆州府志》："后梁乾化二年（912），高季兴大筑重城，复建雄楚楼。"

⑥关壮缪：关羽，死后追谥"壮缪侯"。

⑦仪门：明清时期，官府、衙门大宅内的第二重正门，取威仪、礼仪的意思，有装饰点缀之用。

⑧罗含（292—372）：字君章，号富和，湖南耒阳人。东晋文学家，曾于湖北荆州隐居，开创山水散文。

⑨宋玉：楚人，战国时期辞赋家。

⑩庾信（513—581）：字子山，河南新野人。侯景之乱：梁武帝太清二年（548），北齐降将侯景发动的一场叛乱。

⑪江陵：湖北荆州城的旧称。

【精彩解说】

在荆州遇到一位蔡姓同乡，蔡子琴与他说起宗谱，发现那人竟是他同族的子辈。于是请他做导游带领众人游览名胜古迹。我们一同游览了府学前的曲江楼。当年张九龄在荆州任长史时，曾在这上面题诗。朱熹也曾有诗说："相思欲回首，但上曲江楼。"城上就是雄楚楼，为五代时高季兴所建。此楼规模雄伟高峻，极目远眺，可达数百里。环绕古城的河边种着许多垂柳，小舟在水中穿梭往来，颇有诗情画意。荆州府署就是昔日关羽的帅府，仪门内还保留着青石断马槽，相传是赤兔马的食槽。我们到城西的小湖上寻访罗含的故宅，没有找到。又到城北去寻访宋玉的故居。南北朝时期，庾信遭遇侯景之乱，逃避战乱回到江陵，就住在宋玉的故居里，宋玉故居后来被改为酒家，如今则无法再辨识。

原文

是年大除①，雪后极寒。献岁发春②，无贺年之扰，日惟燃纸炮、放纸鸢③、扎纸灯以为乐。既而风传花信，雨濯春尘，琢堂诸姬携其少女、幼子顺川流而下，敦夫乃重整行装，合帮④而走。由樊城登陆，直赴潼关。

【字词注解】

①大除：除夕。周秦时期，一年即将结束时，皇宫内会举行仪式，击鼓驱逐疫鬼，称之为"逐除"，后来将除夕的前一天称为"小除"，除夕则为"大除"。

②献岁发春：新年初始，万物复苏。

③纸鸢（yuān）：风筝。

④合帮：结伙。

【精彩解说】

这年除夕，下雪后极其寒冷，献岁发春，这里却没有贺年的烦扰，每天只是以放纸炮、放风筝、扎纸灯为乐。不久，风传来花的信息，雨洗尽了春天的尘埃，琢堂的诸位妻妾带着年幼的儿女顺着长江而下，敦夫也重整行装，大家结伴离开了荆州。我们由樊城下船上岸，走旱路直奔潼关而去。

由河南阌乡县西出函谷关①，有"紫气东来②"四字，即老子乘青牛所过之地。两山夹道，仅容二马并行。约十里即潼关。左背峭壁，右临黄河，关在山河之间扼喉而起，重楼垒堞，极其雄峻。而车马寂然，人烟亦稀。昌黎诗曰"日照潼关四扇开"③，殆亦言其冷落耶。

城中观察之下，仅一别驾④。道署紧靠北城，后有园圃，横长约三亩。东西凿两池，水从西南墙外而入，东流至两池间，支分三道：一向南至大厨房，以供日用；一向东入东池；一向北折西，由石螭⑤口中喷入西池，绕至西北，设闸泄泻，由城脚转北，穿窦而出，直下黄河。日夜环流，殊清人耳。竹树阴浓，仰不见天。西池中有亭，藕花绕左右。

东有面南书室三间，庭有葡萄架，下设方石，可弈可饮，以外皆菊畦⑥。西有面东轩屋三间，坐其中可听流水声。轩南有小门，可通内室。轩北窗下，另凿小池，池之北有小庙，祀花神。园正中筑三层楼一座，紧靠北城，高与城齐。俯视城外，即黄河也。河之北，山如屏列，已属山西界，真洋洋大观也！

—•【字词注解】

①阌（wén）乡：在今河南灵宝西北。函谷关：在今河南灵宝东北，为我国建置最早的要塞之一。

②紫气东来：典出汉刘向《列仙传》："老子西游，关令尹喜望见有紫气浮关，而老子果乘青牛而过也。"后以此表示祥瑞。

③"日照"句：语出韩愈《次潼关先寄张十二阁老使君》。

④别驾：道员手下的属官。

⑤螭（chī）：古代传说中一种无角的龙。

⑥畦（qí）：古代五十亩为一畦，后指田间用土埂、沟或走道划分的作物种植地块。

【精彩解说】

一行人从河南阌乡县向西出了函谷关,可以看到"紫气东来"四个字,据说这里正是老子当年乘青牛经过的地方。道路在两山的夹缝之中,仅可容纳两匹马并行。往前再走十里左右,就是潼关城。潼关左边背靠峭壁,右边濒临黄河,关口在山河之间,扼着咽喉要道拔地而起,重楼垒垛,极其雄伟高峻。但此处车马不多,人烟也十分稀少。昌黎有诗说:"日照潼关四扇开。"或许也是在说此处冷落萧条的景象吧?

城中观察使一职以下,仅设了一个别驾。道署衙门紧挨着北城,后面有一处园圃,横长大约三亩。东西两边各凿了一个池子,河水从西南墙外引进来,向东流到两个水池之间,分成三股支流:一股向南,流到大厨房,以供日常用水;一股向东,流入东池;一股向北再转向西,然后由石螭口中喷入西池,绕流至西北,从专设的水闸排泄流出,顺着城墙根转向北流去,穿过水洞流出城外,直接流进了黄河。水日夜环流不息,听起来很是悦耳。院内竹树茂盛,浓荫覆盖,抬头仰望看不见天。西池中有亭子,莲花环绕在亭子周围。

东边有坐北向南的书室三间,庭院里有葡萄架,下面摆设有一块方形石桌,可以下棋,也可以饮酒,此外都是种菊花的园圃。西边有面向东的轩屋三间,坐在屋里可以听到流水的声响。轩屋南边有小门通向内室。轩屋北面的窗户下另外开凿了一个小水池,小池的北边有一座小庙,是祭祀花神用的。园子的正中筑有一座三层楼,紧靠着北城,与城墙一样高,在此俯视城外,就是黄河。黄河的北边,群山像屏风一样排列开来,那里已属于山西地界,真是气象万千,蔚为壮观!

原文

余居园南。屋如舟式,庭有土山,上有小亭,登之可览园中之概。绿阴四合,夏无暑气。琢堂为余颜其斋曰"不系之舟"。此余幕游以来第一好居室也。土山之间,艺菊数十种,惜未及含葩,而琢堂调山左廉访。以眷属移寓潼川书院,余亦随往院中居焉。

【精彩解说】

我居住在园圃南面，屋子的样子像只船，庭院有一个小土山，上面建有一个小亭子，登上小亭可以观赏园子的全貌。小院四面绿荫环护，夏天十分凉快。石琢堂为我住的地方起名叫"不系之舟"。这是我游幕以来最好的居室。土山之间，种植有数十种菊花，可惜的是还没有等到菊花含苞绽放，石琢堂就被调任山东按察使。家眷、随从都移居到潼川书院，我也随着去书院中居住了。

原文

琢堂先赴任，余与子琴、芝堂等，无事辄出游。乘骑至华阴庙①。过华封里，即尧时三祝②处。庙内多秦槐汉柏，大皆三四抱，有槐中抱柏而生者，柏中抱槐而生者。殿廷古碑甚多，内有陈希夷③书"福""寿"字。华山之脚有玉泉院④，即希夷先生化形骨蜕处。有石洞⑤如斗室，塑先生卧像于石床。其地水净沙明，草多绛色，泉流甚急，修竹绕之。洞外一方亭，额曰"无忧亭"。旁有古树三株，纹如裂炭，叶似槐而色深，不知其名，土人即呼曰"无忧树"。

太华⑥之高，不知几千仞，惜未能裹粮往登焉。归途见林柿正黄，就马上摘食之。土人呼止弗听，嚼之涩甚，急吐去。下骑觅泉漱口，始能言，土人大笑。盖柿须摘下煮一沸，始去其涩，余不知也。

【字词注解】

①华阴庙：又名"西岳庙"，在今陕西华阴东。

②尧时三祝：相传尧巡游到华州，当地人祝其长寿、富有及多男，故称"三祝"。

③陈希夷：陈抟（tuán）（？—989），字图南，自号扶摇子，安徽亳州人。宋太宗赐号"希夷先生"，后被尊为"陈抟老祖"。

④玉泉院：在今陕西华阴，为华山道教活动的主要场所。

⑤石洞：希夷洞，在玉泉院山荪亭西，为宋人贾得升开凿。

⑥太华：华山。其西有小华山，但低于华山，故称"少华山"，为了与之对应，西岳华山又称"太华"。

── ●【精彩解说】

　　琢堂先去山东赴任，我与子琴、芝堂等人，无事的话就外出游玩。有一天，我们几个骑马来到了华阴庙。过了华封里，就是尧帝接受三祝之处。庙内有很多秦汉时期的槐树和柏树，大多都有三四抱粗，其中有槐树抱柏树而生的，也有柏树抱槐树而生的。殿廷内有很多古碑，还有陈抟老祖所写的"福""寿"二字。华山脚下有玉泉院，传说这是陈抟老祖羽化成仙的地方。院中有个像小房子那般大小的石洞，石床上塑有陈抟老祖的卧像。玉泉院内水净沙明，野草多数为深红色，山泉流水湍急，修竹环绕。洞外有一个方亭，匾额上写着"无忧亭"。旁边有三株古树，树皮的纹理就像裂开的木炭一般，叶子与槐树相似但颜色较深，不知道叫什么名字，当地人就叫它"无忧树"。

　　华山的高度不知有几千丈，可惜未能带着行囊干粮去攀登。回来的途中，看见树林里柿子黄灿灿的，就趁着骑在马上直接摘来吃。当地人呼喊着阻止，我不听劝告，一咬觉得十分涩口，急忙吐出来；翻身下马找到泉水漱口，才能说出话来，惹得当地人大笑不止。原来，柿子摘下以后，必须用开水煮一下，才可以去掉它的涩味，我却不知道。

　　十月初，琢堂自山东专人来接眷属，遂出潼关，由河南入鲁。
　　山东济南府城内，西有大明湖①，其中有历下亭、水香亭②诸胜。夏月，柳阴浓处，菡萏③香来，载酒泛舟，极有幽趣。余冬日往视，但见衰柳寒烟，一水茫茫而已。趵突泉④为济南七十二泉之冠。泉分三眼，从地底怒涌突起，势如腾沸。凡泉皆从上而下，此独从下而上，亦一奇也。池上有楼，供吕祖⑤像，游者多于此品茶焉。

── ●【字词注解】

　　①大明湖：在今山东济南市中心大明湖公园，是由城内泉水汇流而成的天然湖泊。
　　②历下亭：在今山东济南大明湖湖心岛上，因在历山之下而得名。水香

亭：在大明湖东南，始建于宋代。

③菡萏（hàn dàn）：古时称未开的荷花为"菡萏"，后代指荷花。

④趵突泉：又名"槛泉"，在今山东济南历下区，有"天下第一泉"之称。

⑤吕祖：吕洞宾，传说中的神仙，为"八仙"之一。

— 【精彩解说】

十月初，琢堂从山东派人来接家眷、随从，于是我们一起出潼关，由河南进入山东。

山东济南府城内，西边有大明湖，湖中有历下亭、水香亭等诸多名胜。夏天的时候，柳荫深处常有荷花的香气飘来，在这里载酒泛舟，极有雅趣。我曾在冬天的时候去看，就只能看见一派衰柳寒烟、湖水茫茫的景象而已。趵突泉是济南七十二泉之首，泉水共三眼，从地下奔腾涌出，好似沸腾了一般。天下的泉水大多是从上向下流的，只有这里的泉水是从下向上喷涌，算得上一大奇观。池上建有楼阁，供奉着吕洞宾的画像，游人大多在这里品茶。

原文

明年二月，余就馆莱阳①。至丁卯②秋，琢堂降官翰林，余亦入都。所谓登州海市③，竟无从一见。

— 【字词注解】

①莱阳：今山东莱阳。

②丁卯：1807年。

③登州：府名，在今山东烟台蓬莱区。海市：海市蜃楼，是一种自然界幻景。

— 【精彩解说】

次年二月，我到莱阳任幕僚。到丁卯年（1807）秋，琢堂被贬为翰林，我也跟着他进了京城。人们所说的登州的海市蜃楼，最终也无缘一见。

附录

卷五　中山记历

〔概论〕

《中山记历》原名《海国记》，主要记述了沈复陪清朝官员出使琉球国之事，描写了岛国风情及海上风光。沈复游幕多年，虽然走过许多地方，但始终囿于方隅之见，未曾到过域外之地，看过异乡风土，所以这一次有机会随同他人前往琉球，便将其详细记录下来。他一路上多见琉球风物，多闻当地人的习性，层次分明地介绍了琉球国特有的风物人情。

本卷独立成篇，将沈复离开故国、出使琉球、归国的完整过程详细记叙出来，从另一侧面刻画了沈复的人生。同时，此卷也打破了前四卷记录家庭琐事、浪游经历的局限，将写作的场景延伸，丰富了作品的内容。此外，文章中还采用了联想的方式，使此部分内容与前后卷的内容相互呼应、相互联系。如本卷中对妻子陈芸没能见到大海的遗憾的描写，见到美妓从而联想到憨园，重阳佳节观看赛龙舟时的归心似箭，回国后立即写信给芸娘，等等，这些都使卷五与前四卷相互呼应，又与卷六相系，既续前游之作，又为卷六埋下伏笔。

然而，《浮生六记》最初刊印时残缺不全，少了后两卷，在"足本"刊出后关于后两卷的真伪聚讼不断。大多数学者认为，现在书中的第五、六记其实是为了满足读者的"求全"心理而收录的后人伪作。因此，本书仅将后两卷原文收录进来，以供读者阅读参考。

原文

嘉庆四年①，岁在己未，琉球国②中山王尚穆薨。世子尚哲，先七年卒；世孙尚温，表请袭封。中朝怀柔③远藩，锡以恩命，临轩召对④，特简⑤儒臣。

【字词注解】

①嘉庆四年：1799年。

②琉球国：建于琉球群岛上的一个国家，始于隋代，明清时期为中国的藩属国。清光绪五年（1879），日本将其吞并，改称"冲绳县"。

③怀柔：以笼络手段使归附。

④临轩召对：当面接受皇帝亲试。

⑤简：遴选。

原文

于是，赵介山①先生，名文楷，太湖人，官翰林院修撰，充正使。李和叔②先生，名鼎元，绵州人，官内阁中书，副焉。介山驰书，约余偕行。余以高堂垂老，惮于远游，继思游幕二十年，遍窥两戒③，然而尚囿方隅之见，未观域外，更历瀴溟④之胜，庶广异闻。禀商吾父，允以随往。从客凡五人：王君文浩，秦君元钧，缪君颂，杨君华才，其一即余也。

【字词注解】

①赵介山：赵文楷（1760—1808），嘉庆元年（1796）状元，字逸书，号介山。安徽太湖人。著有《中山见闻录》等。

②李和叔：李鼎元（1749—1812），字和叔，号墨庄。四川绵州（今四川绵阳东）人。著有《使琉球记》等。

③两戒：旧时以黄河、长江为南北两界，这里指地域广阔。戒，同"界"。

④瀴溟（yīng míng）：水面浩渺，一望无际的样子。

原文

五年五月朔日，随筼节①以行，祥飙②送风，神鱼扶舳，计六昼夜，径达所届。

凡所目击，咸登掌录。志山水之丽崎，记物产之瑰怪，载官司之典章，嘉士女之风节。文不矜奇，事皆记实。自惭谫陋③，甘贻测海④之嗤；要堪传言，或胜凿空之说云尔。

【字词注解】

①筼（dàng）节：竹节。古代使臣所持的信物。这里指乘船航行的使节。
②祥飙（biāo）：瑞风，和风。
③谫（jiǎn）陋：谦辞，简单、浅薄。
④测海："以蠡测海"，即用瓢测量海水的简称，比喻没有见识。

原文

五月朔日，恰逢夏至，襆被登舟。向来封中山王，去以夏至，乘西南风；归以冬至，乘东北风，风有信也。舟二，正使与副使共乘其一。舟身长七丈，首尾虚艄三丈，深一丈三尺，宽二丈二尺，较历来封舟①，几小一半。前后各一桅，长六丈有奇，围三尺。中舱前一桅，长十丈有奇②，围六尺，以番木为之。通计二十四舱，舱底贮石，载货十一万斤有奇。龙口③置大炮一，左右各置大炮二，兵器贮舱内。大桅下横大木为辘轳，移炮升篷皆仗之，辇以数十人。舱面为战台，尾楼为将台，立帜列藤牌④，为使臣厅事⑤。下即舵楼。舵前有小舱，实以沙布针盘。中舱梯而下，高可六尺，为使臣会食⑥地。前舱贮火药，贮米，后以居兵。稍后为水舱，凡四井。二号船称是。每船约二百六十余人，船小人多，无立锥处。风信⑦已届，如欲易舟，恐延时日也。

【字词注解】

①封舟：明清时期使臣前往琉球册封时显示国威所乘的大船。

②有奇：有余，还有零头。
③龙口：明清时期，有的战舰会在舰首设置龙头，口中设有大炮。
④藤牌：藤条编成的盾牌。
⑤厅事：这里指议事厅。
⑥会食：聚餐。
⑦风信：随季节变化而产生的风。

【原文】

初二日午刻，移泊鳌门①。申刻，庆云②见于西方，五色轮囷③，适与楼船旗帜上下辉映，观者莫不叹为奇瑞。或如玄圭④，或如白珂，或如灵芝，或如玉禾，或如绛绡，或如紫绔⑤，或如文杏之叶，或如含桃之颗，或如秋原之草，或如春湘之波，向读屠长卿⑥赋，今始知其形容之妙也。

画士施生为《航海行乐图》甚工。余见兹图，遂乃搁笔。香匡虽善画，亦不能办此。

【字词注解】

①鳌（áo）门：在今福建漳州。
②庆云：五色祥云。
③轮囷（qūn）：盘绕屈曲的样子，也作"轮菌"。
④玄圭：黑色的玉圭。圭，一种玉制礼器，长条形，上尖（或上圆）下方。
⑤绔（tuó）：原为古代的量词，五丝为一绔，这里指丝织品或丝线。
⑥屠长卿：屠隆（1543—1605），字长卿，鄞县（今浙江宁波鄞州区）人，明代文学家、戏曲家。

【原文】

初四日亥刻，起碇①，乘潮至罗星塔②。海阔天空，一望无际。余妇芸娘，昔游太湖，谓得见天地之宽，不虚此生。使观于海，其愉快又当何如？

———●【字词注解】

①碇（dìng）：系船的石墩。

②罗星塔：在福建福州东南马尾港罗星山上。建于宋代，高七层，又称"中国塔"。

初九日卯刻，见彭家山①，列三峰，东高而西下。申刻，见钓鱼台②，三峰离立，如笔架，皆石骨。惟时水天一色，舟平而驶。有白鸟无数，绕船而送，不知所自来。

入夜，星影横斜，月光破碎，海面尽作火焰，浮沉出没，木华《海赋》所谓"阴火③潜然"者也。

———●【字词注解】

①彭家山：今印度尼西亚西邦加岛。

②钓鱼台：台湾岛的附属岛屿钓鱼岛。

③木华：字玄虚，西晋辞赋家，今仅存《海赋》一篇。阴火：此指夜色下海中生物发出的光。

初十日辰正，见赤尾屿①。屿方而赤，东西凸而中凹，凹中又有小峰二。船从山北过，有大鱼二，夹舟行，不见首尾，脊黑而微绿，如十围枯木，附于舟侧。舟人以为风暴将起，鱼先来护。午刻，大雷雨以震，风转东北，舵无主。舟转侧甚危，幸而大鱼附舟，尚未去。忽闻霹雳一声，风雨顿止。申刻，风转西南且大。合舟之人，举手加额，咸以为有神助。得二诗以志之。诗云：

平生浪迹遍齐州②，又附星槎③作远游。

鱼解扶危风转顺，海云红处是琉球。

白浪滔滔撼大荒，海天东望正茫茫。

此行足壮书生胆，手挟风雷意激昂。
自谓颇能写出尔时光景。

── •【字词注解】

①赤尾屿：又称"赤尾岛"，钓鱼岛群岛最东端的一个岛屿。
②齐州：中州，古指中国。
③星槎（chá）：古代神话中在天上往来的木筏，这里指舟船。

原文

十一日，午刻，见姑米山①。山共八岭，岭各一二峰，或断或续。未刻，大风暴雨如注，然雨虽暴而风顺。酉刻，舟已近山。琉球人以姑米多礁，黑夜不敢进，待明而行。亦不下碇，但将篷收回，顺风而立，则舟荡漾而不能进退。戌刻，舟中举号火，姑米山有火应之。询之为球人暗令：日则放炮，夜则举火。仪注所谓得信者，此也。

── •【字词注解】

①姑米山：今冲绳久米岛。

原文

十二日辰刻，过马齿山①。山如犬羊相错，四峰离立，若马行空。计又行七更②，船再用甲寅针③，取那霸港④。回望见迎封船在后，共相庆幸。历来针路所见，尚有小琉球、鸡笼山、黄麻屿，此行俱未见。闻知琉球伙长⑤，年已六十，往来海面八次，每度细审，得其准的。以为不出辰卯二位，而乙卯位单，乙针尤多，故此次最为简捷，而所见亦仅三山，即至姑米。针则开洋用单辰，行七更后，用乙辰，自后尽用乙。过姑米，乃用乙卯。惟记更以香，殊难凭准。念五虎门至官塘⑥，里有定数，因就时辰表按时计里，每时约行百有十里。自初八日未时开洋⑦，迄十二日辰时，计共五十八时。初十日暴风，停两时。十一日夜，畏触礁，停三时，实行五十三时，计程应得五千八百三十里。计到那霸港，实洋面六千里有奇。

【字词注解】

①马齿山：琉球岛西南庆良间诸岛。
②更：古代计量水路路程的单位。
③甲寅针：指南针，罗盘。是一种利用指南针定位原理来测量地理方位的工具。
④那霸港：在今日本冲绳。
⑤伙长：旧时航船上掌管罗盘的人。
⑥五虎门：今福建长乐潭头镇。官塘：今广东潮州官塘镇。
⑦开洋：出航，起航。

原文

据琉球伙长云：海上行舟，风小固不能驶，风过大，亦不能驶。风大则浪大，浪大力能壅①船，进尺仍退二寸。惟风七分，浪五分，最宜驾驶，此次是也。从来渡海，未有平稳而驶如此者。于时，球人驾独木船数十，以纤挽舟而行，迎封三接如仪。辰刻，进那霸港。先是，二号船于初十日望不见，至是乃先至。迎封船亦随后至，齐泊临海寺前。伙长云：从未有三舟齐到者。

午刻，登岸。倾国人士，聚观于路，世孙率百官迎诏如仪。世孙年十七，白皙而丰颐，仪度雍容，善书，颇得松雪②笔意。

【字词注解】

①壅：阻挡，堵塞。
②松雪：赵孟頫（1254—1322），元代书法家，号松雪道人。

原文

按《中山世鉴》①：隋使羽骑尉朱宽②至国，于万涛间，见地形如虬龙浮水，始曰"流虬"。而《隋书》又作"流求"，《新唐书》作"流鬼"，《元史》又作"瑠求"，明复作"琉球"。《世鉴》又载：元延祐元年③，国分为三大里，凡十八国，或称山南王，或称山北王。余于中山、南山，游历几遍，大村不及二里，而即谓之国，得勿夸大乎？

— •【字词注解】

①《中山世鉴》：全称《琉球国中山世鉴》，琉球国官修第一部正史，1650年开始修订。

②朱宽：于隋炀帝大业三年（607）奉命前往琉球，是第一个被派去的官员。

③元延祐元年：1314年。

原文

琉人每言大风，必曰"台飓"。按韩昌黎诗："雷霆逼飓䬃。"①是与飓同称者为"䬃"。《玉篇》："䬃，大风也，于笔切。"《唐书·百官志》："有䬃海道。"或系球人误书。《隋书》称琉球有虎、狼、熊、罴，今实无之。又云无牛羊驴马。驴诚无，而六畜无不备，乃知书不可尽信也。

— •【字词注解】

①"雷霆逼飓䬃（yù）"句：语出韩愈《山南郑相公樊员外酬答为诗其末咸有见及语樊封以示愈依赋十四韵以献》。飓，大风。

原文

天使馆西向，仿中华廨署①，有旗杆二，上悬册封黄旗。有照墙，有东西辕门，左右有鼓亭，有班房。大门署曰"天使馆"，门内廊房各四楹。仪门署曰"天泽门"，万历中使臣夏子阳②题，年久失去，前使徐葆光③补出。门内左右各十一间，中有甬道，道西榕树一株，大可十围，徐公手植。最西者为厨房，大堂五楹，署曰"敷命堂"，前使汪楫④题。稍北，葆光额曰"皇纶三锡"。堂后有穿堂，直达二堂。堂五楹，中为正副使会食之地，前使周公署曰"声教东渐"。左右即寝室。堂后南北各一楼，南楼为正使所居，汪楫额曰"长风阁"。北楼为副使所居，前使林麟焻⑤额曰"停云楼"。额北有诗牌，乃海山先生⑥所题也。周砌礁石为垣，望同百雉。垣上悉植火凤，千方，无花有刺，似霸王鞭，叶似慎火草，俗谓能避火，名"吉姑

罗"。南院有水井。楼皆上覆瓬⑦,下砌方砖,院中平似沙,桌椅床帐悉仿中国式。寄尘得诗四首,有句云:

相看楼阁云中出,即是蓬莱岛上居。

又有句云:

一舟剪径凭风信,五日飞帆驻月楂。

皆真情真境也。

——•【字词注解】

①廨(xiè)署:官署,旧时官员处理公务的地方。

②夏子阳(1552—1610):字君甫,江西玉山人。明万历三十一年(1603)出使琉球。

③徐葆光(1671—1723):字亮直,长洲(今江苏苏州)人。曾任翰林院编修,康熙五十八年(1719)出使琉球,著有《中山传信录》。

④汪楫(1626—1689):字次舟,号悔斋,安徽休宁人。康熙二十二年(1683)出使琉球。著有《使琉球杂录》。

⑤林麟焻:生卒年不详。字石来,福建莆田人。康熙二十一年(1682)出使琉球。

⑥海山先生:周煌(1714—1785),字景桓,涪陵(今重庆涪陵区)人,乾隆二十年(1755)出使琉球,辑有《琉球国志略》。

⑦瓬(wǎ):一种圆筒形的瓦。

孔子庙在久米村。堂三楹,中为神座,如王者垂旒搢圭①,而署其主曰:"至圣先师孔子神位。"左右两龛。龛二人立侍,各手一经,标曰"易""书""诗""春秋",即所谓四配也。堂外为台,台东西,拾级以登,栅如棂星门。中仿戟门②,半树塞以止行者。其外临水为屏墙。堂之东,为明伦堂,堂北祀启圣③。久米士之秀者,皆肄业其中。择文理精通者为之师,岁有廪给④,丁祭⑤一如中国仪。敬题一诗云:

洋溢声名四海驰,岛邦也解拜先师。

庙堂肃穆垂旒贵，圣教如今洽九夷。

用伸仰止之忱。

【字词注解】

①旒（liú）：旧时帝王皇冠前后悬垂的玉串。搢（jìn）圭：腰带上插着玉圭。

②戟门：墓前石门。

③启圣：孔子之父叔梁纥。元代被封为启圣王。

④廪给：旧时官府供给生员的生活物资。

⑤丁祭：祭祀孔子的仪式。清顺治二年（1645）定制，每年春、秋二祭，均在仲月上丁日举行，故称"丁祭"。

原文

国中诸寺，以圆觉为大。渡观莲塘桥，亭供辨才天女①，云即斗姥②。将入门，有池曰"圆鉴"，荇藻交横，菱荷③半倒。门高敞，有楼翼然。左右金刚四，规模略仿中国。佛殿七楹。更进，大殿亦七楹，名"龙渊殿"。中为佛堂，左右奉木主，亦祀先王神位，兼祀祧主④。左序为方丈⑤，右序为客座，皆设席。周缘以布，下衬极平而净，名曰"踏脚绵"。方丈前，为蓬莱庭。左为香积厨，侧有井，名"不冷泉"。客座右为古松岭，异石错舛，列于松间。左厢为僧寮，右厢为狮子窟。僧寮南，有乐楼。楼南为园，绕花木。此圆觉寺之胜概也。

【字词注解】

①辨才天女：佛教中精通音乐的女神。

②斗姥（mǔ）：又名"斗母"，道教信奉的女神，传说长有三目、四头、八臂，掌管人间的生死祸福。

③菱（jī）荷：菱叶，荷叶。

④祧（tiāo）主：祖庙中祭祀的神主。

⑤方丈：佛寺或道观中住持的住所，此处指茶堂等招待客人之地。

又有护国寺，为国王祷雨之所。龛内有神，黑而裸，手剑立，状甚狰狞。有钟，为前明景泰七年①铸。寺后多凤尾蕉②，一名"铁树"。又有天王寺，有钟，亦为景泰七年铸。又有定海寺，有钟，为前明天顺三年③铸。至于龙渡寺、善兴寺、和光寺，荒废无可述者。

【字词注解】

①景泰七年：1456年。

②凤尾蕉：又名"铁树""苏铁""避火蕉"。一种常绿针叶树。主要生长在我国南部、印度尼西亚、印度等亚洲南部地区。

③天顺三年：1459年。

此邦海味，颇多特产，为中国之所罕见。

一石鉅①，似墨鱼而大，腹圆如蜘蛛，双须八手，攒生两肩，有刺，类海参，无足无鳞介，如鲍鱼。登莱有所谓八带鱼②者，以形考之，殆是石鉅，或即乌鲗③之别种欤？

【字词注解】

①石鉅（jù）：一种小章鱼。

②八带鱼：章鱼的俗称。

③乌鲗（zéi）：墨鱼，现写作"乌贼"。

一海蛇，长三尺，僵直如朽索，色黑，状狰狞。土人云：能杀虫，疗痼①，已疠②；殆永州异蛇类。土俗甚重之，以为贵品。

一海胆，如猬，剥皮去肉，捣成泥，盛以小瓶，可供馔。

一寄生螺，大小不一，长圆各异，皆负壳而行。螺中有蟹，两螯八跪，跪四大四小，以大跪行；螯一大一小，小者常隐，大者以取食。触之则大跪尽缩，以一大螯拒户。蟹也，而有螺性。《海赋》所云"璅蛣③腹蟹"，岂其类欤？《太平广记》谓"蟹入螺中"，似先有蟹。然取置碗中，以观其求脱之势，力猛壳脱，顷刻死，则又与壳相依为命。造物不测，难以臆度也。

【字词注解】

①痼（gù）：顽固难治的疾病。

②疠：恶疮。

③璅蛣（suǒ qiè）：亦作"蝤蛣"，又名"海镜"，一种寄居蟹，外壳有花纹。

原文

一沙蟹，阔而薄，两螯大于身。甲小而缺其前，缩两螯以补之，若无缝。八跪特短，脐无甲，尖团莫辨①。见人则凹双睛，噀②水高寸许，似善怒。养以沙水，经十余日，不食亦不死。

一蚶，径二尺以上，围五尺许，古人所谓"屋瓦子"，以壳形凹凸，像瓦屋也。

一海马肉，薄片回屈如刨花，色如片茯苓③。品之最贵者，不易得，得则先以献王。其状鱼身马首，无毛而有足，皮如江豚。此皆海味之特产也。

【字词注解】

①尖团莫辨：雌蟹是团脐，雄蟹是尖脐，这里指难以看出雌雄。

②噀（xùn）：含在口中喷出。

③茯苓：一种寄生在松树根上的菌类，外皮黑褐色，里面白色或粉红色，可入药。

此邦果实，亦有与中国不同者。蕉实状如手指，色黄，味甘，瓣如柚，亦名"甘露"。初熟色青，以糖覆之则黄。其花红，一穗数尺。瓢须五六出，岁实为常，实如其须之数。中国亦有蕉，不闻岁结实，亦无有抽其丝作布者，或其性殊欤？

　　布之原料，与制布之法，亦有与中国异者。一曰蕉布，米色，宽一尺，乃芭蕉沤①抽其丝织成，轻密如罗②。

　　一曰苎布，白而细，宽尺二寸，可敌棉布。

　　一曰丝布，白而棉软，苎经而丝纬，品之最尚者。《汉书》所谓蕉、筒、荃、葛，即此类也。

　　一曰麻布，米色而粗，品最下矣。国人善印花，花样不一，皆剪纸为范。加范于布，涂灰焉。灰干去范，乃着色。干而浣之，灰去而花出，愈洗而愈鲜，衣敝而色不退。此必别有制法，秘不语人。故东洋花布，特重于闽也。

【字词注解】

①沤（òu）：在水中长时间浸泡。
②罗：轻软且有稀孔的丝织品。

　　此邦草木，多与中国异称，惜未携《群芳谱》来，一一辨证之耳。罗汉松谓之樫木①，冬青谓之福木，万寿菊谓之禅菊，铁树谓之凤尾蕉，以叶对出形似也，亦谓之海棕榈，以叶盖头形似也。有携至中华以为盆玩者，则谓之万年棕云。凤梨②，开花者谓之男木，白瓣若莲，颇香烈，不实；无花者谓之女木，而实大，如瓜可食。或云，即波罗蜜别种，球人又谓之"阿咀呢"。月橘③，谓之十里香，叶如枣，小白花，甚芳烈，实如天竹子④，稍大。闻二月中，红累累满树，若火齐然。惜余未及见也。

【字词注解】

①樫（jiān）木：一种常绿乔木，主要分布在我国长江以南地区及日本等地。

②凤梨：菠萝，一种多年生草本植物。

③月橘：一种常绿灌木或小乔木，主要分布在我国南部。因花香浓郁，故有"十里香"之称。

④天竹子：又名"天竺子"或"南竹子"，一种常绿灌木。根、茎及果实均可入药。

原文

球阳①地气多暖，时届深秋，花草不杀，蚊雷不收，荻②花盛开。野牡丹，二三月花，至八月复复，花累累如铃铎，素瓣，紫晕，檀心，圆而大，颇芳烈。佛桑③四季皆花，有白色，有深红、粉红二色。因得一诗，诗云：

偶随使节泛仙槎，日日春游玩物华。

天气常如二三月，山林不断四时花。

亦真情真景也。

【字词注解】

①球阳：对琉球的美称。

②荻（dí）：一种多年生草本植物，多生长在水边，叶似芦苇，秋天开花，花为紫色。

③佛桑：扶桑，常绿大灌木，是我国南方著名的观赏花种，四季常开。

原文

球人嗜兰，谓之孔子花。陈宅尤多异产。有风兰，叶较兰稍长，篾①竹为盆，挂风前，即繁衍。有名护兰，叶类桂而厚，稍长如指，花一箭八九出，以四月开，香胜于兰。出名护岳②岩石间，不假水土，或寄树丫，或裹以棕而悬之，无不茂。有粟兰，一名"芷兰"，叶如凤尾花，作珍珠状。有棒兰，绿色，茎如珊瑚，无叶，花出丫间，如兰而小，亦寄树活。

又有西表松兰、竹兰之目，或致自外岛，或取之岩间，香皆不减兰也。因得一诗，诗云：

> 移根绝岛最堪夸，道是森森阙里花。
> 不比寻常凡草木，春风一到即繁华。

题诗既毕，并为写生，愧无黄筌③之妙笔耳。

——•【字词注解】

①篾（miè）：把竹子劈成长条。

②名护岳：冲绳岛北部的一座山峰。

③黄筌（约903—965）：字要叔，四川成都人。五代时西蜀宫廷画师，擅画花鸟松石、山水、墨竹等。

原文

沿海多浮石，嵌空玲珑，水击之，声作钟磬，此与中国彭蠡之口石钟山①相似。

闲居无可消遣，与施生弈，用琉球棋子。白者磨螺之封口石为之。内地小螺拒户有圆壳，海蝼②大者，其拒户之壳，厚五六分，径二寸许，圆白如砗磲③，土人名曰"封口石"。黑者磨苍石为之，子径六分许，围二寸许，中凸而四周削，无正背面，不类云南子式。棋盘以木为之，厚八寸，四足，足高四寸，面刻棋路。其俗好弈，举棋无不定之说，颇亦有国手。局终数空眼多少，不数实子，数正同。相传国中供奉棋神，画女相如仙子，不令人见，乃国中雅尚也。

——•【字词注解】

①彭蠡（lǐ）：鄱阳湖的古称。石钟山：位于江西九江湖口县的长江与鄱阳湖交汇处，有"中国千古奇音第一山"的美称。

②海蝼：海螺。

③砗磲（chē qú）：海洋中最大的双壳贝类，壳大而厚，肉可食用。

原文

六月初八日辰刻，正、副使恭奉谕祭文，及祭银焚帛，安放龙彩亭内。出天使馆东行，过久米村、泊村，至安里桥（即真玉桥）。世孙跪接如仪①，即导引入庙。礼毕，引观先王庙。正庙七楹，正中向外，通为一龛，安奉诸王神位。左昭自舜马至尚穆，共十六位；右穆自义本至尚敬，共十五位。

是日，球人观者，弥山匝地②，男子跪于道左，女子聚立远观。亦有施帷挂竹帘者，土人云系贵官眷属。女皆黥首、指节③为饰，甚者全黑，少者间作梅花斑。国俗不穿耳，不施脂粉，无珠翠首饰。

【字词注解】

①如仪：按照仪式。

②弥山匝地：漫山遍野，形容人很多。

③黥（qíng）首：在额头上刺字或花纹，并涂上颜色。指节：手指关节。

原文

人家门户，多树"石敢当"①碣，墙头多植吉姑罗或榕树，剪剔极齐整。

国人呼中国为唐山，呼华人为唐人。

球地皆土沙，雨过即可行，无泥泞。

奥山有却金亭，前明册使陈给事侃②归时却金，故国人造亭以表之。

【字词注解】

①石敢当：旧时习俗，在家门口立一石碑，刻"石敢当"三字，用以辟邪。

②陈给事侃：陈侃，鄞县（今浙江宁波鄞州区）人，曾任吏科左给事中，嘉靖十三年（1534）出使琉球，著有《使琉球录》。归国时，琉球王尚清赠他黄金，他坚决不受，琉球王特建"却金亭"以示纪念。

原文

　　辨岳，在王宫东南三里许。过圆觉寺，从山脊行，水分左右，堪舆家谓之过峡①，中山来脉也。山大小五峰，最高者谓之辨岳。灌木密覆，前有石柱二，中置栅二，外板阁二。少左，有小石塔，左右列石案五。折而东，数十级至顶，有石垆②二：西祭山，东祭海。岳之神，曰祝，祝谓是天孙氏③第二女云。国王受封，必斋戒亲祭，正、五、九月，祭山海及护国神，皆在辨岳也。

【字词注解】

①堪舆家：风水先生。过峡：风水术语，指两山相夹、路从中间穿过的地形。

②石垆：石头做的祭台。

③天孙氏：琉球神话中创立琉球国的阿摩美久神的后代。

原文

　　波上、雪崎及龟山，余已游遍，而要以鹤头为最胜。随正、副使往游，陟其巅，避日而坐。草色粘天，松阴匝地。东望辨岳，秀出天半，王宫历历如画。其南，则近水如湖，远山如岸，丰见城巍然突出，山南王之旧迹犹有存者。西望马齿、姑米，出没隐见，若近若远，封舟之来路也。北俯那霸、久米，人烟辐辏①。举凡山川灵异，草木阴翳，鱼鸟沉浮，云烟变灭，莫不争奇献巧，毕集目前。乃知前日之游，殊为鲁莽。梁大夫小具盘樽，席地而饮，余亦趣仆以酒肴至。未申之交，凉风乍生，微雨将洒，乃移樽登舟。时海潮正涨，沙岸弥漫，遂由奥山南麓折而东北。山石嵌空欲落，海燕如鸥，渔舟似织。俄而返照入山，冰轮②山水，文鳐③无数，飞射潮头。与介山举觞弄月，击楫而歌。樽不空，客皆醉。越渡里村，漏已三下。却金亭前，列炬如昼，迎者倦矣。乃相与步月而归，为中山第一游焉。

【字词注解】

①人烟辐辏（còu）：人或物聚集，犹如车辐集中于车毂。

②冰轮：明月。

③文鳐（yáo）：古代传说中的一种鱼，似鲤鱼，有鸟一样的翅膀，白色的头，红色的嘴，在夜间飞行。

泉崎桥桥下，为漫湖浒。每当晴夜，双门拱月，万象澄清①，如玻璃世界，为中山八景之一。旺泉味甘，亦为中山八景之一。王城有亭，依城望远，因小憩亭中，品瑞泉，纵观中山八景。八景者：泉崎夜月、临海潮声、久米竹篱、龙洞松涛、笋崖夕照、长虹秋霁、城岳灵泉、中岛蕉园也。亭下多棕榈、紫竹②。竹丛生，高三尺余，叶如棕，狭而长，即所谓观音竹也。亭南有蚶壳，长八尺许，贮水以供盥，知大蚶不易得也。

—•【字词注解】

①澄清：清澈，明洁。

②紫竹：一种散生竹，新竹为绿色，当年秋冬逐渐出现黑色斑点，后整个竹子变成紫黑色。

国人浣漱不用汤，家竖石桩，置石盂或蚶壳其上，贮水。旁置一柄筒。晓起，以筒盛水，浇而盥漱之。客至亦然。

地多草，细软如毯，有事则取新沙覆之。国人取玳瑁①之甲，以为长簪，传至中国，率由闽粤商贩。球人不知贵，以为贱品。昆山之旁，以玉抵鹊，地使然也。

—•【字词注解】

①玳瑁（dài mào）：生活在浅水礁湖和珊瑚礁区的食用海龟，壳可入药。

丰见山顶，有山南王第故城。徐葆光诗有"颓垣宫阙无全瓦，荒草牛羊似破村"之句。王之子孙，今为那姓，犹聚居于此。

辻山①，国人读为"失山"。琉球字皆对音，十、失无别，疑迭之误也。副使辑《球雅》，谓一字作二三字读，二三字作一字读者，皆义而非音，即所谓寄语，国人尽知之。音则合百余字，或十余字为一音，与中国音迥异。国中惟读书通文理者，乃知对音，庶民皆不知也。

久米官之子弟，能言，教以汉语；能书，教以汉文。十岁称"若秀才"，王给米一石。十五薙发②，先谒孔圣，次谒国王。王籍其名，谓之"秀才"，给米三石。长则选为通事，为国中文物声名最，即明三十六姓后裔也。那霸人以商为业，多富室。明洪武初，赐闽人三十六姓善操舟者，往来朝贡。国中久米村、梁、蔡、毛、郑、陈、曾、阮、金等姓，乃三十六姓之裔，至今国人重之。

———•【字词注解】

①辻（shí）山：琉球岛上的一处地名。
②薙（tì）发：剃发。薙，同"剃"。

与寄公谈玄理，颇有入悟处，遂与唱和成诗。法司蔡温、紫金大夫程顺则、蔡文溥，三人集诗，有作者气。顺则别著《航海指南》，言渡海事甚悉。蔡温尤肆力于古文，有《蓑翁语录》《至言》等目，语根经学，有道学①气。出入二氏之学②，盖学朱子③而未纯者。

琉球山多瘠硗④，独宜薯。父老相传"受封之岁，必有丰年"。今岁五月稍旱，幸自后雨不愆期⑤，卒获大丰，薯可四收。海邦臣民，倍觉欢欣。金曰："非受封岁，无此丰年也。"

———•【字词注解】

①道学：此指宋明理学。

②二氏之学：此指佛、道两家的学说。
③朱子：对朱熹的尊称。
④瘠确（qiāo）：土地贫瘠，坚硬，不肥沃。
⑤愆（qiān）期：失期。愆，失去。

原文

六月初旬，稻已尽收。球阳地气温暖，稻常早熟，种以十一月，收以五六月。薯则四时皆种，三熟为丰，四熟则为大丰。稻田少，薯田多，国人以薯为命，米则王官始得食。亦有麦豆，所产不多。五月二十日，国中祭稻神。此祭未行，稻虽登场，不敢入家也。

七月初旬，始见燕，不巢人屋。中国燕以八月归，此燕疑未入中国者。其来以七月，巢必有地。别有所谓海燕，较紫燕①稍大，而白其羽，有全白似鸥者。多巢岛中，间有至中国，人皆以为瑞。应潮鸡，雄纯黑，雌纯白，皆短足长尾，驯不避人。香厓购一小犬，而毛豹斑，性灵警，与饭不食，与薯乃食，知人皆食薯矣。鼠、雀最多，而鼠尤虐。亦有猫，不知捕鼠，邦人以为玩。乃知物性亦随地而变。鹰、雁、鹅、鸭特少。

【字词注解】

①紫燕：又称"越燕""汉燕"。体小多声，颌下为紫色，多筑巢于堂室中梁上。主要分布在我国江南地区。

原文

枕有方如圭者，有圆如轮而连以细轴者，有如文具藏数层者，制特精，皆以木为之。率宽三寸，高五寸。漆其外，或黑或朱。立而枕之，反侧则仆。按《礼记·少仪》注："颖，警枕①也。谓之颖者，颖然警悟也。"又司马文正公②，以圆木为警枕，少睡则转而觉，乃起读书。此殆警枕之遗。

——•【字词注解】

①警枕：古代一种圆木小枕，只要一翻身，头就会掉下来，立刻警醒，故称。古时候勤奋苦学的学子常用以自警。

②司马文正公：北宋史学家司马光（1019—1086），因谥号"文正"，故称。曾主持编修《资治通鉴》。

原文

衣制皆宽博交衽①，袖广二尺，口皆不缉②，特短袂，以便做事。襟率无纽带，总名衾。男束大带，长丈六尺、宽四寸以为度。腰围四五转，而收其垂于两胁间。烟包、纸袋、小刀、梳、篦③之属，皆怀之，故胸前襟带挡④起凸然。其胁下不缝者，惟幼童及僧衣为然。僧别有短衣如背心，谓之断俗，此其概也。

——•【字词注解】

①宽博：衣服宽大。衽：衣服的前襟。
②缉（qī）：一种缝纫方法，用相连的针脚密缝。
③篦（bì）：用竹子制成的梳头用具。
④挡（chōu）：束紧。

原文

帽以薄木片为骨，叠帕而蒙之，前七层，后十一层。花锦帽，远望如屋漏痕者，品最贵，惟摄政王叔国相得冠之。次品花紫帽，法司冠之。其次则纯紫。大略紫为贵，黄次之，红又次之，青绿斯下。各色又以绫为贵，绢为次。国王未受封时，戴乌纱帽。双翅①，侧冲上向，盘金，朱缨垂额，下束五色绦。至是冠皮弁②，状如中国梨园③演王者便帽，前直列花瓣七，衣蟒腰玉。

肩舆如中国饼轿，中置大椅，上施大盖，无帷幔，辕粗而长，无绊④，无横木，以八人左右肩之而行。

【字词注解】

①翅：帽子边上翘出像翅的部分。

②皮弁（biàn）：古冠名，古时男子穿礼服时戴的一种冠。古礼之服用冕，常礼之服用弁。弁分皮弁（武冠）、爵弁（文冠），前者用于田猎或征伐，后者用于祭祀。

③梨园：戏班。

④绊：用于轿子的一种绳子。

原文

杜氏①《通典》载琉球国俗，谓妇人产必食子衣②，以火自炙，令汗出。余举以问杨文凤③："然乎？"对曰："火炙诚有之，食衣则否。"即今中山已无火炙俗，惟北山犹未尽改。

嫁娶之礼，固陋已甚。世家亦有以酒肴珠贝为聘者。婚时即用本国轿，结彩鼓乐而迎。不计妆奁，父母送至夫家即返。不宴客，至亲具酒贺，不过数人。《隋书》云琉球风俗："男女相悦，便相匹偶。"盖其旧俗也。询之郑得功④，郑得功曰："三十六姓初来时，俗尚未改。后渐知婚礼，此俗遂革。今国中有夫之妇，犯奸即杀。"余始悟琉球所以号守礼之国者，亦由三十六姓教化之力也。

【字词注解】

①杜氏：杜佑（735—812），字君卿。京兆万年（今陕西西安）人。唐代历史学家。其所著《通典》专门记载历代典章制度及其沿革。

②子衣：胎衣。

③杨文凤：字经斋，首里（今属冲绳那霸）人，琉球学者、汉诗诗人。

④郑得功：琉球国的紫金大夫，精通汉语。

原文

小民有丧，则邻里聚送，观者护丧，掩毕即归。宦家则同官相知者，亦来送柩。出即归，大都不宴客。题主官率皆用僧，男书"圆寂大禅定①"，女书"禅定尼"，无考妣②称。近日宦家亦有书官爵者。棺制三尺，屈身而殓之。近宦家亦有长五六尺者，民则仍旧。

―•【字词注解】

①圆寂：佛教语。意为"诸德圆满、诸恶寂灭"，后称僧尼的死为"圆寂"。禅定：佛教修行之法，即通过静坐敛心，达到身心安稳、观照明净的境界。

②考妣（bǐ）：父母的别称。

原文

此邦之人，肘比华人稍短。《朝野佥载》①亦谓：人形短小似昆仑。余所见士大夫短小者固多，亦有修髯丰颐者、顾而长者、胖而腹腰十围者，前言似未足信。人体多狐臭，古所谓愠羝②也。

―•【字词注解】

①《朝野佥载》：唐代张鷟所著的笔记小说集，多记载隋唐两代的朝野逸闻。

②愠羝（yùn dī）：狐臭。愠，通"蕴"。

原文

世禄①之家皆赐姓。士庶率以田地为姓，更无名，其后裔则云某氏之子孙几男。所谓田、米，私姓也。

国中兵刑惟三章：杀人者死，伤人及重罪徒，轻罪罚日中晒之。计罪而定其日，国中数年无斩犯。间有犯斩罪者，又率引刀自剖腹死。

七月十五夜，开窗，见人家门外，皆列火炬二。询之土人，云：国俗于十五日盆祭，预期迎神，祭后乃去之。盆祭者，中国所谓盂兰会②也。连日见市上小儿，各手一纸幡，对立招展，作迎神状。知国俗盆祭祀先，亦大祭矣。

―•【字词注解】

①世禄：世代享有爵禄。

②盂兰会：又称"盂兰盆会"，即中元节。佛教超度亡灵的法会，也是古时祭祀祖先的日子，时间为农历七月初七。

原文

龟山南岸有窑，国人取车螯①大蚶之壳以煅，墍②灰壁不及石灰，而粘过者。再东北有池，为国人煮盐处。

七月二十五日，正、副使行册封礼，途中观者益众。上万松岭，迤逦而东。衢道修广，有坊，榜曰："中山道"。又进一坊，榜曰："守礼之邦"。世孙戴皮弁，服蟒衣，腰玉带，垂裳结佩，率百官跪迎道左。更进为欢会门，踞山巅，叠礁石为城，削磨如壁，有鸟道，无雉堞③，高五尺以上，远望如聚髑髅④。始悟《隋书》所谓"王居多聚髑髅于其下"者，乃远望误于形似，实未至城下也。城外石崖，左镌"龙冈"字，右镌"虎崒⑤"字。

王宫西向，以中国在海西，表忠顺面向之意。后东向为继世门，左南向为水门，右北向为久庆门。再进，层崖有门西北向，曰"瑞泉"。左右甬道，有左掖、右掖二门。更进有漏西向，榜曰："刻漏"。上设铜壶漏水。更进有门西北向，为奉神门，即王府门也。殿廷方广十数亩，分砌二道，由甬道进至阙廷⑥，为王听政之所。壁悬伏羲画卦象，龙马负图立其前，绢色苍古，微有剥蚀，殆非近代物。北宫殿屋固朴，屋举手可接，以处山冈，且阻海飓。面对为南宫。此日正、副使宴于北宫。大礼既成，通国欢忭⑦。闻国王经行处，悉有彩饰。泉崎道旁，列盆花异卉，绕以朱栏，中刻木作麒麟形，题曰："非龙非彪，非熊非罴，王者之瑞兽。"天妃宫前，植大松六，叠假山四，作白鹤二，生子母鹿三。池上结棚，覆以松枝，松子垂如葡萄。池中刻木鲤大小五，令浮水面。环池以竹，栏旁有坊，曰"偕乐坊"。柱悬一板，题曰："鹿濯濯，鸟嚶嚶，牣鱼跃"。归而述诸副使，副使曰："此皆《志略》所载，事隔数十年，一字不易，可谓印板文字矣。"从客皆笑。

【字词注解】

①车螯（áo）：又称"车熬"，蛤类，壳紫色，肉可食，亦可入药。

②墍（jì）：用泥涂抹屋顶。

③雉堞（dié）：泛指城墙。

④髑（dú）髅：死人的头骨。
⑤崒（zú）：山势险峻。
⑥阙廷：朝廷。
⑦欢忭（biàn）：喜悦，欢喜。

原文

宜野湾县有龟寿者，事继母以孝，国人莫不闻。母爱所生子，而短龟寿于其父伊佐前，且不食以激其怒。伊佐惑之，欲死龟寿，将令深夜汲北宫，要而杀之。仆匿龟寿于家，往谏伊佐，伊佐缚而放之。且谓事已露，不可杀，乃逐龟寿。龟寿既被放，欲自尽，又恐张母恶。值天雨雹，病不支，僵卧于路。巡官见之，近而抚其体犹温，知未死，覆以己衣，渐苏。徐诘其故，龟寿不欲扬父母之恶，饰词告之。初，巡官闻孝子龟寿被放，意不平。至是见言语支吾，疑即龟寿。赐衣食，令去，密访得其状。乃传集村人，系伊佐妻至，数其罪而监之。将告于王，龟寿愿以身代。巡官不忍伤孝子心，召伊佐夫妇面谕之。妇感悟，卒为母子如初。副使既为之记，余复为诗以表章之。诗云：

  軥轩①问俗到球阳，潜德端须为阐扬。
  诚孝由来能感格，何殊闵损与王祥②。

以为事继母而不能尽孝者劝。

【字词注解】

①軥（yóu）轩：轻车，古代使臣多乘坐，后以此代指使臣。

②王祥（185—269）：字休征，西晋琅琊（今山东临沂）人，事母至孝，传说他曾卧冰求鲤。

原文

经迭山墟、方集，因步行集中。观所市物，薯为多，亦有鱼、盐、酒、菜、陶、木器、蕉苎、土布，粗恶无足观者。国无肆店，率业于其家。市货以有易无，不用银钱。

闻国中率用日本宽永钱①，比来②亦不见。昨香厓携示串钱，环如鹅眼，无轮廓，贯以绳，积长三寸许，连四贯而合之，封以纸，上有钤记③。此球人新制钱，每封当大钱十。盖国中钱少，宽永钱铜质较美，恐或有人买去，故收藏之，特制此钱应用，市中无钱以此。

【字词注解】

①宽永钱：宽永通宝，日本宽永年间铸造的一种钱币，是当时在中国流通最广的外国方孔圆钱。

②比来：近日，近来。

③钤（qián）记：中国古代的一种官印。

国中男逸女劳，无有肩担背负者。趋集、织纫及采薪、运水，皆妇人主之，凡物皆戴之顶。

女衣既无纽无带，又不束腰，而国俗男女皆无裤，势须以手曳①襟。襟较男衣长，叠襟下为两层，风不得开。因悟髻必偏坠者，以手既曳襟，须空其顶以戴物。童而习之，虽重百斤，登山涉涧，无倾侧，是国中第一绝技也。其动作也，常卷两袖至背，贯绳而束之。发垢辄洗，洗用泥。脱衣结于腰，赤身低头，见人亦不避。抱儿惟一手，叉置腰间，即藉以曳襟。

【字词注解】

①曳：牵，拉。

东苑在崎山，出欢会门①，折而北。逐瑞泉下流，至龙渊桥，汇而为池，广可十丈，长可数十丈，捍以堤，曰"龙潭"。水清鱼可数，荷叶半倒。再折而东，有小村，篠②屏修整，松盖阴翳，薄云补林，微风啸竹，园外已极幽趣。入门，板亭二，南向。更进而南，屋三楹，亭东有阜③如覆盂。折而南，有岩西向，上镌梵字。下蹲石狮一，饰以五彩。再下，有小方池，凿石为龙首，泉从口出。有金鱼池，前竹万竿，后松百挺。再东，为望仙阁。前有"东苑阁"，后为"能仁堂"。东北望海，西南望山。国中形胜，此为第一。

【字词注解】

①欢会门：首里城的正门，位于城西北部。
②篠（xiǎo）：细竹。
③阜：土山，山包。

原文

　　南苑之胜，亦不减于东苑。苑中马富盛，折而东，循行阡陌间，水田漠漠，番薯①油油，绝无秋景。薯有新种者，问知已三收矣。再入山，松阴夹道，茅屋参差，田家之景可画。计十余里，始入苑村，名"姑场川"，即"同乐苑"也。苑踞山脊，轩五楹，夹室为复阁，颇曲折。轩前有池，新凿，狭而东西长，叠礁为桥。桥南新阜累累，因阜以为亭，宜远眺。亭东植奇花异卉。有花绝类蝴蝶，绛红色，叶如嫩槐，曰"蝴蝶花"。有松叶如白毛，曰"白发松"。池东，旧有亭，圯②以布代之。池西有阁，颇轩敞，四面风来，宜纳凉。有阁曰"迎晖"，有亭曰"一览"，即正、副使所题也。轩北有松，有凤蕉，有桃，有柳。黄昏举烟火，略同中国。

【字词注解】

①番薯：红薯，又称"甘薯"。
②圯（yí）：桥。

原文

　　余偕寄尘游波上。板阁无他神，惟挂铜片幡，上凿"奉寄御币"字，后署云："元和二年①壬戌"。或疑为唐时物，非也。按，元和二年为丁亥，非壬戌也。日本马场信武撰《八卦通变指南》，内列"三元指掌"，云："上元起永禄七年②甲子，止元和三年癸亥。如元起宽永元年③甲子，止元和三年癸亥；下元起贞亨元年④甲子。今元禄十六年⑤癸未。"国中既行宽永钱，证以元和日本僭号⑥，知琉球旧曾奉日本正朔⑦，今讳言之欤？

【字词注解】

①元和二年：1616年。这里是日本冒用的年号，不是中国唐代的年号。元和二年应当是丙辰，而非壬戌。元和三年为丁巳，而非癸亥。

②永禄七年：1564年。

③宽永元年：1624年。

④贞亨元年：1684年。

⑤元禄十六年：1703年。

⑥僭（jiàn）号：臣属冒用帝王的称号。

⑦正朔：古代帝王改朝换代时颁行的新历法。

原文

纸鸢制无精巧者，儿童多立屋上放之。按中国多放于清明前，义取张口仰视，宣导①阳气，令儿少疾。今放于九月，以非九月纸鸢不能上，则风力与中国异。即此可验球阳气暖，故能十月种稻。

【字词注解】

①宣导：疏通，引导。

原文

国俗男欲为僧者，听。既受戒，有廪给。有犯戒者，饬令①还俗，放之别岛。女子愿为土妓者，亦听。接交②外客，女之兄弟仍与外客叙亲往来，然率皆贫民，故不以为耻。若已嫁夫而复敢犯奸者，许女之父兄自杀之，不以告王。即告王，王亦不赦。此国中良贱③之大防，所以重廉耻也。

此邦有红衣妓，与之言不解。按拍清歌，皆方言也。然风韵亦正有佳者，殆不减憨园。近忽因事他迁，以扇索诗，因题二诗以赠之。诗云：

芳龄二八最风流，楚楚腰身剪剪眸。
手抱琵琶浑不语，似曾相识在苏州。

新愁旧恨感千端，再见真如隔世难。
可惜今宵好明月，与谁共卷绣帘看？

———【字词注解】

①饬（chì）令：命令，勒令。
②接交：结交，交往。
③良贱：良民和贱民。

国人率恭谨，有所受，必高举为礼。有所敬，则俯身搓手而后膜拜。劝尊者酒，酌而置杯于指尖以为敬，平等则置手心。

此邦屋俱不高，瓦必瓯，以避飓也。地板必去地三尺，以避湿也。屋脊四出，如八角亭。四面接修，更无重构复室，以省材也。屋无门户，上限刻双沟，设方格，糊以纸，左右推移，更不设暗闩①，利省便，恃无盗也，临街则设矣。神龛置青石于炉，实以砂，祀祖神也。国以石为神，无传真也。瓦上瓦狮，《隋书》所谓"兽头骨角"也。壁无粉墁②，示朴也。贵家间有糊砑粉花笺③，习华风，渐奢也。

———【字词注解】

①闩（shuān）：横插在门后使门推不开的木棍或铁棍。
②墁（màn）：墙壁上的涂饰。
③砑（yà）粉花笺：有光泽的精美笺纸。砑，用石具碾压使物体表面紧实，有光泽。

龟山有峰独出，与众山绝。前附小峰，离约二丈许。邦人驾石为洞，连二山，高十丈余，结布幔于洞东。不憩，拾级而登，行洞上。又十余级，乃陟巅。巅恰容一楼，楼无名，四面轩豁①，无户牖②。副使谓余曰：

"兹楼俯中山之全势，不可无名。"因名之曰"蜀楼"，并为之跋曰："蜀者何？独也。楼何以蜀名？以其踞独山也。"不曰独而曰蜀者，以副使为蜀人。楼构已百年，而副使乃名之，若有待也。楼左瞰青畴③，右扶苍石，后临大海，前揖中山，坐其中以望，若建瓴④焉。余又请于副使曰："额不可无联。"副使因书前四语付之。归路，循海而西，崖洞溪壑，皆奇峭，是又一胜游矣。

● 【字词注解】

①轩豁：敞亮，亮堂。
②牖（yǒu）：窗。
③青畴：绿色的田野。
④建瓴（líng）：高屋建瓴，即居高临下。

原文

越南山，度丝满村，人家皆面海，奇石林立。遵海而西，有山，翠色攒①空，石骨②穿海，曰"砂岳"。时午潮初退，白石粼粼，群马争驰，飞溅如雨。再西，度大岭村，丛棘为篱，渔网数百晒其上。村外水田漠漠，泥淖陷马，有牛放于冈。汪录谓马耕无牛，今不尽然也。

本岛能中山语者，给黄帽，为酋长。岁遣亲云上③监抚之，名"奉行官"，主其赋讼，各赋其土之宜，以贡于王。间切者，外府之谓。首里、泊、久米、那霸四府为王畿④，故不设。此外皆设。职在亲民，察其村之利弊，而报于亲云上。间切，略如中国知府。中山属府十四，间切十，山南省属府十二，山北省属府九，间切如其府数。

● 【字词注解】

①攒（cuán）：聚集，簇拥。
②石骨：坚硬的岩石。
③亲云上：琉球国三品到七品官员的尊称。这里相当于钦差。
④王畿（jī）：泛指京城。

原文

国俗自八月初十至十五日,并蒸米,拌赤小豆,为饭相饷,以祭月,风同中国。是夜,正、副使邀从客露饮。月光澄水,天色拖蓝,风寂动息,潮声杂丝肉①声,自远而至。恍置身三山,听子晋②吹笙,麻姑③度曲,万缘俱静矣。宇宙之大,同此一月。回忆昔日萧爽楼中,良宵美景,轻轻放过,今则天各一方,能无对月而兴怀乎?

【字词注解】

①丝肉:乐器声和唱歌声。

②子晋:王子乔。神话传说中的人物,相传他是周灵王的太子,喜吹笙作凤凰鸣。

③麻姑:神话传说中的仙女。民间传说海上的守护神妈祖就是她转世所化。

原文

世传八月十八日,为潮生辰。国俗,于是夜候潮波上。子刻,偕寄尘至波上,草如碧毯,沾露愈滑,扶仆行,凭垣倚石而坐。丑刻,潮始至,若云峰万叠,卷海飞来。须臾①,腥气大盛,水怪抟风,金蛇②掣电,天柱欲折,地轴暗摇,雪浪溅衣,直高百尺,未敢遽窥鲛宫③,已若有推而起之者。迷离惝恍,千态万状。观此,乃知枚乘④《七发》犹形容未尽也。潮既退,始闻噌吰⑤之声出礁石间。徐步至护国寺,尚似有雷霆震耳。潮至此,观止矣。

【字词注解】

①须臾(yú):一会儿,不久。

②金蛇:比喻雷电的闪光。

③鲛(jiāo)宫:神话中鲛人在水中的居室,这里指海洋。

④枚乘(?—前140):字叔,淮阴(今江苏淮安)人,西汉辞赋家。

⑤噌吰(cēng hóng):声音洪亮、响亮,多形容钟鼓之声。

【原文】

　　元旦至六日，贺节。初五日，迎灶。二月，祭麦神。十二日，浚①井，汲新水，俗谓之洗百病。三月三日，作艾糕②。五月五日，竞渡。六月六日，国中作六月节，家家蒸糯米，为饭相饷。十二月八日，作糯米糕，层裹棕叶，蒸以相饷，名曰"鬼饼"。二十四日，送灶。正、三、五、九为吉月，妇女率游海畔，拜水神祈福。逢朔日，群汲新水献神。此其略也。余独疑国俗敬佛，而不知四月八日为佛诞辰。腊八鬼饼如角黍③，而不知七宝粥④。

【字词注解】

①浚：疏通，深挖。

②艾糕：加艾叶或艾草制成的糕饼。

③角黍：粽子的古称。

④七宝粥：又称"佛粥""腊八粥"。农历腊月初八，寺僧用乳蕈、胡桃等煮粥供佛并供众结缘。

【原文】

　　国王送菊二十余盆，花叶并茂，根际皆以竹签标名。内三种尤异类：一名"金锦"，朵兼红、黄、白三色，小而繁，灿如列星；一名"重宝"，瓣如莲而小，色淡红；一名"素球"，瓣宽，不类菊，重叠千层，白如雪。皆所未见者。媵①之以诗，诗云：

　　陶篱②韩圃多秋色，未必当年有此花。

　　似汝幽姿真可惜，移根无路到中华。

【字词注解】

①媵（yìng）：赠送。

②陶篱：典出陶渊明《饮酒》诗："采菊东篱下，悠然见南山。"

见狮子舞,布为身,皮为头,丝为尾,翦彩如毛饰其外,头尾口眼皆活,镀睛贴齿。两人居其中,俯仰跳跃,相驯狎欢腾状。余曰:"此近古乐矣。"按《旧唐书·音乐志》,后周武帝①时,造太平乐②,亦谓之五方狮子舞。白乐天《西凉妓》云:"假面夷人弄狮子,刻木为头丝作尾。金镀眼睛银贴齿,奋迅毛衣罢双耳。"即此舞也。

【字词注解】

①后周武帝:宇文邕(543—578),公元560—578年在位。
②太平乐:在宫廷表演的一种狮子舞。

　　此邦有所谓"踏柁戏"者,横木以为梁,高四尺余,复置板而横之,长丈有二尺,虚其两端,均力焉。夷女二,结束衣彩,赤双足,各手一巾,对立相视而歌。歌未竟,跃立两端。稍作低昂,势若水碓①之起伏,渐起渐高。东者陡落而激之,则西飞起三丈余,翩翩若轻燕之舞于空也。西者落而陡激之,则东者复起,又如鸷鸟②之直上青云也。叠相起伏,愈激愈疾,几若山鸡舞镜,不复辨其孰为影,孰为形焉。俄焉,势渐衰,机渐缓,板末乃安,齐跃而下,整衣而立。终戏,无虚蹈方寸者,技至此绝矣。

【字词注解】

①水碓(duì):旧时用水力舂米的器械。
②鸷(zhì)鸟:猛禽。

　　接送宾客颇真率,无揖让之烦。客至不迎,随意坐。主人即具烟架、火炉、竹筒、木匣各一,横烟管其上,匣以烟,筒以弃灰也。遇所敬客,乃烹茶。以细末粉少许,杂茶末,入沸水半瓯,搅以小竹帚,以沫满瓯面为度。客去，亦不送。贵官劝客，常以箸蘸浆少许，纳客唇以为敬。烧酒著黄糖①则名福，著白糖则名寿，亦劝客之一贵品也。

●【字词注解】

①黄糖：红糖。

原文

重阳①具龙舟，竞渡于龙潭。琉球亦于五月竞渡，重阳之戏，专为宴天使而设。因成三诗以志之，诗云：

故园辜负菊花黄，万里迢迢在异乡。
舟泛龙潭看竞渡，重阳错认作端阳。

去年秋在洞庭湾，亲摘黄花插翠鬟。
今日登高来海外，累伊独上望夫山。

待将风信泛归槎，犹及初冬好到家。
已误霜前开菊宴，还期雪里访梅花。

●【字词注解】

①重阳：中国的传统节日。农历九月初九，人们有登高的习俗。

原文

闻程顺则曾于津门购得宋朱文公墨迹十四字，今其后裔犹宝之。借观不得，因至其家。开卷，见笔势森严，如奇峰怪石，有岩岩①不可犯之色，想见当日道学气象。字径八寸以上，文曰：

香飞翰苑围川野，春报南桥叠萃新。

后有名款，无岁月。文公墨迹，流传世间者，莫不宝而藏之。盖其所就者大，笔墨乃其余事，而能自成一家言如此。知古人学力，无所不至也。

①岩岩：庄重威严的样子。

原文

又游蔡清派家祠。祠内供蔡君谟①画像，并出君谟墨迹见示，知为君谟的派②，由明初至琉球，为三十六姓之一。清派能汉语，人亦倜傥。由祠至其家，花木俱有清致，池圆如月，为额其室曰："月波大屋"。

【字词注解】

①蔡君谟（mó）：蔡襄（1012—1067），字君谟，兴化（今福建仙游）人。北宋著名书法家，为"宋四家"之一。

②的派：嫡派、嫡系，家族的正支血脉。

原文

大抵球人工剪剔树木，叠砌假山，故士大夫家率有丘壑以供游览。庭中树长竿，上置小木舟，长二尺，桅舵帆橹皆备。首尾风轮五叶，挂色旗以候风。渡海之家，率预计归期。南风至，则合家欢喜，谓行人当归，归则撤之，即古五两旗①遗意。

【字词注解】

①五两旗：一种古代的测风旗。

原文

国王有墨长五寸，宽二寸。有老坑端砚①，长一尺，宽六寸，有"永乐四年②"字。砚背有"七年四月东坡居士留赠潘邠老③"字。问知为前明受赐物。国中有东坡诗集，知王不但宝其砚矣。

【字词注解】

①老坑：年代久远、产量大、质材精的石材坑口。端砚：用广东肇庆端溪之石制成的砚台。

②永乐四年：1406年。

③东坡居士：苏轼，自号东坡居士。潘邠老：潘大临，字邠老，湖北黄冈人。宋代江西诗派诗人。

原文

　　棉纸、清纸，皆以谷皮为之，恶①不中书者。有护书纸，大者佳，高可三尺许，阔二尺，白如玉；小者减其半。亦有印花诗笺，可作札②。别有围屏纸，则糊壁用矣。徐葆光《球纸》诗云：

　　　　冷金③入手白于练，侧理海涛凝一片。

　　　　昆刀④截截径尺方，叠雪千层无幂面。

形容殆尽。

【字词注解】

①恶：质量粗劣。

②札：书信。

③冷金：冷金纸，带白色的泥金或洒金的纸。

④昆刀：昆吾刀，古代用来刻玉石的名刀。这里代指裁纸刀。

原文

　　南炮台间，有碑二：一正书①，剥蚀甚微，"奉书造"三字；一其国学书②。前朝嘉靖二十一年③建，惟不能尽识。其笔力正自遒劲飞舞。

【字词注解】

①正书：楷书。

②国学书：中山国字体。

③嘉靖二十一年：1542年。

　　有木曰山米，又名"野麻姑"，叶可染，子如女贞①，味酸，土人榨以为醋。球醋纯白，不甚酸，供者以为米醋，味不类，或即此果所榨欤？

席地坐，以东为上，设毡。食皆小盘，方盈尺，著两板为脚，高八寸许。肴凡四进，各盘贮而不相共。三进皆附以饭，至四肴乃进酒二，不过三巡②。每进肴止一盘，必撤前肴而后进其次肴。肴饭用油煎面果，次肴饭用炒米花，三肴用饭。每供肴酒，主人必亲手高举，置客前，俯身搓手而退。终席，主人不陪，以为至敬。此球人宴会尊客之礼，平等乃对饮。大要球俗，席皆坐地，无椅桌之用，食具如古俎豆③，肴尽干制，无所用匕。虽贵官家食，不过一肴、一饭、一箸，箸多削新柳为之。即妻子不同食，犹有古人之遗风焉。

—•【字词注解】

①女贞：冬青树，树叶经冬不凋，其子可入药。

②三巡：斟酒三次。

③俎（zǔ）豆：俎和豆，古代祭祀、宴会时盛食品用的两种器具。

原文

使院敷命堂后，旧有二榜。一书前明册使姓名：洪武五年①，封中山王察度，使行人②汤载；永乐二年③，封武宁，使行人时中；洪熙元年④，封巴志，使中官柴山；正统七年⑤，封尚忠，使给事中俞忭，行人刘逊；十三年，封尚思达，使给事中陈传，行人万祥；景泰二年⑥，封尚景福，使给事中乔毅，行人童守宏；六年，封尚泰久，使给事中严诚，行人刘俭；天顺六年⑦，封尚德，使吏科给事中潘荣，行人蔡哲；成化六年⑧，封尚圆，使兵科给事中官荣，行人韩文；十三年，封尚真，使兵科给事中董旻，行人司司副张祥；嘉靖七年⑨，封尚清，使吏科给事中陈侃，行人高澄；四十一年，封尚元，使吏科左给事中郭汝霖，行人李际春；万历四年⑩，封尚永，使户科左给事中萧崇业，行人谢杰；二十九年，封尚宁，使兵科右给事中夏子阳，行人王士正；崇祯元年⑪，封尚丰，使户科左给事中杜三策，行人司司正杨伦。凡十五次，二十七人。柴山以前，无副也。

一书本朝册使姓名：康熙二年⑫，封尚质，使兵科副理官张学礼，行人王垓；二十一年，封尚贞，使翰林院检讨汪楫，内阁中书舍人林麟焻；五十八年，封尚敬，使翰林院检讨海宝，翰林院编修徐葆光；乾隆二十一年⑬，封尚穆，使翰林院侍讲全魁，翰林院编修周煌。凡四次，共八人。

——●【字词注解】

①洪武五年：1372年。

②使：派遣某人出使。行人：古代一种官职名，使者的通称。

③永乐二年：1404年。

④洪熙元年：1425年。

⑤正统七年：1442年。

⑥景泰二年：1451年。

⑦天顺六年：1462年。

⑧成化六年：1470年。

⑨嘉靖七年：1528年。

⑩万历四年：1576年。

⑪崇祯元年：1628年。

⑫康熙二年：1663年。

⑬乾隆二十一年：1756年。

原文

清明后，南风为常。霜降后，南北风为常。反是飓飔将作。正、二、三月多飓，五、六、七、八月多飔。飓骤发而倏止，飔渐作而多日。九月，风或连月，俗称"九降风"，间有飔起，亦骤如飓。遇飓犹可，遇飔难当。十月后多北风，飓飔无定期，舟人视风隙以来往。凡飓将至，天色有黑点，急收帆，严舵以待，迟则不及，或至倾覆。飔将至，天边断虹若片帆，曰"破帆"。稍及半天如鲎①尾，曰"屈鲎"。若见北方尤虐，又海面骤变，多秽如米糠，及海蛇浮游，或红蜻蜓飞绕，皆飓风征。

——●【字词注解】

①鲎（hòu）：又称"中国鲎""东方鲎"，节肢动物，甲壳类，生活在海洋中，尾坚硬，肉可食。

原文

　　自来球阳，忽已半年，东风不来，欲归无计。十月二十五日，乃始扬帆返国。至二十九日，见温州南杞山①。少顷，见北杞山，有船数十只泊焉。舟人皆喜，以为此必迎护船也。守备登后艄以望，惊报曰："泊者，贼船也。"又报："贼船皆扬帆矣。"未几，贼船十六只吆喝而来。我船从舵门放子母炮②，立毙四人，击喝者坠海，贼退。枪并发，又毙六人；复以炮击之，毙五人。稍进，又击之，复毙四人，乃退去。其时，贼船已占上风，暗移子母炮至舵右舷边，连毙贼十二人，焚其头篷，皆转舵而退。中有二船较大，复鼓噪，由上风飞至。大炮准对贼船，即施放，一发中其贼首，烟迷里许。既散，则贼船已尽退。是役也，枪炮俱无虚发，幸免于危。

【字词注解】

①南杞山：靠近浙江温州海岸的一座山峰。
②子母炮：旧时的一种轻型火炮，由一门母炮和若干子炮组成。

原文

　　不一时，北风又至，浪飞过船。梦中闻舟人哗曰："到官塘矣。"惊起。从客皆一夜不眠，语余曰："险至此，汝尚能睡耶？"余问其状，曰："每侧则篷皆卧水。一浪盖船，则船身入水，惟闻瀑布声，垂流不息。其不覆者，幸耶。"余笑应之曰："设覆，君等能免乎？余入黑甜乡①，未曾目击其险，岂非幸乎？"盥后，登战台视之，前后十余灶，皆没，船面无一物，爨火断矣。舟人指曰："前即定海②，可无虑矣。"申刻，乃得泊。船户登岸购米薪，乃得食。

　　是夜修家书，以慰芸之悬系③，而归心益切。犹忆昔年，芸尝谓余："布衣菜饭，可乐终身，不必作远游。"此番航海，虽奇而险，濒危幸免，始有味④乎芸之言也。

【字词注解】

①黑甜乡：梦乡。
②定海：今浙江舟山定海区，位于长江、钱塘江入海处。
③悬系：牵挂，挂念。
④味：体味。

卷六 养生记逍

〔概论〕

《养生记逍》是《浮生六记》的最后一卷,现存的是后人的伪作,并非沈复原稿。本卷主要叙述健身摄生之法,一反前四记"缠绵哀感""一往情深",写"于伉俪尤敦焉"的内容。

本卷云:自妻子陈芸病逝后,沈复"戚戚无欢""栖身苦庵,惟以《南华经》自遣",后来他又"居禅房",与禅师谈禅,渐渐懂得了古人的一些养生之理,体悟出自己的一套养生之道,并"始臻超脱也"。

本卷展示了对养生渐悟、顿悟的过程,与前几卷所述内容有很大差别。虽是伪作,但也着力与前面所述构成因果关系:如果没有前五卷对困顿离合、人情事态及人生无常的描写,就不可能有卷六的"大彻大悟"及其中许多的无奈忧思,正如文中所言:"自芸之殁,一切世味,皆生厌心;一切世缘,皆生悲想,奈何颠倒不自痛悔耶。"卷中三次谈到陈芸的病逝,从而使本卷与前面数卷有机勾连。

原文

自芸娘之逝,戚戚①无欢。春朝秋夕,登山临水,极目伤心,非悲则恨。读《坎坷记愁》,而余所遭之拂逆②可知也。

静念解脱之法,行将辞家远出,求赤松子于世外。嗣以淡安、揖山两昆季之劝,遂乃栖身苦庵,惟以《南华经》自遣。乃知蒙庄③鼓盆而歌,岂真忘情哉？无可奈何，而翻作达耳。余读其书，渐有所悟。读《养生主》而悟达观之士，无时而不安，无顺而不处，冥然与造化为一。将何得而何失，孰死而孰生耶？故任其所受，而哀乐无所错④其间矣。又读《逍遥游》，而悟养生之要，惟在闲放不拘，怡适自得而已。始悔前此之一段痴情，得勿作茧自缚矣乎？此《养生记道》之所为作也。亦或采前贤之说以自广⑤，扫除种种烦恼，惟以有益身心为主，即蒙庄之旨也。庶几可以全生，可以尽年。

——•【字词注解】

①戚戚：忧伤的样子。

②拂逆：不顺利，阻碍。

③蒙庄：庄子。因其做过蒙漆园吏，故称。

④错：通"措"，放置。

⑤自广：自我发挥。

原文

余年才四十，渐呈衰象。盖以百忧摧撼①，历年郁抑，不无闷损②。淡安劝余每日静坐数息，仿子瞻③《养生颂》之法，余将遵而行之。

调息之法，不拘时候，兀身端坐，子瞻所谓摄身使如木偶也。解衣缓带，务令适然。口中舌搅数次，微微吐出浊气，不令有声，鼻中微微纳之。或三五遍，二七遍，有津咽下，叩齿数通。舌抵上腭，唇齿相着，两目垂帘，令胧胧然④渐次调息，不喘不粗。或数息出，或数息入，从一至十，从十至百，摄心在数，勿令散乱。子瞻所谓"寂然，兀然，与虚空等也"。如心息相依，杂念不生，则止勿数，任其自然。子瞻所谓"随"也。坐久愈妙，若欲起身，须徐徐舒放手足，勿得遽起。能勤行之，静中光景，种种奇特，子瞻所谓"定能生慧"。自然明悟，譬如盲人忽然有眼也。直可明心见性，不但养身全生而已。出入绵绵，若存若亡，神气相依，是为真息。

息息归根，自能夺天地之造化，长生不死之妙道也。

【字词注解】

①摧撼：摧残，烦扰。

②闷损：烦闷。

③子瞻：苏轼（1037—1101），字子瞻。

④胧胧然：微明的样子。

原文

人大言，我小语。人多烦，我少记。人悸怖①，我不怒。澹然②无为，神气自满。此长生之药。《秋声赋》③云：

奈何思其力之所不及，忧其智之所不能。宜其渥然④丹者为槁木，黟⑤然黑者为星星。

此士大夫通患也。又曰：

百忧感其心，万事劳其形。有动乎中，必摇其精。

人常有多忧多思之患，方壮遽老，方老遽衰。反此亦长生之法。舞衫歌扇，转眼皆非；红粉青楼，当场即幻。秉灵烛以照迷情，持慧剑⑥以割爱欲，殆非大勇不能也。

【字词注解】

①悸怖：恐惧。

②澹（dàn）然：恬淡、安静的样子。

③《秋声赋》：北宋文学家欧阳修所作，描写秋天景色。

④渥（wò）然：色泽红润的样子。

⑤黟（yī）：黑色。

⑥慧剑：佛教语，指能斩断一切烦恼的智慧。

原文

然情必有所寄，不如寄其情于卉木①，不如寄其情于书画。与对艳妆美人何异？可省却许多烦恼。范文正有云："千古贤贤，不能免生死，不能管后事。一身从无中来，却归无中去。谁是亲疏？谁能主宰？既无奈何，即放心逍遥，任委②来往。如此断了，既心气渐顺，五脏亦和，药方有效,食方有味也。只如安乐人,忽有忧事。便吃食不下,何况久病,更忧身死,更忧身后,乃在大怖中,饮食安可得下?请宽心将息。"云云。乃劝其中舍三哥之帖。余近日多忧多虑,正宜读此一段。

——•【字词注解】

①卉木:花卉草木。

②任委:任凭。

放翁胸次①广大,盖与渊明、乐天、尧夫②、子瞻等,同其旷逸③。其于养生之道,千言万语,真可谓有道之士。此后当玩索④陆诗,正可疗余之病。

——•【字词注解】

①胸次:胸襟。

②尧夫:北宋理学家、易学家邵雍(1012—1077),字尧夫,自号安乐先生。

③旷逸:心胸开阔,性情豁达。

④玩索:玩赏研究。

沕浴①极有益。余近制一大盆,盛水极多。沕浴后,至为畅适。东坡诗所谓"淤槽漆斛江河倾,本来无垢洗更轻"②,颇领略得一二。

——•【字词注解】

①沕(hū)浴:沐浴。

②"淤槽"二句:诗出苏轼《宿海会寺》。淤槽漆斛,指积淀着淤泥的木槽和油漆过的澡盆。

原文

治有病，不若治于无病，疗身，不若疗心。使人疗，尤不若先自疗也。林鉴堂诗曰：

自家心病自家知，起念还当把念医。

只是心生心作病，心安那有病来时。

此之谓自疗之药。游心于虚静，结志于微妙，委虑于无欲，指归于无为，故能达生延命，与道为久。

仙经①以精、气、神为内三宝，耳、目、口为外三宝。常令内三宝不逐物而流，外三宝不诱中而扰。重阳祖师②于十二时中，行住坐卧，一切动中，要把心似泰山，不摇不动。谨守四门：眼、耳、鼻、口，不令内入外出，此名养寿紧要。外无劳形之事，内无思想之患，以恬愉为务，以自得为功，形体不敝，精神不散。

【字词注解】

①仙经：泛指道教经典。

②重阳祖师：王重阳（1112—1170），原名王中孚，字允卿，号重阳子。道教分支全真教创始人，道徒尊称其为"重阳祖师"，为道教"北五祖"之一。

原文

益州①老人尝言："凡欲身之无病，必须先正其心。使其心不乱求，心不狂思，不贪嗜欲，不著迷惑，则心君②泰然矣。心君泰然，则百骸四体，虽有病，不难治疗。独此心一动，百患为招，即扁鹊、华佗在旁，亦无所措手矣。"

【字词注解】

①益州：古地名。包括今四川全境及云南、贵州、陕西等省的部分地区。

②心君：心。古人以心为人身主宰，故称心为"心君"。

林鉴堂先生有《安心诗》六首,真长生之要诀也。诗云:
我有灵丹一小锭,能医四海群迷病。
些儿吞下体安然,管取延年兼接命。

安心心法有谁知,却把无形妙药医。
医得此心能不病,翻身跳入太虚时。

念杂由来业障①多,憧憧扰扰②竟如何。
驱魔自有玄微诀,引入尧夫安乐窝。

人有二心方显念,念无二心始为人。
人心无二浑无念,念绝悠然见太清。

这也了时那也了,纷纷攘攘皆分晓。
云开万里见清光,明月一轮圆皎皎。

四海遨游养浩然,心连碧水水连天。
津头自有渔郎问,洞里桃花日日鲜。

—•【字词注解】

①业障:佛教语,指妨碍修行的罪业。
②憧憧扰扰:纷扰。

禅师与余谈养心之法,谓:"心如明镜,不可以尘之也。又如止水,不可以波之也。"此与晦庵①所言:"学者,常要提醒此心,惺惺②不寐,如日中天,群邪自息。"其旨正同。又言:"目毋妄视,耳毋妄听,口毋妄言，心毋妄动，贪嗔痴爱，是非人我，一切放下。未事不可先迎，遇事不宜过扰，既事不可留住。听其自来，应以自然，信其自去。忿懥③恐惧，好乐忧患，皆得其正。"此养心之要也。

王华子曰："斋者，齐也。齐其心而洁其体也，岂仅茹素而已。所谓齐其心者，澹志寡营，轻得失，勤内省，远荤酒。洁其体者，不履邪径，不视恶色，不听淫声，不为物诱。入室闭户，烧香静坐，方可谓之斋也。诚能如是，则身中之神明自安，升降不碍，可以却病，可以长生。"

【字词注解】

①晦庵：朱熹，号晦庵。

②惺惺：机警，聪明。

③忿懥（zhì）：愤怒，忿恨的样子。

原文

余所居室，四边皆窗户。遇风即合，风息即开。余所居室，前帘后屏，太明即下帘，以和其内映；太暗则卷帘，以通其外耀①。内以安心，外以安目，心目俱安，则身安矣。

禅师称二语告我曰："未死先学死，有生即杀生。"有生，谓妄念初生。杀生，谓立予铲除也。此与孟子勿忘勿助之功相通。

孙真人②《卫生歌》云：

卫生切要知三戒，大怒大欲并大醉。

三者若还有一焉，须防损失真元气。

又云：

世人欲知卫生道，喜乐有常嗔怒少。

心诚意正思虑除，理顺修身去烦恼。

又云：

醉后强饮饱强食，未有此生不成疾。

　　　　入资饮食以养身，去其甚者自安适。
　　又蔡西山③《卫生歌》云：
　　　　何必餐霞饵大药，妄意延龄等龟鹤。
　　　　但于饮食嗜欲间，去其甚者将安乐。
　　　　食后徐行百步多，两手摩胁并胸腹。
　　又云：
　　　　醉眠饱卧俱无益，渴饮饥餐尤戒多。
　　　　食不欲粗并欲速，宁可少餐相接续。
　　　　若教一顿饱充肠，损气伤脾非尔福。
　　又云：
　　　　饮酒莫教令大醉，大醉伤神损心志。
　　　　酒渴饮水并啜茶，腰脚自兹成重坠。
　　又云：
　　　　视听行坐不可久，五劳七伤从此有。
　　　　四肢亦欲得小劳，譬如户枢终不朽。
　　又云：
　　　　道家更有颐生旨，第一戒人少嗔恚④。
凡此数言，果能遵行，功臻旦夕，勿谓老生常谈也。

【字词注解】

①外耀：外面的光线。

②孙真人：孙思邈（581—682），京兆华原（今陕西铜川耀州区）人，唐代著名医学家。宋徽宗时追封其为妙应真人。

③蔡西山：蔡元定（1135—1198），字季通，号西山，建阳（今福建南平建阳区）人。朱熹的弟子，南宋理学家。

④嗔恚（chēn huì）：指仇视、怨恨、生气的心理。

　　洁一室，开南牖，八窗通明。勿多陈列玩器，引乱心目。设广榻、长几各一,笔砚楚楚①,旁设小几一。挂字画一幅,频换。几上置得意书一二部,古帖一本,古琴一张。心目间,常要一尘不染。

晨入园林,种植蔬果,芟草,灌花,莳②药。归来入室,闭目定神。时读快书,怡悦神气;时吟好诗,畅发幽情。临古帖,抚古琴,倦即止。知己聚谈,勿及时事,勿及权势,勿臧否人物,勿争辩是非。或约闲行,不衫不履,勿以劳苦徇礼节。小饮勿醉,陶然而已。诚然如是,亦堪乐志。以视夫蹩足入绊,伸脰③就羁,游卿相之门,有簪佩④之累,岂不霄壤之悬哉。

— •【字词注解】

①楚楚:整齐的样子。

②莳(shì):种植,栽种。

③脰(dòu):脖子。

④簪佩:古代官吏的冠簪和系于衣带上的饰物,这里借指显贵。

原文

太极拳非他种拳术可及。太极二字,已完全包括此种拳术之意义。太极,乃一圆圈。太极拳即由无数圆圈连贯而成之一种拳术。无论一举手,一投足,皆不能离此圆圈。离此圆圈,便违太极拳之原理。四肢百骸①不动则已,动则皆不能离此圆圈,处处成圆,随虚随实。练习以前,先须存神纳气,静坐数刻。并非道家之守窍也,只需屏绝思虑,务使万缘俱静。以缓慢为原则,以毫不使力为要义,自首至尾,连绵不断。相传为辽阳张通②,于洪武初奉召入都,路阻武当,夜梦异人,授以此种拳术。余近年从事练习,果觉身体较健,寒暑不侵。用以卫生,诚有益而无损者也。

省多言,省笔札,省交游,省妄想,所一息不可省者,居敬养心耳。

— •【字词注解】

①百骸:全身。

②张通:张三丰(1247—1417),又名君宝,字君实,号三丰,辽东懿州(今属辽宁阜新)人。道教武当派祖师。

原文

杨廉夫①有《路逢三叟》词云：

上叟前致辞，大道抱天全。

中叟前致辞，寒暑每节宣。

下叟前致辞，百岁半单眠。

尝见后山②诗中一词，亦此意。盖出应璩③，璩诗曰：

昔有行道人，陌上见三叟。

年各百岁余，相与锄禾麦。

往前问三叟，何以得此寿？

上叟前致辞，室内姬粗丑。

二叟前致辞，量腹节所受。

下叟前致辞，夜卧不覆首。

要哉三叟言，所以能长久。

【字词注解】

①杨廉夫：杨维桢（1296—1370），字廉夫，号铁冠道人等。浙江诸暨人。元代著名诗人。

②后山：陈师道（1053—1102），字履常，号后山，北宋江西诗派诗人，著有《后山词》。

③应璩（qú）（190—252）：字休琏（liǎn），汝南（今河南项城）人。三国时曹魏文学家，著有《三叟歌》。

原文

古人云："比上不足，比下有余。"此最是寻乐妙法也。将啼饥者比，则得饱自乐；将号寒者比，则得暖自乐；将劳役者比，则悠闲自乐；将疾病者比，则康健自乐；将祸患者比，则平安自乐；将死亡者比，则生存自乐。

白乐天诗有云：

蜗牛角内争何事①，石火光中寄此身。

随富随贫且欢喜，不开口笑是痴人。

近人诗有云：

人生世间一大梦，梦里胡为苦认真？

梦短梦长俱是梦，忽然一觉梦何存。

与乐天同一旷达也。

世事茫茫，光阴有限，算来何必奔忙？人生碌碌，竞短论长，却不道荣枯有数，得失难量。看那秋风金谷②，夜月乌江，阿房宫③冷，铜雀台④荒。荣华花上露，富贵草头霜。机关参透，万虑皆忘，夸什么龙楼凤阁，说什么利锁名缰。

闲来静处，且将诗酒猖狂，唱一曲归来未晚，歌一调湖海茫茫。逢时遇景，拾翠寻芳。约几个知心密友，到野外溪旁，或琴棋适性，或曲水流觞；或说些善因果报，或论些今古兴亡。看花枝堆锦绣，听鸟语弄笙簧。一任他人情反复，世态炎凉，优游闲岁月，潇洒度时光。

此不知为谁氏所作，读之而若大梦之得醒，热火世界一贴清凉散也。

【字词注解】

①蜗牛角内争何事：诗出白居易《对酒五首》之二。

②金谷：金谷园，为晋人石崇所建，极其奢华。

③阿房宫：秦始皇时修建的宫殿，规模宏大，极尽奢华，后被项羽焚毁。

④铜雀台：建安十五年（210）时曹操所建。因楼顶铸有铜雀展翅欲飞，故名"铜雀台"。

原文

程明道①先生曰："吾受气甚薄，因厚为保生。至三十而浸盛，四十五十而后完。今生七十二年矣，较其筋骨，于盛年无损也。若人待老而保生，是犹贫而后蓄积，虽勤亦无补矣。"

【字词注解】

①程明道：程颢（hào）（1032—1085），字伯淳，北宋理学家，世称"明道先生"。

原文

口中言少，心头事少，肚里食少。有此三少，神仙可到。酒宜节饮，忿宜速惩，欲宜力制。依此三宜，疾病自稀。

病有十可却：静坐观空，觉四大①原从假合，一也；烦恼现前，以死譬之，二也；常将不如我者，巧自宽解，三也；造物劳我以生，遇病少闲，反生庆幸，四也；宿孽现逢，不可逃避，欢喜领受，五也；家庭和睦，无交谪②之言，六也；众生各有病根，常自观察克治，七也；风寒谨防，嗜欲淡薄，八也；饮食宁节毋多，起居务适毋强，九也；觅高朋亲友，讲开怀出世之谈，十也。

【字词注解】

①四大：佛教以地、水、火、风为"四大"。
②交谪（zhé）：互相埋怨。

原文

邵康节居安乐窝①中，自吟曰：

老年肢体索温存，安乐窝中别有春。
万事去心闲偃仰②，四肢由我任舒伸。

炎天傍竹凉铺簟③，寒雪围炉软布裯。
昼数落花聆鸟语，夜邀明月操琴音。

食防难化常思节，衣必宜温莫懒增。
谁道山翁拙于用，也能康济自家身。

【字词注解】

①邵康节：邵雍，谥号"康节"，故称。安乐窝：邵雍将其居室称作"安乐窝"。

②偃仰：俯仰，比喻随世俗沉浮或进退。

③簟（diàn）：竹席。

原文

养生之道，只"清净明了"四字。内觉身心空，外觉万物空，破诸妄想，一无执着，是曰"清净明了"。

万病之毒，皆生于浓。浓于声色，生虚怯病；浓于货利，生贪饕病；浓于功业，生造作病；浓于名誉，生矫激病。噫！浓之为毒甚矣。樊尚默①先生以一味药解之，曰"淡"。云白山青，川行石立，花迎鸟笑，谷答樵讴，万境自闲，人心自闹。

【字词注解】

①樊尚默：樊良枢，字尚默，号致虚。进贤（今江西南昌进贤县）人。万历三十二年（1604）进士，历任仁和县令、云南提学副使。

原文

岁暮访淡安，见其凝尘满室，泊然①处之。叹曰："所居，必洒扫涓洁，虚室以居，尘嚣不杂。斋前杂树花木，时观万物生意。深夜独坐，或启扉以漏月光，至昧爽②，但觉天地万物，清气自远而届，此心与相流通，更无窒碍。今室中芜秽不治，弗以累心，但恐于神爽未必有助也。"

余年来静坐枯庵，迅扫夙习。或浩歌长林，或孤啸幽谷，或弄艇投竿于溪涯湖曲，捐耳目，去心智，久之似有所得。陈白沙③曰："不累于外物，不累于耳目，不累于造次颠沛。鸢飞鱼跃，其机在我。"知此者谓之善学，抑亦养寿之真诀也。

【字词注解】

①泊然：恬淡从容的样子。

②昧爽：拂晓，黎明。

③陈白沙：陈献章（1428—1500），字公甫，明代思想家。曾居白沙村（今广东江门蓬沙区白沙街道），人称"白沙先生"。

原文

圣贤皆无不乐之理。孔子曰："乐在其中。"颜子曰："不改其乐。"孟子以"不愧，不怍"为乐。《论语》开首说乐，《中庸》言"无入而不自得"。程、朱教寻孔、颜乐趣，皆是此意。圣贤之乐，余何敢望，窃欲仿白傅之"有叟在中，白须飘然，妻孥熙熙，鸡犬闲闲"之乐云耳①。

【字词注解】

①白傅：白居易，因其曾任太子少傅，故后来诗文中常省称"白傅"。"有叟在中"四句见其诗作《池上篇》。

原文

冬夏皆当以日出而起，于夏尤宜。天地清旭①之气，最为爽神，失之甚为可惜。余居山寺之中，暑月日出则起，收水草清香之味。莲方敛而未开，竹含露而犹滴，可谓至快。日长漏永，午睡数刻，焚香垂幕，净展桃笙②，睡足而起，神清气爽，真不啻天际真人也。

乐即是苦，苦即是乐。带些不足，安知非福？举家事事如意，一身件件自在，热光景即是冷消息。圣贤不能免厄，仙佛不能免劫，厄以铸圣贤，劫以炼仙佛也。

牛喘月③，雁随阳④，总成忙世界；蜂采香，蝇逐臭，同是苦生涯。劳生扰扰，惟利惟名。牿旦昼⑤，蹶寒暑⑥，促生死，皆此两字误之。以名为炭而灼心，心之液涸矣；以利为虿而螫心，心之神损矣。今欲安心而却病，非将名利两字，涤除净尽不可。

【字词注解】

①清旭：清晨，早晨。

②桃笙：用桃枝竹编织的竹席。

③牛喘月：吴牛喘月。据说江淮吴地的水牛见到月亮，以为是太阳，因惧怕酷热而不断喘气，后多比喻因疑心而害怕。

④雁随阳：古人认为大雁追随太阳生活，是随阳的候鸟，后多比喻贤才。

⑤牿（gù）旦昼：如牛、马般日日被束缚着。牿，关牛、马的圈。

⑥蹴寒暑：不分严寒酷暑地劳碌。

【原文】

余读柴桑翁①《闲情赋》，而叹其钟情；读《归去来辞》，而叹其忘情；读《五柳先生传》，而叹其非有情、非无情，钟之忘之，而妙焉者也。余友淡公，最慕柴桑翁，书不求解而能解，酒不期醉而能醉。且语余曰："诗何必五言？官何必五斗②？子何必五男？宅何必五柳？"可谓逸矣。余梦中有句云：

五百年谪在红尘，略成游戏；

三千里击开沧海，便是逍遥。

醒而述诸琢堂，琢堂以为飘逸可诵，然而谁能会此意乎？

【字词注解】

①柴桑翁：陶渊明，因其为浔阳柴桑（今江西九江）人，故有此称。后文《闲情赋》《归去来辞》为其辞赋，《五柳先生传》为其自传散文。

②五斗：五斗米，薪水微薄，泛指很少的收入。

【原文】

真定梁公①每语人："每晚家居，必寻可喜笑之事，与客纵谈，掀髯大笑，以发舒一日劳顿郁结之气。"此真得养生要诀也。

曾有乡人过百岁，余叩其术。答曰："余乡村人，无所知。但一生只是喜欢，从不知忧恼。"此岂名利中人所能哉。

昔王右军②云："吾笃嗜种果，此中有至乐存焉。我种之树，开一花，结一实，玩之偏爱，食之益甘。"右军可谓自得其乐矣。

放翁梦至仙馆，得诗云："长廊下瞰碧莲沼，小阁正对青萝峰。"便以为极胜之景。余居禅房，颇擅此胜，可傲放翁矣。

【字词注解】

①真定梁公：梁清标（1620—1691），字玉立，真定（今河北正定）人。官至户部尚书、保和殿大学士。清代书画收藏家、鉴赏家。

②王右军：王羲之，字逸少，号澹斋。因曾任右军将军，故称。

原文

余昔在球阳，日则步屐于空潭、碧涧、长松、茂竹之侧，夕则挑灯读白香山、陆放翁①之诗。焚香煮茶，延两君子于坐，与之相对，如见其襟怀之澹宕②，几欲弃万事而从之游，亦愉悦身心之一助也。

余自四十五岁以后，讲求安心之法。方寸之地，空空洞洞，朗朗惺惺，凡喜怒哀乐、劳苦恐惧之事，决不令之入。譬如制为一城，将城门紧闭，时加防守，惟恐此数者阑入③。近来渐觉阑入之时少，主人居其中，乃有安适之象矣。

养身之道，一在慎嗜欲，一在慎饮食，一在慎愤怒，一在慎寒暑，一在慎思索，一在慎烦劳。有一于此，足以致病。安得不时时谨慎耶。

【字词注解】

①白香山：白居易。因其晚年居住在香山并自号香山居士，故称。陆放翁：陆游，号放翁，故称。

②澹宕（dàng）：恬静舒畅。

③阑入：擅自进入。阑，擅自。

【原文】

张敦复①先生尝言："古之读《文选》②而悟养生之理，得力于两句，曰：'石蕴玉而山辉，水含珠而川媚。'此真是至言。尝见兰蕙、芍药之蒂间，必有露珠一点，若此一点为蚁虫所食，则花萎矣。又见笋初出，当晓，则必有露珠数颗在其末，日出，则露复敛而归根，夕则复上。田闲③有诗云'夕看露颗上梢行'是也。若侵晓入园，笋上无露珠，则不成竹，遂取而食之。稻上亦有露，夕现而朝敛，人之元气全在乎此。故《文选》二语，不可不时时体察，得诀固不在多也。"

【字词注解】

①张敦复：张英（1637—1708），字敦复，安徽桐城人，清朝名臣，官至文华殿大学士、礼部尚书。为官清廉，人品端正，工诗善画。

②《文选》：中国最早的一部古诗文总集。

③田闲：钱澄之（1612—1693），字饮光，晚号田闲老人。

【原文】

余之所居，仅可容膝，寒则温室拥杂花，暑则垂帘对高槐。所自适于天壤间者，止此耳。然退一步想，我所得于天者已多，因此心平气和，无歆羡，亦无怨尤。此余晚年自得之乐也。

圃翁①曰："人心至灵至动，不可过劳，亦不可过逸，惟读书可以养之。"闲适无事之人，镇日②不观书，则起居出入，身心无所栖泊，耳目无所安顿，势必心意颠倒，妄想生嗔，处逆境不乐，处顺境亦不乐也。古人有言：扫地焚香，清福已具。其有福者，佐以读书；其无福者，便生他想。旨哉斯言③。且从来拂意④之事，自不读书者见之，似为我所独遭，极其难堪。不知古人拂意之事，有百倍于此者，特不细心体验耳。即如东坡先生，殁后遭逢高孝，文字始出，而当时之忧谗畏讥，困顿转徙潮惠⑤之间，且遇跣足涉水，居近牛栏，是何如境界？又如白香山之无嗣，陆放翁之忍饥，皆载在书卷。彼独非千载闻人？而所遇皆如此。诚一平心静观，则人间拂意之事，可以涣然冰释。若不读书，则但见我所遭甚苦，而无穷怨尤嗔忿之心，烧灼不静，其苦为何如耶。故读书为颐养第一事也。

―•【字词注解】

①圃翁：张英，号乐圃、圃翁。

②镇日：整日。

③旨哉斯言：这番话多么美好。

④拂意：不如意。

⑤潮惠：广东潮州和惠州。

原文

　　吴下有石琢堂先生之城南老屋。屋有五柳园，颇具泉石之胜，城市之中，而有郊野之观，诚养神之胜地也。有天然之籁，抑扬顿挫，荡漾余之耳边。群鸟嘤鸣林间时，所发之断断续续声；微风振动树叶时，所发之沙沙簌簌声，和清溪细流流出时，所发之潺潺淙淙声。余泰然仰卧于青葱可爱之草地上，眼望蔚蓝澄澈之穹苍，真是一幅绝妙画图也。以视拙政园①，一喧一静，真远胜之。

　　吾人须于不快乐之中，寻一快乐之方法。先须认清快乐与不快乐之造成，固由于处境之如何，但其主要根苗，还从己心发长耳。同是一人，同处一样之境，甲却能战胜劣境，乙反为劣境所征服。能战胜劣境之人，视劣境所征服之人，较为快乐。所以不必歆羡他人之福，怨恨自己之命，否则，是何异雪上加霜，愈以毁灭人生之一切也。无论如何处境之中，可以不必郁郁，须从郁郁之中，生出希望和快乐之精神。偶与琢堂道及，琢堂亦以为然。

―•【字词注解】

①拙政园：苏州园林中占地面积最大的古典园林，为苏州四大名园之一，江南园林的代表。园址原为唐陆龟蒙故宅。明嘉靖年间王献臣在此建别墅，取晋潘岳《闲居赋序》"拙者之为政"意，名"拙政园"。

　　家如残秋，身如昃晚①，情如剩烟，才如遣电，余不得已而游于画，而狎于诗，竖笔横墨，以自鸣其所喜。亦犹小草无聊，自矜其花；小鸟无奈，自矜其舌。小春之月，一霞始晴，一峰始明，一禽始清，一梅始生，而一诗一画始成。与梅相悦，与禽相得，与峰相立，与霞相揖，画虽拙而或以为工，诗虽苦而自以为甘。四壁已倾，一瓢已敝，无以损其愉悦之胸襟也。

——●【字词注解】

①昃（zè）晚：傍晚。昃，太阳西斜。

圃翁拟一联，将悬之草堂中：

　　富贵贫贱，总难称意，知足即为称意

　　山水花竹，无恒主人，得闲便是主人

其语虽俚①，却有至理。天下佳山胜水、名花美竹无限。大约富贵人役于名利，贫贱人役于饥寒，总鲜领略及此者。能知足，能得闲，斯为自得其乐，斯为善于摄生也。

——●【字词注解】

①俚：粗俗，通俗。

心无止息，百忧以感之，众虑以扰之，若风之吹水，使之时起波澜，非所以养寿也。大约从事静坐，初不能妄念尽捐，宜注一念，由一念至于无念，如水之不起波澜。寂定之余，觉有无穷恬淡之意味，愿与世人共之。

阳明先生①曰："只要良知真切，虽做举业，不为心累。且如读书时，知强记之心不是，即克去之；有欲速之心不是，即克去之；有夸多斗靡之心不是，即克去之。如此，亦只是终日与圣贤印对，是个纯乎天理之心。任他读书，亦只调摄此心而已，何累之有？"录此以为读书之法。

汤文正公②抚吴时，日给惟韭菜。其公子偶市一鸡，公知之，责之曰："恶有士不嚼菜根，而能作百事者哉？"即遣去。奈何世之肉食者流，竭其脂膏，供其口腹，以为分所应尔。不知甘脆肥脓，乃腐肠之药也。大概受病之始，必由饮食不节。俭以养廉，澹以寡欲。安贫之道在是，却疾之方亦在是。余喜食蒜，素不贪屠门之嚼，食物素从省俭。自芸娘之逝，梅花盒亦不复用矣，庶不为汤公所呵乎。

—●【字词注解】

①阳明先生：王守仁（1472—1529），字伯安，号阳明。曾筑室于余姚阳明洞中，世称"阳明先生"。著有《传习录》等。

②汤文正公：汤斌（1627—1687），字孔伯，谥号"文正"。河南睢县人。历任江苏巡抚、工部尚书。为官清廉，体恤民艰。

原文

留侯、邺侯之隐于白云乡①，刘、阮、陶、李②之隐于醉乡，司马长卿③以温柔乡隐，希夷先生以睡乡隐，殆有所托而逃焉者也。余谓白云乡，则近于渺茫；醉乡、温柔乡，抑非所以却病而延年；而睡乡为胜矣。妄言息躬，辄造逍遥之境；静寐成梦，旋臻甜适之乡。余时时税驾④，咀嚼其味，但不从邯郸道上，向道人借黄粱枕⑤耳。

—●【字词注解】

①留侯、邺侯：留侯为汉代张良封爵，邺侯为唐代李泌封爵。白云乡：典出《庄子·天地》之"乘彼白云，游于帝乡"，后遂以"白云乡"代指神仙居住之地。

②刘、阮、陶、李：刘伶、阮籍、陶渊明、李白。

③司马长卿：司马相如，字长卿，成都人。西汉辞赋家。他与卓文君的故事一直被传为佳话。

④税驾：停车，解驾；比喻休息，静养。

⑤黄粱枕：典出唐沈既济《枕中记》。后世称"黄粱梦"，比喻功名富贵不足恋。

原文

养生之道，莫大于眠食。菜根粗粝①，但食之甘美，即胜于珍错②也。眠亦不在多寝，但实得神凝梦甜，即片刻，亦足摄生也。放翁每以美睡为乐，然睡亦有诀。

孙真人云："能息心，自瞑目。"蔡西山云："先睡心，后睡眼。"此真未发之妙。禅师告余，伏气，有三种眠法：病龙眠，屈其膝也；寒猿眠，抱其膝也；龟鹤眠，踵其膝也。

【字词注解】

①粗粝：粗茶淡饭。
②珍错："山珍海错"的省称，珍美的食物。

原文

余少时，见先君子于午餐之后，小睡片刻，灯后治事，精神焕发。余近日亦思法之，午餐后，于竹床小睡，入夜果觉清爽。益信吾父之所为，一一皆可为法。

余不为僧，而有僧意。自芸之殁，一切世味，皆生厌心；一切世缘，皆生悲想，奈何颠倒不自痛悔耶。近年与老僧共话无生，而生趣始得。稽首世尊①，少②忏宿愆。献佛以诗，餐僧以画。画性宜静，诗性宜孤，即诗与画，必悟禅机，始臻超脱也。

【字词注解】

①世尊：佛教徒对佛祖释迦牟尼的尊称。
②少：稍微。

中华传统文化国粹经典文库书目

第一辑			
序号	书名	作者/编者	导读者
1	三国演义	[明]罗贯中/著	郑铁生
2	水浒传	[明]施耐庵/著	宁稼雨 石 麟
3	西游记	[明]吴承恩/著	孟昭连
4	红楼梦	[清]曹雪芹 高鹗/著	郑铁生
5	镜花缘	[清]李汝珍/著	欧阳健
6	白话聊斋	[清]蒲松龄/著	王晓华
7	阅微草堂笔记	[清]纪昀/著	吴 波
8	西厢记	[元]王实甫/著	周传家
9	世说新语	[南朝宋]刘义庆/著	侯忠义
10	山海经	[汉]刘歆/编	马文大
11	道德经	[春秋]老子/著	王 蒙
12	四库全书	[清]纪昀等/编	林 骅
13	唐诗三百首	立 人/编	徐 刚
14	元曲三百首	立 人/编	查洪德
15	宋词三百首	立 人/编	韩小蕙
16	中华成语典故	立 人/编	陈世旭
17	中华寓言故事	立 人/编	陈世旭
18	颜氏家训	[南北朝]颜之推/著	孙钦善
19	治家格言	[清]朱伯庐/著	李硕儒
20	了凡四训	[明]袁了凡/著	俞 前
21	增广贤文	立 人/编	孙立仁
22	牡丹亭	[明]汤显祖/著	周传家
23	随园诗话	[清]袁枚/著	潘务正
24	人间词话	王国维/著	陈世旭
25	楚 辞	[战国]屈原等/著	石 厉
26	吴越春秋	[东汉]赵晔/著	田秉锷
27	菜根谭	[明]洪应明/著	俞 前
28	小窗幽记	[明]陈继儒等/著	陈喜儒
29	围炉夜话	[清]王永彬/著	陈喜儒
30	浮生六记	[清]沈复/著	王晓华
31	传习录	[明]王阳明/著	王建新
32	说文解字	[东汉]许慎/著	冯 蒸
第二辑			
序号	书名	作者/编者	导读者
1	史 记	[西汉]司马迁/著	关四平
2	资治通鉴	[北宋]司马光/编	张秋升
3	春秋左传	[春秋]左丘明/著	石定果
4	战国策	[西汉]刘向/编	李瑞兰
5	汉 书	[东汉]班固/著	关四平
6	三国志	[晋]陈寿/著	郑铁生
7	古文观止	[清]吴楚材 吴调侯/编	牛 倩
8	论 语	[春秋]孔子等/著	石 厉
9	孟 子	[战国]孟子/著	邵永海

中华传统文化国粹经典文库书目

序号	书名	作者/编者	导读者
10	庄子	[战国]庄子/著	尚学峰
11	荀子	[战国]荀子/著	尚学峰
12	管子	[春秋]管子等/著	官铎
13	墨子	[战国]墨子等/著	陈鹏程
14	韩非子	[战国]韩非/著	邵永海
15	列子	[战国]列子/著	陈鹏程
16	鬼谷子	[战国]鬼谷子/著	张世林
17	淮南子	[西汉]刘安等/著	张秋升
18	诸子百家	立人/编	张弦生
19	孔子家语	孔子门人/编	薄克礼
20	吕氏春秋	[战国]吕不韦等/编	田秉锷
21	礼记·尚书	[西汉]戴圣/著	冯蒸
22	三言二拍	[明]冯梦龙 凌濛初/著	宁宗一
23	隋唐演义	[清]褚人获/著	欧阳健
24	聊斋志异	[清]蒲松龄/著	林骅
25	儒林外史	[清]吴敬梓/著	吴波
26	东周列国志	[明]冯梦龙/著	侯忠义
27	弟子规·千家诗	[清]李毓秀/著 [南宋]谢枋得 王相/编	郑铁生
28	孙子兵法·三十六计	[春秋]孙武/著	李海涛
29	容斋随笔	[南宋]洪迈/著	李硕儒
30	纳兰词	[清]纳兰性德/著	李硕儒
31	豪放词·婉约词	立人/编	韩小蕙
32	唐宋散文八大家	立人/编	卓然

第三辑

序号	书名	作者/编者	导读者
1	中华上下五千年	立人/编	林海清
2	二十五史	立人/编	林海清
3	四书五经	立人/编	张弦生
4	智囊全集	[明]冯梦龙/编	周传家
5	贞观政要	[唐]吴兢/著	张弦生
6	诗经	[春秋]孔子/编	石厉
7	孝经	[春秋]孔子/著	田秉锷
8	挺经	[清]曾国藩/著	王建新
9	易经	立人/编	李树果
10	冰鉴	[清]曾国藩/著	陈喜儒
11	糊涂经	立人/编	周传家
12	周易全书	立人/编	郑铁生
13	黄帝内经	立人/编	廉玉麟
14	本草纲目	[明]李时珍/著	廉玉麟
15	三字经·百家姓·千字文	[南宋]王应麟 [南北朝]周兴嗣/著	乔卉林
16	大学·中庸	[春秋]曾子 [战国]子思/著	牛倩
17	曾国藩家书	[清]曾国藩/著	武道房
18	唐诗·宋词·元曲	立人/编	卓然
未完待续……			

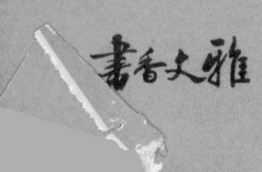